KB232653

책과 밤을 함께 주신 신의 아이러니

책과 밤을 함께 주신 신의 아이러니

호세 카를로스 카네이로 지음
김현균 옮김

다락방

혼자 있을 때보다 타인과 함께 있을 때가 더 외로운 법이다.
타인과 함께 있으면, 그 사람은 우리를 잡으려고 손을 뻗을 것
이고, 우리는 그가 하자는 대로 이끌리게 된다. 홀로 있을 때는
분명 인류 전체가 우리에게 손을 뻗칠 것이다. 그러나 뻗쳐진
무수한 팔들이 서로 뒤엉켜 아무도 우리에게 닿지 못할 것이다.

프란츠 카프카, 『일기』 12권
1922년 5월

차 례

1 이 책은 한 편의 이야기다

　　보르헤스의 유해 위에 세워 놓은 묘비에는 오직 극소수의 사람
들만이 이해할 수 있는 말이 새겨져 있다. 아니 어쩌면 아무도 그 말을 이
해하지 못할 것이다. 사실 죽음을 이해할 수 있는 사람은 없다. 그래서 아
직도 많은 사람들은 푸른 하늘이나 빗줄기, 새들, 혹은 철학만큼이나 보편
적인 아르헨티나 천재작가의 죽음을 받아들이길 거부한다. 철학. 불면에
탐닉하는 사람들에 의해 만들어진 학문. 그렇다. 보르헤스는 불면증에 시
달리는 철학자였다. 이 문제는 일단 접어두고 나중에 거론하는 것이 좋겠
다. 이 문제로 이야기를 시작하는 것은 적절치 않아 보인다. 물론 그러고
싶은 생각이 전혀 없는 것은 아니지만 욕망을 억제하는 것도 권장할 만한
훈련이다. 무엇 하러 보르헤스가 작가인지 철학자인지, 혹은 그 반대인지
를 놓고 입씨름을 벌이겠는가. 도대체 그게 어느 누구에게 중요하겠는가.
아마도 보르헤스가 여전히 살아있다고 믿는 숱한 사람들은 아무도 이 문

제에 관심이 없을 것이다. 보르헤스는 그의 책, 단편 그리고 꽃과 신비로 가득한 시의 정확한 글줄 사이에서, 또 거짓 이름과 꿈의 광대한 호수에 빠진 생존자인 그의 지식에서, 마법사처럼 모습을 드러낸다. 장대비가 쏟아지는 깜깜한 밤에 나는 그가 시를 읊조리며 나의 집을 거니는 것을 보았다. 또 분명히 말하지만, 지평선이 온통 장밋빛과 오렌지색으로 물드는 환한 동틀 녘에도 내 작업 테이블 옆 푸른 의자에 앉아 시를 읊조렸다. 그때 나는 그의 목소리를 또렷하게 들었다. 마치 탄원의 기도 같았다.

나는 인간이 범할 수 있는

가장 나쁜 죄를 저질렀다. 나는

행복하지 못했다. 망각의 빙하가

내 몸뚱이를 끌고 가 무참하게 내동댕이쳤으면.

부모님은 위험하고도 아름다운 삶의

유희를 위해, 땅과, 물과, 공기와, 불을 위해

나를 낳으셨다.

나는 그분들의 기대를 저버렸다. 나는 행복하지 못했다.

그분들의 푸른 꿈은 이루어지지 않았다.

나는 하찮은 것들을 교직하는 예술에

매달려 온통 정신을 쏟았다.

그분들은 내게 용기를 물려주셨지만 나는 용감하지 못했다.

불행한 사람의 그림자는 나를

떠나지 않고 언제나 내 곁에 머물러 있다.

나는 눈을 뜬다. 초조한 마음으로 잠자리에서 일어나 그를 찾는다. 그와 포옹하기 위해. 내가 그를 사랑하고 있음을, 결코 그가 불행한 사람이 아

니었음을, 또 그가 1986년 6월 14일, 토요일, 제네바에서 죽음을 맞은 뒤에
도 그를 좇는 수많은 파수꾼들이 있음을 알려 주기 위해 그를 찾는다. 나
는 오직 그의 그림자를 대리하는 동안에만 말한다. 그를 찾으며 나는 거듭
말한다. 누군가가 그토록 사랑을 받는다면 그는 결코 불행할 수 없다고.
그러나 그는 모습을 나타내지 않는다. 나는 1976년에 나온 『동전』을 집어
든다. 이 책에 「후회」라고 이름 붙여진 시가 실려 있다는 것을 알고 있다.
나는 인간이 범할 수 있는 가장 나쁜 죄를 저질렀다……. 나는 빠르게 책
장을 넘긴다. 잠을 이루지 못한다. 내가 깨어있음을 확인하는 순간 글자들
이 사라지고 없음을 알아챈다. 믿을 수 없다. 텅 빈 페이지. 나는 그 텅 빈
공간을 어루만진다. 그를 꿈꾸며 다시 안식을 얻기 위해.

결국 잠을 이루지 못한다. 방안에 불을 켜고, 뜬눈으로, 커다란 놀라움을
불러일으킨 구절을 떠올린다. "우리의 본모습이 우리가 말하는 것과 꼭 일
치하는 것은 아니잖는가." 『모래의 책』(1975)에 들어있는 단편 「울리카」의
앞부분에 나오는 말이다. 나는 첫 단어를 쓰기에 앞서 그를 생각한다. 그
런데 그의 죽음이 말馬을 타고 내 눈으로 온다. 13세기 노르웨이 문학에서
가져온 비문에는 이런 말이 적혀 있다.

Hann tekr sverthit Gram ok / leggr i methal theira bert.
그램은 자신의 검을 집어 들고 번뜩이는 쇠붙이를 두 사람 사이에 놓았다.

나는 결코 그 말을 해독할 수 없었다. 보르헤스가 「울리카」에서 단언하
듯이, 우리의 본모습이 우리가 말하는 것과 꼭 일치하는 것은 아니기 때문
이리라. 이야기. 그렇다. 모든 것이 한 편의 이야기일 수 있다. 예컨대, 지
금 이 순간, 언제나 편재하는 「울리카」와 함께 막 쓰기 시작한 이 전기도
마찬가지다. 울리카는 보르헤스가 산보를 하고 있을 때 루가노 호숫가에

서 울고 있던 아름다운 여인의 이름이다. 보르헤스는 꿈속에서처럼 그녀의 팔을 잡고 천천히 말을 건넸다. 그 때 열여덟 살이던 보르헤스는 짐짓 나이가 더 많은 척하며 그녀와 사랑에 빠졌다. 보르헤스는 그 여인의 이름과 눈물과 부재를 고이 간직했다. 오랜 세월 뒤에 그 여인은 보르헤스의 마지막이자 가장 큰 사랑인 마리아 고다마로 환생한다. 나는 단편「울리카」의 첫 부분을 빌려온다. 나 자신의 의도를 혜량하기 위해 이 사실을 밝힌다. 왜냐하면 나는 살아오면서 깊이 감추어진 회색빛 의도나 아주 색다른 의도, 혹은 예감되거나 상상된 의도와 같은 인간존재의 모든 의도들이 전부 책 속에 쓰여 있음을 발견했기 때문이다. 매일같이 책에 파묻혀 지내던 나는 뜻밖에도「울리카」에서 몇 달 동안 방에 틀어박혀 보르헤스의 전기를 집필하는 데 필요한 구절을 찾아냈다. 이 글을 시작하기 위해서는 그 구절이 필요하다. "나의 이야기는 사실에 충실할 것이다. 적어도 사실에 대한 나의 개인적인 기억에 충실할 것이다. 사실이나 사실에 대한 나의 기억이나 매 한가지다." 아니, 거의 매 한가지다. 사실은 사실에 가까운 어떤 것이다. 그런데 혹시 위대한 작가들은 그들의 책과는 다른 일생을 살았을까? 그들의 책이 그들의 삶에 대한 가장 정확하고 진실한 정보는 아닐까? 울리카는, 언제나, 하나의 꿈이 아니었을까? 울리카를 알았을 때 보르헤스의 나이 열여덟 살이었다. 그가 일생을 통해 걸어간 열여덟 개의 역驛. 그것은 바로 이 전기를 구성하고 있는 장章의 개수이기도 하다.

2 노름꾼의 트럼프

대체로 문학 장르의 하나인 전기가 피할 수 없는 비극은 그 안에 예외 없이 출생일과 사망일이라는 두 개의 날짜가 나타나야 한다는 것이다(보르헤스 전기가 그 자체로 하나의 문학 장르로 취급되는 날이 올까?). 굳이 이 자리에서 언급하지 않을 사적이고 불합리한 이유로 문학사에서 가장 뛰어난 한 작가의 죽음을 부정하는 이 책에서도 두 개의 날짜는 등장해야 한다. 보르헤스 자신도 한 시에서 이 날짜들을 요구한 바 있으니("나는 요구하네 / 두 개의 추상적인 날짜와 망각을"), 이 글을 쓰고 있는 나 역시 거장의 전언에 충실하고자 애쓰는 사람으로서 그의 충고를 외면할 수 없다.

보르헤스는 1899년 8월 24일에 조산으로 태어났다. 팔삭둥이 미숙아였는데, 그의 어머니를 담당한 의사는, 재능이 많은 사람들에게 흔히 있는 일이라고 했다.

보르헤스의 삶은 86년 동안 지속되었다. 그는 1986년 6월 14일 토요일 아침 자신의 시에서 예고한 끔찍한 습관을 실행에 옮겼다. "죽는다는 것은 우리 인간이 지닌 / 습관이다." 앎과 창작에 있어 길고도 행복한 삶이었다. 앎과 창작이라는 두 개의 명사는 그의 생애의 마지막 틈새까지 점거했다. 보르헤스의 삶은 광채와 의혹으로 가득 찬 존재를 읽고, 배우고, 듣고, 쓰고, 느끼는 것이었다. 또 그가 늘 입버릇처럼 말했듯이, 그의 삶은 그 존재를 이해하고, 언제나 그의 삶을 휘감던 회의주의로부터 멀어지려는 시도였다. 그는 "누구에게나 일은 일어나기 마련이고 세월의 흐름 속에서 그것을 이해하게 된다."고 썼다.

보르헤스는 부에노스아이레스의 투쿠만 거리 180번지에 있는 외조부모 이시도로 아세베도 라프리다와 레오노르 수아레스의 집에서 태어났다. 그다지 화려하지 않은 아담한 단층집이었다. 외조부모가 느지막하게 둔 외동딸인 그의 어머니 레오노르 아세베도 역시 이 집에서 태어났다(그는 「로센도 후아레스의 이야기」에서 "어쨌든 누구나 정해진 곳에서 태어나기 마련이지요."라고 적고 있다). 그는 『자서전』에서 끊임없이 두 개의 유전적 혈통에 대해 말한다. 하나는 군인의 혈통이고, 다른 하나는 문학의 혈통이다. 그의 외증조부 이시도로 수아레스는 "스물넷의 나이에 후닌 전투를 결정지은 페루·콜롬비아 기병의 유명한 공격을 진두지휘했다." 그리고 라 베르데 전투에서 젊은 나이에 사망한 조부 프란시스코 보르헤스 대령은 두 살배기 아들, 두 달된 갓난아기와 함께 영국인 파니 하슬램을 미망인으로 남겼다. 보르헤스는 많은 시와 단편들에서 두 선조를 떠올리며 그들을 죽음으로 내몬 역사적 사건을 회상한다.

문학의 혈통에서는 낭만주의 시인 후안 크리소스토모 라피누르를 만날 수 있다. 보르헤스의 성장과정에 결정적인 영향을 끼친 대령은 이 시인의 조카였다. 그의 증조부 에드워드 영 하슬램 역시 문학인으로 아르헨티나 최초의 영자 신문의 하나인 『남십자성』Southern Cross을 발행했다.

보르헤스 대령의 죽음으로 그의 미망인은 경제적으로 매우 불안정한 상태에 놓이게 되었다. 그러나 이러한 상황에서도 결국 그녀의 한 아들이 아버지의 뒤를 따라 군인의 길에 투신하였으며, 훗날 해군 고위직에 오르게 된다. 또 다른 아들 호르헤 기예르모는 계속 법학도의 길을 걸어가 호기심 많고 재능 있는 동료들과 더불어 진정한 지식인으로 성장했다. 그의 동료들 중에는 마세도니오 페르난데스도 있는데, 훗날 우리의 작가 보르헤스는 아버지의 우정을 대물림해 그를 깊이 흠모하게 된다.

거장의 부모인 호르헤 기예르모 보르헤스와 레오노르 아세베도는 1898년 10월 1일 라스 빅토리아스 성당에서 결혼식을 올렸다. 몇 달 후인 1899년 8월 24일 첫 아들이 태어나자 이름을 호르헤 프란시스코 이시도로 루이스 보르헤스로 지었다. 1900년 6월 20일의 일이었다. 장소는 지금은 무너지고 없는 산 니콜라스 데 바리 교구성당이었는데, 현재 그 자리에는 추억처럼 오벨리스크가 세워져 있다. 여기까지가 천재작가의 조상 그리고 처음부터 부에노스아이레스와 그 근방의 겨울과 비 내리는 여름에 매인, 그의 출생과 세례와 죽음의 기록이다. 그러나 그것이 다는 아니었다. 살아가는 동안 내내 그를 괴롭힐 과거에 풀리지 않는 매듭으로 묶인 출생이었다. 보르헤스 대령의 어처구니없는 죽음, 가족 일부가 지닌 문학적 취향, 아버지의 지적인 기호, 혹은 그의 지적 형성에 지대한 영향을 끼친 모데르니스모[1] 작가 마세도니오 페르난데스와의 돈독한 유대. 마세도니오는 회의주의적 성향의 작가로 책을 펴낼 뜻이 없었지만 동료들의 분개 덕분에 상당수의 작품이 빛을 보게 된다. 그의 동료들 중에는 보르헤스의 아버지도 있었는데, 그는 영국인 조상들과 끊임없이 대화를 주고받았고 평생 독서에 심취한 진정한 지식인이었다. 철학과 심리학, 형이상학에 대한 관심

---

1 상징주의와 고답파의 영향을 받아 19세기 말과 20세기 초 사이에 라틴아메리카에서 전개된 혁신적인 문학운동으로 니카라과의 루벤 다리오가 대표적인 작가다.

은 말할 것도 없고 키츠, 스윈번, 윌리엄 제임스를 탐독했다. 조지[2]는 아버지를 통해 이러한 학문분야에 대한 애정을 싹틔웠으며, 아버지의 입에서 최초의 문학적 기억들을 끌어냈다. 보르헤스의 아버지는 해박한 지식의 소유자였으며 세련되고 교양 있는 엘리트주의자였다. 페르시아의 시인이자 수학자인 오마르 하이얌의 4행 시집 『루바이야트』의 초역본을 펴낸 대담함이나, 현대어 교사 양성학교 교수로서 다름 아닌 부에노스아이레스에서 영어로 심리학을 강의했다는 예사롭지 않은 사실이 그의 삶의 일면을 보여 준다. 그의 삶은 진기함으로 점철되었는데, 가령 그는 육류와 구운 고기가 신성한 계율로 통하는 아르헨티나에서 채식주의자로 살았다.

　보르헤스가 태어난 후에 그의 부모는 거처를 옮겼다. 영국인 할머니와 같이 살기 위해 정원과 물레방아가 딸린 세라노 거리 2135번지로 이사한 것은 1901년이었다. 그 집에서 그 해 3월 4일에 여동생 레오노르 파니가 태어났으나 두 할머니에 대한 경의의 표시로 지은 본래의 이름으로 결코 불리지 않고, 처음에는 레오노라, 나중에는 결정적으로 노라로 알려지게 되었다. 보르헤스의 삶에서 대단히 중요한 의미를 지니는 노라는 성격이 뚜렷하고 개성이 강했으며, 또 강단 있고 대담한 데다 고집이 셌다. 반면에 보르헤스는 때때로 내성적이었으며, 기꺼이 고독의 습관과 그 환영에 탐닉했다.

　세라노 거리의 집은 보르헤스 문학에 자주 등장하는데, 그는 그 집에서 숱한 좋은 기억들을 끌어낸다. 나무들, 여동생과의 놀이, 문학으로 가득 찬 서고. 『에바리스토 카리에고』의 서문에서 보르헤스는 "쇠창살 울타리 뒤의 정원과 영어 책이 빽빽이 꽂혀있는 서고에서" 성장했다고 고백한다. 또 「부에노스아이레스의 신화적 창건」에서는 이렇게 노래한다. "오로라와

2 호르헤에 해당하는 영어식 이름으로 보르헤스의 할머니는 그를 이렇게 불렀다.
3 라플라타 강 유역에서 흔히 거들먹거리고 싸움질 좋아하는 빈민가의 칼잡이 건달을 가리킨다.

비와 남동풍이 있던 / 들판 한복판의 한 구역 전체. / 과테말라, 세라노, 파라과이, 구루차가 거리로 둘러싸인 채 지금도 우리 동네에 남아 있는 구역. / 트럼프의 뒷면 같은 장밋빛 상점이 / 눈부셨고 점방에선 카드놀이에 열을 올렸지. / 장밋빛 상점은 이제 골목의 보스가 된 / 난폭하고 냉혹한 한 콤파드레[3]에게서 꽃을 피웠네." 그곳은 보르헤스의 유년기 집이었고 노스탤지어의 공간이었다. 보르헤스 일가는 1914년까지 그 집에 살다가 그의 인생의 결정적인 이정표인 유럽으로 이주한다.

물론 수없이 많을 수도 있겠지만 평생 그를 사로잡게 될 강박관념은 크게 세 가지였다. 거울, 마스크 그리고 동물(특히 호랑이). 그는 1908년 6월 동물원의 새장 앞에서 여동생과 사진을 찍었다. 그의 어머니는 훗날 이렇게 회고했다. "그애는 동물, 특히 맹수에 대한 열정이 대단했어요." 분명한 것은 보르헤스가 어려서부터 열정적이었다는 사실이다. 그렇지 않고서는 체스, 이집트학, 고생물학, 앵글로색슨어, 아일랜드어, 아랍어 등등 평생 끝없이 바뀌어간 그의 취미를 이해할 도리가 없다. 어려서부터 그에게 열정은 동시에 반反열정 ―이런 용어를 사용할 수 있다면― 이기도 했다. 보르헤스는 거울을 보면 혼비백산해 달아나려고 했는데(그는 자신의 시에서 "바라보는 동시에 바라보이는 그 얼굴"이라고 쓰고 있다), 이러한 태도는 여동생을 당혹스럽게 했다. 또 그는 변장하는 데 별 관심이 없었다. 단 한 번 악마의 모습으로 변장한 게 고작이었다. 그러나 환상세계와 그곳에 사는 무수한 악마에 대한 그의 취향을 고려할 때 의미 있는 변장이었다. 보르헤스는 자신의 책에서 다양한 방식으로 악마들에 대해 얘기한다. 그의 이야기 방식은 한결같이 눈부시고 독창적인데, 아마도 독창성이야말로 그의 모든 작품을 관통하는 가장 두드러진 특징일 것이다.

보르헤스는 아주 어려서부터 문학에 탐닉했다. 먼저 영어 읽는 법을 배웠고 나중에 스페인어를 배웠다. 그래서 그가 처음 접한 책들은 영어로 쓰인 것들이었다. 그는 『천일야화』, 키플링, 디킨스, 마크 트웨인, 스티븐슨의 단편을 영어로 읽었으며, 특히 스티븐슨의 『보물섬』을 진정한 보물로 기억했다. 또한 영어로 그리스와 스칸디나비아의 신화를 두루 읽었다. 이는 평생 그를 따라다니게 될 또 다른 열정이었다. 보르헤스가 책읽기에 조숙했다면 창작에서도 마찬가지였다. 그리스 신화를 영어로 요약한 것이 그가 작가세계에 발을 들여놓은 최초의 몸짓이었다. 그 후 여덟 살에 『돈키호테』를 읽고 나서 「치명적인 모자의 챙」이라는 첫 단편을 썼다. 또 1년 뒤에는 오스카 와일드의 동화집 『행복한 왕자』를 번역했다. 이 번역은 그의 사촌 알바로 멜리안 라피누르의 도움으로 『엘 파이스』지에 발표되었다. 그런데 사촌이 번역자의 이름을 호르헤 보르헤스(아들)로 표기하는 바람에 조지는 그의 아버지와 혼동되었고, 급기야는 현대어 교사 양성학교의 한 동료 교수가 번역이 매우 탁월하다며 보르헤스의 아버지를 추켜세우는 웃지 못할 일도 있었다. 그 아버지의 동료 교수는 나중에 보르헤스의 번역본을 교재로 채택했다.

이미 여섯 살에 작가가 되고자 한 보르헤스는 어려서부터 주위 사람들에게 감탄을 자아냈다. 그가 조숙하고 총명하다는 데는 의심의 여지가 없었다. 그는 조숙함 덕분에 먼 훗날 기억과 지혜롭게 유희할 수 있게 된다. 그는, 문학적·이데올로기적 실수는 모두 젊은 시절에 저질렀으며 그것은 그 이후의 삶에 계속 유리하게 작용했다고 고백한다. 젊은 시절에는 매사가 그렇듯 실수들 역시 오래 가지 않았기 때문이다. 보르헤스가 말하는 젊은 시절의 실수란 이런 것들이다. 스페인 사람처럼 글을 썼다는 것, 민족주의자였다는 것 그리고 공산주의자였다는 것. 우리의 천재작가에 따르면, 이 세 가지 실수가 그가 범한 과오의 거의 전부이며, 때로는 크리오요[4]처럼 글을 썼다는 '결점'이 추가될 수 있다. 그러나 진실에 눈을 감지 말자. 사람들의 가슴에서 행운을 누린 것은 오직 그의 말과 예술뿐이다. 그가 분명하게 밝혔듯이, 정치, 민주주의, 정당, 깃발 같은 그 밖의 것들은 한 낱 통계의 남용에 지나지 않았다. 말이 그의 신조였다.

1914년에 온 가족이 외할머니를 모시고 유럽 여행길에 올랐다. 행복하던 시기는 아니었다. 시력을 거의 잃어 퇴직을 해야 할 처지에 놓인 보르헤스의 아버지는 제네바의 한 뛰어난 안과의사에게 진찰을 받고나서 서둘러 아르헨티나로 돌아올 생각을 하고 유럽으로 향했다. 보르헤스 가족은 밀라노, 베네치아, 파리를 차례로 방문한 후에 스위스로 피신해야 했다. 제1차 세계대전이 발발한 것이다. 제네바는 보르헤스의 삶 그리고 죽음과 뗄레야 뗄 수 없는 곳이었다. 그렇지만 그는 항상 자신을 조국에서 멀리 떨어진 이방인으로 느꼈다. “…… 내가 유럽에서 지낸 시간들은 신기루였다. / 나는 언제나 부에노스아이레스에 있었고 앞으로도 그럴 것이다.” 언제나 영원한 보르헤스의 도시 부에노스아이레스.

그러나 제네바는 특별했다. 젊은 신출내기 작가에게 이 도시는 매혹적인 혼혈 문화 그 자체였다. 보르헤스 가족은 1914년 4월 24일 말라뉴 거리 17번지의 1층에 정착한 뒤 1918년 6월까지 살았다. 보르헤스는 그곳에서 프랑스어를 공부했다. 처음에는 가정교사에게 배웠고, 나중에는 칼뱅이 설립한 콜레주[5]에 입학하기 위해서 학원을 다녔다. 그는 언어 과목에서 낙제를 하고 말았다. 동료들은 제네바에 온지 얼마 되지 않았지만 그 동안 보르헤스가 프랑스어에 쏟은 노력을 지적하면서 학원장에게 그의 2학년 진입 허가를 요청하는 청원서를 제출했다. 물론 학원장은 학생들의 요청을 받아들였고, 보르헤스는 정상적으로 학업을 계속할 수 있었다. 그가 프랑스어로 읽은 최초의 책은 알퐁스 도데의 『타라스콩의 타르타랭』이었다. 그 후 차례로 『레미제라블』, 플로베르, 모파상, 베를렌, 졸라, 보들레르를

4 유럽인의 후손으로 라틴아메리카에서 태어난 사람.
5 프랑스의 중등교육기관.

읽었다. 그런대로 행복한 시절이었다. 그러나 1918년 할머니의 죽음으로 행복이 깨지고 말았다. 그 즈음에 보르헤스 가족은 루가노의 라크 호텔로 이사했다. 그는 대학에서 배우기 시작한 독일어를 완성하기 위해 영독 백과사전을 끌어안고 두문불출했다. 그는 열여덟의 나이에 다섯 개 언어의 기초를 닦았다. 스페인어, 프랑스어, 영어, 라틴어 그리고 독일어 약간. 보르헤스가 독일어 공부에 새로이 열정을 쏟은 것은 쇼펜하우어의 『의지와 표상으로서의 세계』를 읽기 위해서였다. 이 책은 그의 성향을 이해하기 위한 열쇠를 제공하는 핵심적인 텍스트다. 보르헤스는 그의 삶에 결정적인 영향을 끼친 책으로 꼽히는 구스타프 마이링크의 『골렘』을 읽고 나서 지극히 아름다운 시 한 편을 썼다. 또 영어와 프랑스어로 시를 쓰기도 했지만 지금은 모두 소실되고 없다. 그는 과거에 결심한 대로 언제나 작가로서의 운명을 따르겠다는 의지를 되새겼다.

철학자 쇼펜하우어의 논제에 따르면, 인식대상으로서의 세계는 가능성의 조건에서 결과되는 표상이다. 즉 지성, 연속, 지속의 영역에 대한 지각을 조직하고 주체의 의지적 행위에 동기를 부여하는 것은 이성이라고 주장한다. 그러나 이러한 표상은 유일한 현실인 의지의 기만적이고 복잡한 외양일 뿐이다. 의지는 세계다. 그러나 그 의지를 인식하기 위해서는 직관에서 출발해야 한다. 인간존재는 예술적 직관을 통해 비이성의 모든 충동을 지배할 수 있다. 이것은 바로 보르헤스의 미학적 신조이자, 더 나아가 윤리적 신조였다.

그는 루가노에서 1년을 살았다. 삶은 순탄하지 못했다. 막바지에 이른 제1차 세계대전으로 식량이 부족했다. 그러나 그는 문학 이외의 다른 일에는 거의 관심이 없었다. 몸과 마음을 바쳐 문학에만 몰두했다. 그때부터 그의 삶은 끊임없이 문학 주위를 맴돈다. 정확히 말하자면, 항상 문학 주위를 맴돌았다고 해야 할 것이다. 군인이던 할아버지 얘기를 들었을 때부터, 시인이던 선조들의 대담함이 요람을 흔들었을 때부터, 또 『토호』 (1921)라는 단 한편의 소설을 남긴 삼류 소설가인 아버지가 집안 구석구석에 소설적 인물의 천진함을 흩뿌렸을 때부터 그는 언제나 문학 주위를 맴돌았다. 그의 삶은 곧 문학이었다. 문학 이외의 다른 어떤 목적이나 신념도 없었다. 문학에 대한 헌신은 단순히 자신을 발견해 가는 것이자, 궁극적으로는 운명을 발견하는 것이었다.

1918년 말에 운명은 그를 스페인으로 데려갔다. 먼저 바르셀로나 그리고 다음에는 팔마 데 마요르카. 그러나 그의 삶은 바뀌지 않았다. 그는 운명의 오솔길을 따라갔다. 번역, 언어, 시, 독서, 에세이. 후에 세비야와 울트라이스모[6]를 만난다. 울트라이스모와는 온 가족이 밀접한 관계를 유지했으며, 여동생 노라는 1928년 이 운동의 주창자인 저명한 시인 기예르모 데 토레와 결혼하기에 이른다. 그러나 보르헤스는 훗날 울트라이스모를 거부하게 된다.

그 다음에 보르헤스는 마드리드를 방문한다. 스페인의 수도, 떠들썩한 문학 동호회, 『그리스』, 『코스모폴리스』, 『울트라』 같은 잡지들, 라몬 고메스 델 라 세르나와 그의 창의성 그리고 보르헤스가 언제나 진정한 스승으로 섬긴 칸시노스 아센스의 무게. 보르헤스는 감추어진 것까지 속속들이 알게 될 정도로 스페인 문학을 온전히 자기 것으로 만든다. 그는 몇몇 스페인 작가들을 찬양하였으며, 어떤 작가들은 경멸하였다. 첫 번째 부류의 작가들 중에서는 보르헤스가 예찬한 몇 안 되는 동시대 작가의 한사람인 바예 인클란이 눈에 띈다. 비록 케베도에 대한 평가에는 미치지 못했지만 공고라 역시 찬양의 대상이었으며, 세르반테스도 부분적으로 높이 평가했다. 마누엘 마차도도 마찬가지였다. 그러나 안토니오 마차도는 탐탁하게 여기지 않았다.

6 20세기 초 스페인에서 일어난 전위주의 문학 운동.

귀국할 날이 가까워온다. 멀리서 부에노스아이레스가 다시 그에게 손을 흔들었다. 귀국에 앞서 포르투갈과 천재작가 루이스 디 카몽이스[7]를 방문한다. 또 선조들인 보르헤스 가문과 아세베도 가문을 찾는다. 그러나 아르헨티나의 팜파스가 부르는 소리는 점점 커져간다. 보르헤스는 탱고의 노랫말처럼 고향으로 돌아간다. 그의 짐 속에는 이베리아반도에서 쓴 두 권의 책이 들어있었다. 그 중 한 권은 결코 출간된 적이 없는 시집 『붉은 찬미가』(아니면 『모래의 책』에 수록된 한 단편에서 그가 밝히고 있듯이 『붉은 찬가』 또는 『붉은 리듬』)였는데, 훗날 매카시즘이 기승을 부릴 때 미국 정부는 이 책을 트집 잡아 그에게 비자 발급을 거부한 적이 있다. 보르헤스가 젊은 날의 세 가지 '결점' 중의 하나라고 지적한 대로, 공산주의자라는 것이 거부의 이유였다. 다른 한 권은 열정적인 에세이집 『노름꾼의 트럼프』였다. 보르헤스의 나이 스물 한 살이었다.

7 Luiz de Camões(1524~1580). 역사와 신화를 통해 포르투갈 국민의 영웅적 위업을 찬양한 대서사시 『오스 루지아다스』(1572)를 남긴 포르투갈의 국민 시인.

3 대중의 기호

1921년 3월, 보르헤스 가족은 부에노스아이레스로 돌아간다. 보르헤스에게 유럽 여행은 아주 값진 경험이었다. 그는 하루가 다르게 창작과 언어와 인식에 있어서 자신의 능력을 깨닫게 된다. 팔레르모 구역에 있던 옛 집은 세를 놓고 불네스 거리 2216번지의 집에 새로이 거처를 정했다. 그 집에서 2년을 살게 되는데, 보르헤스가 낯설고 그림처럼 독특한 부에노스아이레스의 미덕, 우아함과 천박함 그리고 그의 단편들에 넘치는 그곳의 어두운 면에 흥미를 가지기 위해 필요한 시간이었다. 그는 부에노스아이레스의 단검과 폐허와 사랑과 불면의 밤들, 카드놀이와 고립의 세계, 변두리와 술독에 빠져 살아가는 시인들 그리고 인생의 패배자들에 경탄한다. 보르헤스는 난생 처음 그 세계에서 살아 숨쉬고 있다는 느낌을 받는다. 결코 그의 곁을 떠나지 않을 세계. 그의 문학의 세계.

유럽에 체류하는 동안 여러 아방가르드 유파와 접하면서 영향을 받은 보르헤스가 조국 아르헨티나에서 울트라이스모의 기수로 여겨진 것은 당연한 결과였다. 프란시스코 피녜로, 사촌 기예르모 후안 보르헤스, 에두아르도 곤살레스 라누사 등 그 세대의 많은 시인들은 그의 귀향을 반겼고 그가 가지고 돌아온 혁신적인 미학을 옹호했다. 그러나 그들은 머지않아 스페인에서 건너온 혁신을 거부하고, 형이상학과 본질 그리고 시적 언어 너머의 세계에 매혹됐다. 그들은 스페인 울트라이스모 시인들의 추진력과 동력을 폐기했고, 야심적인 모든 운동이 그렇듯 하나의 잡지에 승선해 세대로서의 행보를 시작했다. 잡지명은 『프리스마』였다. 이 잡지는 각각 1921년 12월과 1922년 3월에 두 차례 발행되었다. 발행된 잡지는 결코 대단한 것이 못되었다. 이미 화가의 길에 입문한 노라 보르헤스가 삽화를 그리고, 여백에 여러 편의 시를 자유롭게 배치한 한 장짜리 잡지였다. 잡지는 포스터처럼 거리의 담벼락에 붙여졌고, 시들은 도시를 빛으로 가득 채웠다. 벽에 쓰인 시들, 잡지가 되고자 한, 한 장의 종이 위에 쓰인 시들. 여기에 우리가 있다. 우리가! 아르헨티나의 울트라이스모 시인들 역시 선언문을 채택했고 보르헤스는 거기에 서명했다. 케베도의 기상주의奇想主義[8]에서 배운 대로 그는 간결성을 지고의 원칙으로 내세웠고, 그의 모든 문학은 이러한 원칙에 충실했다. 단 한 편의 소설도 쓰지 않았다는 유명한 일화도 어쩌면 간결성의 원칙에서 비롯되었는지 모른다. 굳이 소설을 쓸 필요가 있었을까? 그는 얼마 안 되는 단편의 글줄이나 한 편의 시, 심지어는 빛과 신비로 가득한 한 줄의 시구에 우주를 탁월하게 표현할 줄 알았다. 현실을 끊임없이 변형시켜 정확한 단어들의 미세한 총체로 만들었다는 데 그의 천재성이 있다. 보르헤스에게 간결성은 동시에 하나의 스타일이었다.

---

8 프란시스코 데 케베도로 대표되는 수사법으로 관념이나 단어의 절묘한 결합을 통한 풍자와 익살이 두드러진다.

부에노스아이레스로 돌아오고 나서 아버지의 옛 친구인 마세도니오 페르난데스와의 우정이 싹튼다. 보르헤스는 그와 더불어 수많은 대화를 나누었다. 또 고대하던 위대한 스승의 강의를 듣듯 그의 말에 귀를 기울였다. 그의 토착적인 아이러니, 세속적인 것과 인기에 대한 경멸, 논리의 유희와 빈정거림, 지성은 보르헤스를 매혹시켰다. 마세도니오는 위대한 독자 특유의 회의주의를 통해 보르헤스에게 바람직한 독서법을 가르쳤다. 편견 너머에 있는 텍스트의 쾌락을 탐하는 독자, 읽은 것을 창조하고 재창조하는 독자. 보르헤스는 『자서전』에서 그렇게 말했다. 언제나 위대한 독자임을 자부하던 보르헤스는 몇 년 뒤에 「피에르 메나르, 『돈키호테』의 작가」라는 탁월한 단편을 썼다.

보르헤스는 1922년에 『프로아』라는 또 하나의 잡지를 창간한다. 이제 없어서는 안 될 동반자가 된 마세도니오 페르난데스 역시 창간 멤버였다. 그와 함께 기예르모 후안, 로베르토 오르텔리, 곤살레스 라누사가 참여했으니 폐간된 『프리스마』와 거의 같은 진용인 셈이다. 이 잡지는 1922년 8월과 1923년 7월 사이에 3호까지 발간되었다. 잡지에서 다루어진 내용은 범위만 확대되었을 뿐 이전의 잡지와 대동소이했다. 『프로아』는 모습을 감추었다가 1924년 리카르도 구이랄데스, 알프레도 브란단 카라파, 파블로 로하스 파스가 가담하면서 복간되어 1925년 9월까지 유지되었다. 어느덧 보르헤스는 널리 인정받는 문필가가 되었고 1923년 7월부터 일년간 계속된 두 번째 유럽 여행에서 이미 라몬 고메스 델 라 세르나의 찬사를 받기에 이른다. 그의 논평은 『레비스타 데 옥시덴테』에 실렸다. "한동안 내가 과거의 보르헤스에 대해 받은 인상은 이제 막 폼보[9]의 긴 의자, 과거의 후손들의 딱딱한 의자에 앉은 현재의 보르헤스를 이해하는 데 도움이 될 것

---

9 마드리드의 카레타스 거리에 위치한 카페로, 1912~1936년에 마드리드에서 가장 이름 높은 테르툴리아(문학모임)의 거점이었으며, 라몬 고메스 델 라 세르나의 아이디어로 시작되었다.

이다. 나는 과거의 보르헤스에게서 최고급 융단을 씌운 두터운 커튼 사이에 몸을 숨긴 감수성이 뛰어난 창백한 소년……, 수줍음이 많아 이름을 불러도 오지 않는 어린애 같은 젊은이라는 인상을 받았다. 사교성이 부족하고 냉담하며 고집불통에 외톨이던 그는 아주 가끔씩 시를 풀어놓았다. 그의 시는 한낮의 하늘에서 노래하는 이국적인 화려한 새였다." 고메스 델라 세르나가 이러한 인상을 받게 된 것은 유럽 여행 직전에 출간된 보르헤스의 처녀시집 『부에노스아이레스의 열기』 때문이었다. 시인의 자기출판으로 세상에 나온 이 시집은 그가 그토록 사랑하던 노라가 표지를 꾸몄다.

이 무렵에 보르헤스는 그 외에도 많은 인생역정을 겪었다. 콘셉시온 게레로와 사랑에 빠졌고, 『부에노스아이레스의 열기』에 수록된 몇 편의 시를 그녀에게 바쳤다. 그녀와의 만남은 아르헨티나 울트라이스모 시인들의 뮤즈이던 노라 랑헤의 집에서 이루어진다. 사랑은 문학만큼이나 그를 눈 멀게 했다. 보르헤스의 눈은 서서히 아버지가 그린 기찻길, 즉 절대 원시遠視의 터널을 따라갔다. 두 사람 모두 끈질기게 시력 문제를 해결하고자 했다. 당시에 유럽은 최고의 안과 의사들이 있는 곳으로 알려져, 보르헤스는 집요하게 유럽을 방문하려고 했다. 결과가 늘 기대에 부응하는 것은 아니다. 비록 눈의 상태는 호전되지 않았지만, 상상력과 창작, 더 나아가 노스탤지어의 영역에서는 큰 진전이 있었다. 보르헤스는 연인인 콘셉시온을 두고 떠나야 한다는 게 못내 가슴 아팠다. 그의 가족은 다함께 여행길에 올랐다. 다시 유럽이었다. 런던, 파리, 마드리드, 안달루시아, 마요르카, 리스본. 또다시 선조들의 흔적을 더듬었다. 보르헤스는 1924년 7월 19일에 부에노스아이레스로 돌아간다. 그들은 네덜란드 국적의 정기선인 오라니아호를 타고 다르세나 노르테에 닻을 내렸다. 라이네스의 『엘 디아리오』는 '보르헤스와 그의 가족' 의 귀국 사실을 알렸다.

보르헤스 가족은 킨타나 거리 222번지의 집에 살았다. 이층집으로 세라노 거리의 것보다 작은 정원이 하나 있었지만 투기와 근대적 도시계획과 진보의 제물로 사라졌다. 그곳은 또한 그의 축소판 집이기도 했다. 사실, 보르헤스의 집은 언제나 부에노스아이레스였기 때문이다.

보르헤스는 『마르틴 피에로』 지에 훗날 두 번째 시집 『정면의 달』에 실리게 될 「몬테비데오」라는 시와 그에게 주목한 스페인 작가들에 대한 두 편의 짧은 에세이를 발표한다. 라몬 고메스 델 라 세르나와 보르헤스가 평생 스승으로 섬긴 라파엘 칸시노스 아센스가 그들이었다. 부지런히 발걸음을 한 숱한 문학연회와 오마주에서 보르헤스는 칸시노스 아센스를 스승으로 섬기고 있음을 거듭 밝힌다. 25세의 보르헤스는 이미 완전한 문학인이었다. 이제 혼란스럽던 첫사랑을 잊고 몸과 마음을 바쳐 문학에 헌신한다. 각각 한 권의 시집과 에세이집이 나온다. 그의 새로운 시집은 『부에노스아이레스의 열기』의 연속선상에 있으며, 에세이집 『심문』은 주로 여러 잡지에 발표한 글들을 모아놓았다. 보르헤스는 훗날 이 작품들을 거부하게 되고, 1952년의 『전집』에 포함시키지 않는다. 영원한 완벽주의자인 그는 열정과 선의에서 비롯되었지만 문학과는 동떨어진 것, 다시 말해 그가 '젊음의 죄'라고 부르던 것을 언제나 매우 심각하게 받아들였다. 또한 그는 울트라이스모에서 큰 걸음으로 멀어져갔다. 마찬가지로 오랜 우정을 뒤로하고 영원히 지속될 새로운 우정을 쌓아간다. 리카르도 구이랄데스를 통해 가까워진 빅토리아 오캄포와는 평생 우정을 유지하게 되고, 몇 해 뒤에는 빅토리아보다 13년 늦은 1906년에 태어난 실비나 오캄포를 알게 된다. 두 사람 모두 마세도니오 페르난데스처럼 평생을 함께 한 보르헤스의 문학적·인간적 동반자들이었다.

『심문』은 그다지 좋은 반응을 얻지 못했다. 『부에노스아이레스의 열기』나 심지어 『정면의 달』에 비해 『심문』은 결과적으로 진일보한 것이었다(그러나 지방주의와 그 열정의 자객들인 보르헤스의 비방자들에 따르면 일보 후퇴한 것이었다). 그의 시집들은 여전히 부에노스아이레스에 머물러 있었다. 첫 시집에서는 친밀한 도시와 초라한 집들에 대해, 철책과 정원과 거리들에 대해 얘기했다. 두 번째 시집에서는 눈에 띄는 새로움이 엿보이지 않는다. 모든 면에서 모데르니스모의 색채가 짙고 아르헨티나풍의 언어와 애국심과 고향의식으로 가득 찬 책이다. 이러한 선례를 고려할 때 『심문』에서 보이는 갑작스런 방향 전환은 예상치 못한 것이었다. 이 책에서 보르헤스는 조이스, 토머스 브라운 경, 케베도, 칸시노스 아센스, 우나무노에 대해 말한다. 이 책은 보르헤스에게서 부에노스아이레스와 이 도시의 작가들 그리고 그 위대한 전통을 기록할 공식적인 연대기작가의 역할을 기대하던 사람들을 실망시켰다. 이 책에 드리워진 자기만족적이고 현학적인 분위기는 더더욱 그들의 마음에 들지 않았다. 스물다섯의 나이에 허영은 용서되지 않는다. 그러나 50대를 넘어서면 허영이라는 부덕함이 오히려 공감을 얻기도 한다.

보르헤스는 점차 자신의 신화와 개성을 벼려갔다. 울트라이스모는 차츰 그에게서 멀어졌고 민족주의 역시 마찬가지였다. 또한 (붉은!) 찬미가의 공산주의는 그에게 하나의 상처였다. 다른 유형의 문학에 헌신하고 싶던 그는 시야를 넓힌다. 그러나 지역적 가치와 그의 부에노스아이레스 그리고 평생 단 한 번도 저버리지 않은 조국 아르헨티나를 잊지 않았다. 1926년에 출간된 에세이집 『내 희망의 크기』는 이러한 흐름에 속한다. 여기에서 보르헤스는 토착 민요, 카리에고, 마세도니오 페르난데스, 구이랄데스를 찬양한다. 가장 국수주의적이고 가짜 애국주의적인 책으로 보르헤스는 평생이 책을 거부하게 된다. 70년대의 『자서전』에서 보르헤스는 이렇게 말한다. "… 나는 그 시절의 작품과 그저 아득한 관련성을 느낄 뿐이다." 분명한 것은 그가 첫 에세이들의 재판을 허용하지 않았다는 사실이다. 에메세 출판사가 전집 출판을 제의했을 때 보르헤스는 즉시 수락했지만 '그 터무니없는 책들' 을 폐기한다는 조건을 붙였다. 몇 해가 지난 뒤에 처음의 의지와 달리(그의 최종적인 의지가 무엇이었는지는 알 길이 없다), 그 책들은 다시 빛을 보게 된다. 사람들은 충분히 그럴 만한 가치가 있다고 믿는다. 보르헤스는 하나가 아니라 무한한 존재이기 때문이다. 그는 끝이 없다. 그 광대한 공간에는 그의 창작의 다면체에서 다른 각도를 비춰 주는 작품들 역시 들어갈 수 있다.

『내 희망의 크기』는 숱한 비판과 논평과 야유를 불러일으켰다. 어떤 경우에는 시발점이 제목이었다. 또 다른 경우에는 책이 찬양하는 내용이 빌미가 되었다. 분별없는 사람들은 산문의 미학적 요소를 문제 삼기도 했다. 처음에는 일단의 비평가들이 보르헤스에게 욕지거리를 퍼부었다. 보르헤스가 주변에 조성한 반감은 분명 그의 성격에서 비롯되었을 것이다. 그는 극히 소심한 성격의 소유자였고, 지나치게 예민해 아주 사소한 솔직함도 분별없는 짓으로 여길 정도였다. 물론 아무도 젊은 아방가르드 시인들 사이에서 그의 지도력을 의심하지 않았고, 사람들은 거의 예외 없이 그에게서 현자의 모습을 발견했다. 그러나 이것만으로는 그의 성격이 동료들에게 불러일으킨 의혹을 불식시키기에 역부족이었다. 그렇다면 보르헤스는 이러한 상황을 타개하기 위해 어떻게 했을까? 그는 아무런 대책도 세우지 않았다. 결국 그러한 사실에 전혀 개의치 않았다고 생각할 수밖에 없다. 더욱이 그의 말과 글은 매섭기 일쑤였고, 몇몇 동료 시인들에게 상처를 주었으며 그들의 자존심을 건드렸다. 보르헤스는 있는 그대로의 진실을 쏟아냈다. 비록 그 진실이 때로는 반감과 거부를 야기했지만 말이다. 알베르토 이달고의 『새로운 미국시의 지표』가 출간되었을 때 보르헤스는 서문세 개 중 하나를 쓴다. 여기에서 그는 한때 흠모한 루벤 다리오와 모데르

10 Alfonsina Storni(1892~1938). 후기 모데르니스모를 대표하는 아르헨티나의 여류시인. 인용문의 '그 도시' 는 부에노스아이레스를 가리킨다.

니스모를 폄훼한다. 가령, 그는 알폰시나 스토르니[10]에 대해 이렇게 논평한다. "스토르니를 비롯해 반듯한 거리의 그 도시에서 삶의 권태를 노래하던 사람들에 대해 나는 권태는 비시非詩적인 유일한 감정이며 또한 그들의 펜이 즐겨 찬양하는 감정에 불과하다고 말할 것이다." 이것은 때때로 그가 말속에 품고 있던 비수의 한 예에 지나지 않는다. 그러나 그는 자신의 견해가 많은 이들을 흥분시킬 수 있다는 사실에 전혀 아랑곳하지 않은 것으로 보인다. 그에게는 사회적 편의와 그 트라우마보다 문학과 예술이 더 중요했다.

그러나 수많은 경쟁자들과 대항자들, 적들의 존재에도 불구하고, 보르헤스는 매우 사랑 받는 사람이었다. 그의 벗들은 오랜 세월 진실로 그를 사랑했다. 그 중 한 명은 지금까지 얘기해 온 『내 희망의 크기』와 몇 해 뒤에 출간된 『아르헨티나인의 언어』에 삽화를 그렸다. 그의 이름은 알레한드로 슐츠 솔라리였는데, 흔히 술 솔라르로 불렸다. 두 개의 언어를 창안해 낸 괴짜였고 동시대인들에게 정신병자 취급을 받았다. 그러나 보르헤스는 그를 존중했고 그에게서 많은 것을 배웠다고 했다.

보르헤스의 무게중심은 예술이었다. 그는 주저 없이 자신의 삶을 예술에 바쳤다. 주지하다시피 그 이외의 것은 문학이 아니라 문학적인 것의 외연, 즉 결코 본질이 아닌 일화적인 것을 이룬다. 이제 그가 불행하던 시절에 이르렀다(사실 그는 늘 불행했거나 혹은 거의 그랬다). 불행하던 시절이라고 한 것은 작가의 대중적 담론, 근사하거나 혹은 일그러진 그의 모습, 그의 정치·문화 사상이 그의 작품보다 더 중요시되었기 때문이다. 작품은 부차적인 자리로 밀려났다. 문학의 자율성과 활력 그리고 문학이 페이지마다 간직하고 있는 신비는 관심을 끌지 못한다. 중요한 것은 표지에 서명한 작가의 얼굴이나 신념, 호감, 혹은 신랄함이었다. 만일 작가가 대중추수적인 호인이라면 작품 출간으로 성공을 거두는 것은 떼어 놓은 당상이었다. 『불명예의 세계사』에는 인용하지 않을 수 없는 단편이 하나 들어 있다. 「거짓말 같은 사기꾼 톰 카스트로」가 그것인데, 이 작품은 인격의 대체, 즉 다른 사람의 이름을 취하는 한 남자의 이야기를 들려준다. "1874년 2월 27일 아서 오튼이라는 별명을 지닌 톰 카스트로는 14년의 강제노역형에 처해졌다. 그는 감옥에서도 사랑을 받았다. 그게 그의 일이었다. 모범적인 수형 생활로 그는 4년을 감형 받았다. 마지막 수감 —형무소 수감— 이 끝나고 마침내 자유의 몸이 되었을 때 그는 대영제국의 여러 마을과 도시를 돌아다니며 결백을 주장하거나 유죄를 인정하는 소규모의 강연을 했다. 한결같은 겸손함과 사람들에게 즐거움을 주고자 하는 식을 줄 모르는 열망으로 그는 청중의 기호에 맞춰 자기변호로 시작해 참회로 끝마치는 강연을 하며 많은 밤을 보냈다."

그는 언제나 대중의 기호에 따랐다.

다른 위대한 거장들이 그랬듯이 보르헤스는 문학 시장의 흐름을 바꾸어 놓았다. 그리고 마침내 결정적으로 그 시장을 정복했다. 거기에 그의 천재성이 있다. 또한 거기서 고전들이 태어난다. 오래오래 존속하는 책들. 영원히 고갈될 수 없는 책들. 보르헤스가 흥미롭고 지적인 방식으로 정의하던 책들. "고전은 꼭 이러저러한 장점을 지닌 책이 아니다. 다양한 이유로 필요성을 느낀 인간 세대들이 앞선 열정으로 신기할 만큼 충실하게 읽는 책이 고전이다." 앞선 열정은 영속성, 혹은 불멸성이라는 헤아릴 수 없는 사실을 부여한다. 보르헤스는 불멸을 위해 글을 썼다.

4 운명으로서의 문학

　　보르헤스는 소문난 산책가였다. 그는 한가한 시간의 대부분을 산책하는 데 썼다. 동료들과 더불어 이폴리토 이리고옌의 대통령 재선운동을 활발하게 하던 시절에는 특히 그랬다. 이리고옌은 재선에 성공했다. 보르헤스가 회의주의의 한 형태로 규정한 노년기의 보수당 활동을 제외하면 이 시기의 시민활동은 그가 정치와 나눈 드문 밀회의 하나였다.

　1927년과 1928년이 흐르고 있었고 지금도 흐른다(여전히 이 글에 어울리는 동사시제는 현재다). 1928년은 이리고옌이 대통령에 재선된 해다. 보르헤스는 이리고옌에게서 국민을 위해 봉사하고자 하는 의욕이 넘치는 겸허하고 청렴한 정치가의 모습을 보았다. 그에 따르면 이리고옌은 보기 드문 부류의 사람이었다. 보르헤스는 1916년부터 1922년까지 아르헨티나를 통치한 이 정치 지도자의 입지를 강화하는 일에 열정과 노력을 바쳤다. 이리고옌은 혼란스러운 아르헨티나의 정치를 민주화시켰고, 그의 조국이 제1차 세계대전의 소용돌이에 휘말리지 않도록 한 인물이었다. 그것은 보르헤스가 그에게 바친 정열과 합쳐져 새로운 정치적 열정을 불태우기 위한 충분한 동기가 되었다. 이리고옌은 의심의 여지없이 성공적인 정치가였다. 그는 1928년부터 1930년 우리부루에서 쿠데타가 일어날 때까지 다시 한 번 대통령직을 수행한다. 세월이 흐른 뒤에 보르헤스는 자신의 시에서 젊은 날의 열정을 후회하며 이렇게 노래한다. "최초의 아코디언이 지평선까지 울려 퍼졌네. / 볼품없는 자태, 아바네라,[11] 낯선 외래풍 가락으로. / 확신에 찬 코랄론에서는 이미 이리고옌을 연호했고, / 어떤 피아노에서는 사보리도[12]의 탱고가 흐르고 있었네. 절규하는, 감격한, 거대한, 대문자의 이리고옌."

그러나 보르헤스의 세계는 때때로 진부하기 짝이 없는 정치와는 전혀 무관했다. 그의 우주는 달랐다. 문학적 우주, 단어들, 언어. 그가 행한 최초의 대중적인 문학 강연은 언어에 바쳐졌다. 아르투로 캅데빌라는 그에게 『라 프렌사』의 대중강연협회에서 강연해 줄 것을 요청했다. 『라 프렌사』는 1863년 호세 클레멘테 캅데빌라에 의해 창간되어 50만 부 이상의 판매 부수를 기록한 아르헨티나의 대표적인 일간지였다. 과두적 성격을 견지했지만 분별 있는 신문이던 『라 프렌사』는 세월이 흐르면서 뚜렷한 퇴조를 보이게 되는데 이는 당연한 결과였다. 이 신문은 아르헨티나의 매혹적인 하늘을 고문의 피 냄새와 잿빛으로 물들인 극우파와 비델라 편에 섰다. 그러나 그것은 혹자들이 생각하는 것처럼 그렇게 분명치 않은 다른 얘기다. 게다가 그 시절에는 사정이 달랐다. 행복하던 20년대에 『라 프렌사』는 광범한 동원 능력을 지니고 있었고 그 무대에 선다는 것 자체가 경의와 권위의 상징이었다. 이를 잘 알고 있던 보르헤스는 초조한 마음으로 루이 15세 풍의 강연장으로 달려갔다. 팔다리가 후들거렸지만 마음을 다잡았다. 강연

---

11 쿠바의 무곡으로 보통 템포에 의한 4분의 2박자 곡이며 아르헨티나 탱고의 모체를 이룬다.
12 Enrique Saborido(1877~1941). 「라 모로차」, 「펠리시아」 등을 작곡한 탱고 음악의 선구자.

문인 「아르헨티나인의 언어」는 1928년 같은 제목의 에세이집으로 출간되었다. 훗날 보르헤스는 『전집』에서 가차 없이 이 텍스트를 배제시켰다. 그의 세 번째 책인 이 에세이집은 연륜이 쌓이면서 성숙해 간 신뢰할 만한 사상적 성찰이 아니라 젊은 날의 열정의 결과인 것으로 보인다. 그는 다만 이 책의 표제작에 한해 재판을 허락했다. 나머지는 사족인 것 같다. 시市 문학상 2등상을 수상한 『산 마르틴 노트』가 출간된 해인 1929년 이후에 쓰여진 시들 역시 그에게는 사족이었다. 그는 3천 페소의 상금으로 『브리태니커 백과사전』 한 질을 구입했다.

보르헤스는 세 번째 시집에서 『정면의 달』을 장식한 모데르니스모적 분위기를 일소하고자 했다. 이 시집에는 이미 능숙하게 다루어진 지적인 성향의 시들이 자유자재로 형상화 되어 있다. 보르헤스에 따르면 여기에 실려 있는 「남부에서 그의 시신을 지키며 지새운 밤」은 그가 쓴 최초의 시다. 이 진지한 처녀 시는 그의 전집이 백년이나 천년 뒤에 발간된다 해도 거기에 수록되는 행운을 누릴 만한 가치가 있다. 시집에는 그의 선조들, 순환하는 모티프로서의 죽음, 물장수, 페루의 경기병 그리고 늘 그렇듯이 마세도니오 페르난데스가 등장한다. 여기에는 이미 훗날 잊을 수 없는 시들을 창작할 보르헤스가 있다. 여기에는 시간과 형이상학, 존재의 의미 그리고 삶의 격랑 속에서 길을 잃은 존재로서의 인간이 있다. 여기에 우리가 아는 최초의 위대한 보르헤스가 있다.

보르헤스가 다시 시를 발표하기까지는 많은 시간이 흘러야 했다. 왜냐하면 시는 자연스럽게 다가오는 것이지 찾아 나서서는 안 되기 때문이다. 그런데 이제 그에게 다른 소리들이 들려오기 시작한다. 가령, 패혈증과 실명의 소리. 이 소리들은 20년대 말의 이 시기에 불행한 행로를 시작한다. 보르헤스는 1927년 처음으로 백내장 수술을 받는다. 훗날 그는 자신의 실명을 언급한 지극히 아름다운 「축복의 시」를 쓰게 된다.

수술을 받던 해에 그의 문학적 삶은 풍성했다. 파블로 네루다를 알게 되었으며 「부에노스아이레스의 신화적 창건」이 『노소트로스』 지에 발표된다. 처음에는 「신화의 창건」이라고 제목을 붙인 이 시는, 보르헤스의 모든 작품들이 그렇듯, 시간의 흐름 속에서 많은 변화를 겪게 된다. 이 변화 속에는 어김없는 시행과 정확한 시구 그리고 한마디로 완벽함을 추구하던 보르헤스의 열망이 아로새겨져 있다. 훗날 이 아름다운 시는 이미 언급한 바 있는 『산 마르틴 노트』에 수록된다.

이 무렵 보르헤스의 문학적 삶은 활발하게 전개된다. 그는 작가로서 널리 인정받고 높이 평가되었으며 1926~1927년에 출간된 세 권의 시선집에 이름을 올린다. 이후로도 그는 이 같은 강력한 동력을 잃지 않을 것이다. 그러나 다른 영역에서도 보르헤스의 삶은 그에 못지않게 풍요로운 시기였다. 그는 술과 동료애의 즐거움이 있는 곳이라면 때와 장소를 가리지 않고 찾아다녔다. 미래에도 유랑과 고립 그리고 악마주의에 대한 끌림은 결코 그를 떠나지 않을 것이다. 시인 프란시스코 루이스 베르나르데스는 그의 가장 절친한 동료였다. 그와 더불어 보르헤스는 부에노스아이레스의 분위기가 물씬 풍기는 주점들을 배회했다. 그들은 자신들의 땅에 대한 경의의 표시로 브라질 맥주나 우루과이 앵두주스를 마셨다. 그것은 부에노스아이레스의 밤을 배회하는 베르길리우스가 품고 있던 숱한 호기심 중의 하나였다. 그는 언제나 천천히 현실의 어두운 면을 응시하면서 지옥 같은 일상 속에서 자신을 에덴으로 인도할 한 줄기 미세한 빛을 더듬어 찾았다.

그의 또 다른 벗은 1927년 당시 아르헨티나 주재 멕시코 대사이던 알폰소 레예스였다. 그는 남다른 감수성의 소유자였으며, 고전은 물론 가장 혁신적인 경향들에 대해서도 해박한 지식을 지니고 있었다. 보르헤스는 멕시코에 스페인 어문학사 강좌를 설치한 장본인인 그 인문학자에 대해 진심 어린 존경심을 느꼈다. 한 마디로 레예스는 현자였다. 레예스의 개성과

학식은 보르헤스를 매료시켰으며 그를 사색에 잠기게 했다. 그는 에세이 집『논쟁』(1932)의 서두에서 완벽주의자의 표본인 레예스의 구절을 인용하고 있다. "작품을 출간하지 않는 것은 좋지 않다. 다시 고쳐 쓸 때 생명이 다할 것이기 때문이다." 보르헤스는 그와 읽을거리를 함께 나누었으며, 종종 그에게 조언을 구하기도 했다. 그리고 그의 조언을 또 다른 절친한 친구인 페드로 엔리케스 우레냐와 공유했다. 그는 라플라타 대학의 교수였는데 보르헤스는 그의 연구실에 자주 발걸음을 했다.

그렇게 오가던 어느 날 보르헤스는 엘사 아스테테 미얀을 알게 된다. 보르헤스는 그녀를 자주 찾아갔으며, 그녀의 열일곱 나이와 여려 보이는 외모에 홀딱 반했다. 그는 어느 토요일 오후에 평소처럼 그녀를 방문했다고 한다. 엘사의 어머니는 보르헤스에게 찾아온 용건을 물었고, 그는 애인을 만나고 싶어서 왔다고 정중하고 예의바르게 대답했다. 엘사의 어머니는 그녀가 바로 전날 결혼했다는 사실을 일러주었다. 보르헤스는 30년이 넘는 오랜 세월이 흐르고 나서야 그녀와 결혼하게 된다. 그녀가 미망인이 된 뒤였다. 결국 그녀와의 결혼생활도 오래 가지 못했다. 한마디로 불행한 3년이었다.

그 일에 관해서는 파니라고 불리던 에피파니아 우베다 데 로블레도 부인이 자초지종을 잘 알고 있다. 보르헤스의 요리사로 늘 그의 곁을 지켰고, 40년 넘게 그를 방문해 보살핀 파니는 이렇게 말한다. "엘사 아스테테 미얀은 보르헤스의 첫 여자였고, 보르헤스는 그녀가 남편을 잃은 뒤에 결혼했어요. 그의 어머니는 아들이 충실한 결혼생활을 영위하는 데는 별 관심이 없다고 그녀에게 귀뜸해 주었지요. '조지는 부부침대를 원치 않는다오.'라고 그녀에게 말했어요. 그렇지만 부인은 개의치 않고 결혼했지요." 보르헤스는 성생활과 그 의무에 통 관심이 없었다. 이를 확인하기 위해 신혼 첫날밤에 대한 파니의 말을 옮겨보자. "하객들이 다 돌아갔을 때 보르헤스는 집밖으로 나가지 않고 자기 방에서 밤을 보내겠다고 했어요. 모친과 부인이 집요하게 설득했지만 그는 이렇게 말했지요. '아니오. 됐어요. 전 여기 있겠어요.' 엘사 부인은 할 수없이 혼자 떠났지요. 그들은 결국 신혼 첫날밤을 따로 보냈고, 결혼생활 내내 그런 식이었어요. 모친이 벨그라노 구역에 그들 부부를 위한 아파트를 마련해 주고 나서야 함께 살았지요. 그러나 그 때도 침대는 따로 썼고, 그나마 오래가지 못했어요." 보르헤스는 1967년 9월 21일에 결혼했다. 그는 한 어릴 적 친구에게 '어머니를 기쁘게 해드리기 위해' 결혼했다고 털어놓았다. 그 시기에도 우리의 시인은 여전히 행복하지 못했다.

아마도 그가 가장 행복하던 순간들은 유년기에 집중되어 있을 것이다. 여동생 노라와의 놀이, 처음으로 쓴 시들, 독서를 통한 세계의 발견. 노라는 조지에게 없어서는 안 될 동무이자 그의 단점을 보완해 주는 이상적인 존재였다. 그러나 노라 역시 결혼과 함께 그를 떠난다. 결혼 상대는 그들이 스페인에 처음 체류하던 시기에 그들 앞에 나타난 울트라이스모 시인 기예르모 데 토레였다. 1928년이었다. 보르헤스는 감당하기 힘든 한없는 삶의 공허를 느낀다. 집안은 휑하니 더 크게 느껴졌고, 그는 그 어느 때보다 향수에 사로잡혀 글을 쓴다.

꼭 조지의 울적한 기분 때문만은 아니겠지만 거주지를 옮기게 된 것은 이 일과 어느 정도 관련이 있을 것이다. 노라가 결혼한 후에 그의 가족은 라스 에라스 거리의 6층집으로 이사를 한다. 널찍하고 빛이 많이 드는 견고한 건물로 발코니가 대단히 많았고 나무와 전차의 풍경이 바라보였다. 잠 못 이루는 밤이면 보르헤스는 발코니에서 시간을 보냈다. 그런 날이 다반사였다. 분명 그는 제대로 잠을 이루지 못했고, 밤마다 불면과 환영, 오가는 사랑, 외우고 있는 시구들, 신화 그리고 역설이 쌓여 갔다. 그는 하루에 채 여섯 시간도 자지 못했다. 그보다 더한 시절도 있었다. 하루 종일 잠

못 이루고 깨어있기도 했다. 가령, 어떤 집에 올라가다가 원시遠視 때문에 제대로 분간을 못해 열려 있는 창문에 머리를 부딪치는 끔찍한 사고를 당한 후에, 상처를 제대로 치료하지 않아 패혈증을 앓던 1938년 말이 그랬다. 그 때문에 보르헤스는 한동안 고통에 시달렸고, 몇 주 동안 잠을 이루지 못했으며, 그 후에도 여러 달 동안 편히 쉴 수 없었다. 그는 며칠 동안 고열로 헛소리를 했고, 흉한 몰골과 악몽, 그를 괴롭히는 공포를 참아야 했다. 아마도 서로 상관은 없겠지만, 우연히도 보르헤스가 환상문학을 쓰기 시작한 것이 바로 이 무렵이다. 그의 첫 환상단편은 「틀뢴, 우크바르, 오르비스 테르티우스」였다. 보르헤스는 쉽게 잠들지 못하는 불면증에 지극히 아름다운 페이지들을 바쳤다. 『인공장치』라는 책에 수록되어 1944년에 출간된 단편 「기억의 명수, 푸네스」에서 그 일면을 찾아볼 수 있다. 보르헤스는 이 책의 서문에서 그의 단편이 '불면증의 메타포' 임을 밝히고 있다. 그러나 그가 모르페우스[13]와의 불화에 바친 가장 강렬한 글은 그의 강박증과 동일한 제목을 지닌 시로 1936년에 발표한 「불면증」일 것이다.

심지어 보르헤스는 1982년에 나온 『암호』라는 책에서 불면증을 정의하기도 했다. "불면증이란 무엇인가? 이것은 수사의문문이다. 나는 답을 너무나 잘 알고 있다. 그것은 깊은 밤에 겁에 질린 채 숙명적인 차가운 종소리를 헤아리는 것, 부질없는 마법으로 고른 호흡을 시도하는 것, 밤새 이리저리 몸뚱이를 뒤척이는 것, 눈꺼풀을 들볶는 것, 분명 깨어있는 것은 아닌 열병과 흡사한 상태, 이미 여러 해 전에 읽은 문장의 단편들을 읊조리는 것, 남들이 잠든 사이에 밤을 새운다는 죄의식, 잠에 빠지고 싶어도 빠질 수 없는 것, 존재한다는 것과 계속 존재해야 한다는 것에 대한 혐오, 미심쩍은 새벽이다." 위대한 보르헤스.

---

13 그리스 신화에 나오는 꿈의 신으로 꿈속에서 사람의 형상을 빚어낸다.

보르헤스는 라스 에라스의 집에서 십 년 가까이 산다. 30년대의 전부를 그곳에서 보낸 셈이다. 그 역시 서른 살이 된다. 이 무렵에 부친의 벗이던 민중 시인을 다룬 『에바리스토 카리에고』가 출간된다. 이 책은 그가 유년기를 보낸 옛 동네로 다시 돌아가기 위한 방편이었다. 스스로 밝혔듯이, 『에바리스토 카리에고』를 써가는 과정에서 보르헤스는 점차 이 책의 인물에 관심을 잃게 되고, 대신 자신의 과거를 탐사하고자 하는 호기심에 사로잡힌다. 유년기의 부에노스아이레스, 아직도 그의 숨구멍과 입술 사이에 남아있는 향기, 탱고, 그의 마음을 뒤흔들던 어떤 지리적 공간에 대한 회상. 초판이 세상에 나온 지 25년이 지난 1955년에 재판이 출간되었다. 재판에서 보르헤스는 문절을 삭제하거나 새로이 삽입하였으며, 또 몇 개의 장을 추가한다. '세월이 지나간다. 덧없이'와 같은 문장은 끊임없이 감동을 불러일으킨다. 불행의 검은 새는 계속 그의 주위를 맴돌았다. 낙심한 아버지, 라스 에라스 집의 무한한 공간에서 눈먼 아들을 인도하는 어머니, 고독 그리고 문학이 필요로 하는 고립. 문학은 돌이킬 수 없는 영원한 그의 조난을 천천히 붙들어 매는 구명줄이었다.

『에바리스토 카리에고』는 극소수의 사람들에게만 관심의 대상이 된다. 심지어 선택된 소수만이 향유하는 그의 시보다도 독자가 적다. 부에노스아이레스는 그의 내면에 깊은 상처를 남기기 시작한다. 그는 울트라이스모에 심취하던 과거와 초기의 애국주의는 물론이고, 심지어 카리에고의 전기(?) 집필을 시작할 때의 헌신과 열정도 후회하기 시작한다. 그는 폭풍우의 한 가운데서 길을 잃은 것만 같았다. 그는 외로움을 느낀다. 노라는 이제 더 이상 그에게 위로와 힘을 주는 존재가 아니었고, 끈기 있게 그의 슬픔을 어루만져 주는 동무도 아니었다. 노라는 결혼하고 없었다. 이제는 보르헤스가 그 어느 때보다 혐오해 마지않는 울트라이스모 시를 옹호하는 시인과 결혼했다. 그 즈음에 보르헤스는 마치 길을 잃은 느낌이었다.

무엇을 해야 할지 몰랐다. 빅토리아 오캄포가 그에게 『수르』의 편집위원을 맡아 줄 것을 권유한 것은 바로 그 무렵이었다. 이 잡지는 장차 라틴아메리카에서 가장 권위 있는 문학지가 된다. 게다가 그는 한동안 출판 업무를 담당하면서 가르시아 로르카, 카뮈, 조이스, 딜런 토머스, 사르트르, 보르헤스, 오네티[14], 나보코프 등을 펴내기도 했다. 1931년이었다.

　오캄포 일가는 최상류층 과두계급에 속하는 집안으로 아르헨티나의 정치적·사회적·문화적 영역에서 두루 영향력을 발휘했다. 마누엘 오캄포는 그의 여섯 딸들이 예술에 집착하는 것을 달가워하지 않았다. 특히 실비나와 빅토리아가 문제였다. 그는 온갖 수단을 동원해 딸들을 어릿광대와 책의 세계로부터 떼어놓으려고 했다. 그처럼 백해무익하고 홀대받는 일은 미래가 없는 다른 집 자식들의 몫이었기 때문이다. 그녀들은 유복한 환경에서 허드렛일이나 하찮은 일을 할 필요가 없었고, 작가나 배우, 예술가가 될 필요도 없었다. 집안에는 그런 부류의 사람들이 드나들 수 없었다. 그러나 그것은 착각이었다. 『수르』가 세상에 나오기 일년 전에 마누엘 오캄포가 사망함으로써 그토록 세속적이던 그의 소망 역시 영영 묻히게 된다. 그러나 명민한 빅토리아가 장차 어려운 경제상황에 처할 것이라는 그의 예언은 빗나가지 않았다. 그는 빅토리아에게 입버릇처럼 "넌 파산하고 말 거야."라고 말했고, 결과적으로 그렇게 되었다. 한 때는 모든 것을 소유한 그녀였지만 1979년 사망 당시 최소한의 유산도 증여하지 못했고 은행계좌에는 한 푼도 남아있지 않았다. 그러나 그녀에게는 88년의 삶을 통해 가슴으로 수확한 수많은 친구들과 책 그리고 지혜가 남았다. 요한 제바스티안 바흐, 타고르, 버지니아 울프, 에밀리 브론테의 신비가 남았고, 또 그녀의 전설과 관대함을 더욱 확장시킨 숱한 에세이와 독서가 남았다.

14 Juan Carlos Onetti(1909~1995). 몬테비데오 출신의 우루과이 소설가로 가공의 도시 산타마리아를 무대로 한 『조선소』(1961)가 대표작이며 1980년에 세르반테스상을 수상했다.

『수르』는 권위 있는 잡지였지만 처음부터 수많은 적을 거느렸다. 혹자는 파시스트라고, 또 혹자는 공산주의자라고 비난했다. 중도적 입장을 취하던 보르헤스도 똑같이 분류되었다. 잡지의 편집 방향은 일정한 틀 없이 다양했으며, 무엇보다 문학적 기준에 의해 움직였다. 그러나 글을 쓰는 외에도 날마다 탁월한 정치적 견해를 피력하는 필자들이 작가 목록에 줄줄이 등장하는 것을 본 독서대중은 이를 받아들이지 않았다.

30년대에도 『수르』의 현실은 마찬가지였다. 극좌파와 극우파 인사들이 그 잡지를 거쳐 갔다. 그리고 극좌파와 극우파는 『수르』를 각각 극우파, 극좌파라고 비난했다. 빅토리아가 30년대에 무솔리니와 관련되어 있다는 사실이 이를 부채질했다. 몇몇 작가들은 이를 빌미로 그녀를 용서하지 않았다. 네루다도 그들 중의 한사람이었다.

분명한 사실은 시간이 지나면서 『수르』가 정치적으로 보수적 색채를 띠었다는 것이다. 그것도 극히 보수적이었다. 독자적인 자유주의 노선을 표방했지만 종종 그러한 창간 이념과 거리를 둔 일간지 『라 나시온』도 마찬가지였다. 보르헤스는 평생에 걸쳐 『라 나시온』에 부지런히 글을 기고한다. 문학과는 전혀 무관한 이러한 사실들로 인해 결과적으로 보르헤스는 문학의 중심을 이루는 무정부주의적이고 보편주의적인 원칙에 역행하는 작가, 뚜렷하고 특정한 정치색을 지닌 작가로 낙인찍히게 된다. 그러나 보르헤스는 언제나 그러한 원칙을 엄격하게 지켰으며, 그의 문학 개념은 본질적으로 보편적이고 무정부주의적이다.

결국 보르헤스는 『수르』의 지면과 빅토리아 오캄포의 개성에 밀착되어 30년대를 시작한다. 그러나 빅토리아가 그의 삶과 관련된 유일한 여자는 아니었다. 보르헤스는 그녀 못지않은 개성과 예술적 열정을 지닌 한 젊은 여자와 사랑에 빠진다. 일생을 통해 보르헤스와 동행하게 될 또 다른 신실한 우정 엘비라 데 알베아르였다. 빅토리아처럼 아르헨티나 상류계급 가문의 딸인 그녀는 가족의 반대를 무릅쓰고 문학의 세계에 투신한다. 감동적인 회고록인 『잃어버린 숲』에서 라파엘 알베르티는 빅토리아를 네루다의 시집 『지상에서의 거주』의 수탁자이자 발행인으로 소개한다. 그러나 이는 사실과 다르다. 빅토리아는 곧 파산하여 문학의 보호육성이라는 필생의 꿈을 접지 않을 수 없었다. 네루다는 결코 빅토리아의 정치적 태도를 용서하지 않았음이 분명하다, 결단코. 마찬가지로 네루다는 보르헤스와 그의 동료들의 정치적 망설임도 용서하지 않았다. 두 시인의 관계는 격정적이었다. 대체로 서로 동떨어진 냉혹하고 적대적인 관계였다. 그러나 누구도 결코 상대방의 위대함을 부정하지는 않았다. 네루다는 보르헤스가 지나치게 교양에만 관심을 둘 뿐 인간존재에 대해서는 거의 무관심하다고 말했다. 역으로 보르헤스는 자신이 증오해 마지않는 페론주의에 대한 칠레 시인의 태도를 결코 납득할 수 없었다.

아직도 우리는 30년대의 언저리를 거닐고 있다. 이 시기에 보르헤스는 이미 세상에 널리 알려진 작가였지만 그의 위대함이 만천하에 투명하게 드러나기까지는 수년의 세월을 더 기다려야 했다. 보르헤스의 유희적이고 논쟁적인 성격을 둘러싸고 인간적·사회적·정치적 측면에서 그에 대한 논쟁은 얼마든지 가능하다. 그러나 나름의 고유한 규범이 있거나, 혹은 그 어떤 규범도 존재하지 않는 문학의 영역에서는 결코 논쟁이 있을 수 없다. 문학의 공간에서는 질적인 수준이 곧 객관화할 수 있는 유일한 기준이자 공평하고 중립적인 객관적 가치다. 다시 한 번 분명히 말하지만, 문학적 수준이 곧 객관적 가치다. 보르헤스가 일부 독자들에게 즐거움을 주지 못할 수 있고, 그의 작품이 많은 사람들에게 무미건조하게 비쳐질 수도 있다. 또 그의 역설과 세련된 언어, 그의 지적인 분위기를 따분해 하는 사람이 있을 수도 있다. 그러나 그것은 그의 지고한 예술과 아무런 관련이 없다. 거듭 말하지만, 예술은 오직 객관성으로부터 그 가치를 평가할 수 있기 때문이다.

나는 이 점을 확신한다. 혹자들이 우리의 천재작가에 대해 논쟁을 벌이듯이, 나의 확신에 대해 논쟁을 벌여보라. 나는 '논쟁'을 선포한다. 1932년에 나온 보르헤스의 새로운 에세이집이 『논쟁』으로 이름 붙여졌다. 그리고 1933년에는 지면의 절반을 할애한 『메가폰』지의 특집 제목이 '보르헤스에 관한 논쟁'이었다. 수많은 논쟁 중에서 일부를 살펴보자.

에세이집 『논쟁』에는 가우초[15] 시에서 월트 휘트먼에 이르기까지 여러 편의 글이 수록되어 있다. 보르헤스는 여기에서 플로베르, 아킬레스와 거북이의 역설, 카발라와 지옥에 대해 얘기하며, 더 나아가 영화에 관한 명쾌한 논평을 쏟아놓는다. 슈테른베르크, 킹 비도르 그리고 채플린의 영화에 관한 평. 그는 자신의 신조를 펼쳤고 그 결과를 떠맡았다. 사실대로 말하자면, 그는 결과에 그다지 개의치 않았다. 그의 논쟁적 견해에 침해를 당한 사람들의 채찍질이 그를 덮쳤을 때, 그는 또 다른 문제와 연구, 또 다른 열정에 매달렸다. 맞대응을 하는 경우도 있었지만 대부분 무뚝뚝하게 내뱉는 경멸이 유일한 응답이었다.

『논쟁』에서 가장 매력적인 에세이 중의 하나는 「플로베르와 그의 모범적 운명」이라는 제목의 글이다. 프랑스 작가에 대한 예찬은 보르헤스의 작품에 잇따라 등장한다. 보르헤스는 플로베르의 면밀함과 정확성, 좌절감, 모범적인 독서광의 자세 그리고 본질적인 유일한 것으로서의 텍스트의 가치를 고양하기 위해 작품에서 작가 자신을 은폐하는 방식에 감탄한다. 보르헤스는 말한다. "밀턴과 타소와 베르길리우스는 시 창작에 헌신했다. 플로베르는 순수미학적인 산문의 창작에 헌신한[16](나는 이 단어를 엄밀한 어

---

15 스페인인과 인디오 사이의 혼혈 인종으로 라플라타 강 유역의 팜파스에 거주하며 목축업에 종사하였다. 19세기에 나타난 가우초 문학에서 이들은 문명 앞에서 파괴되어 가는 대자연의 상징, 또는 야만과 비합리성의 상징으로 그려졌다. 호세 에르난데스는 가우초 문학의 백미로 손꼽히는 『마르틴 피에로』에서 가우초의 전형을 창조했다.
16 원문에는 consagrarse(몸을 바치다)로 나와 있으며, 이 단어는 라틴어 consecrare에서 유래했다.

원적 의미로 사용한다.) 최초의 작가였다." 플로베르는 보르헤스에게 전범이 된 작가였다. 그는 평생 신경질환을 앓았고 풍기 문란 혐의로 기소된 적도 있다. 또 11년 연상의 여류작가 루이즈 콜레와 불행한 사랑을 했으며 응분의 성공을 거둔 뒤에는 경제적 문제로 고통을 겪기도 했다.

보르헤스는 이때까지 출간된 에세이집 가운데 이 책의 가치를 가장 높이 평가한다. 물론 그는 치열한 자기비판 속에서 이 책에 실린 몇몇 글들을 끊임없이 비판한다. 보르헤스는 서문에서 "(에세이 중의 하나인) 「폴 그루삭」은 이 책에서 결코 배제할 수 없는 글이다.", "「호메로스적 해석」은 예견적인 그리스 어문학연구가로서의 초보적인 문학이다. 나는 다음 단계로 올라갈 것으로 믿지 않는다."라고 말하고 있다. 이 명쾌하고 탁월한 에세이집의 서문은 단정적으로 끝을 맺는다. "나의 인생에는 삶과 죽음이 결여되어 있다. 사소한 것에 대한 나의 한결같은 애정은 이러한 결핍에서 비롯되었다. 제사題辭의 변명이 통할지 모르겠다." 이 보르헤스 전기는 대부분 "나의 인생에는 삶과 죽음이 결여되어 있다."는 보르헤스의 말 속을 향해 한다.

보르헤스에 대해 냉정하게 말하기는 쉽지 않으므로 언제나 분명한 태도를 취해야 한다. 혹자들은 그의 독특한 이데올로기적 입장에 대해 우호적인 태도를 보였고, 또 혹자들은 적대적이었다. 우리는 처음부터 문학의 견지에서 입장을 표명했다. 우리는 문학의 편에 서서 유희하거나 혹은 그러길 원한다. 우리는 문학과 더불어, 그리고 문학을 향해 여행한다. 왜냐하면 피에르 드뤼외 라 로셸이 말했듯이 '보르헤스는 여행하기' 때문이다. 보르헤스는 여행을 정당화한다. 수없이 되풀이된 이 구절은 1933년 『메가폰』지 제2호에 실렸다. 『메가폰』 지의 보르헤스 특집에는 유럽과 라틴아메리카의 작가들이 대거 참여했는데, 일부는 보르헤스에게 적대적이었고, 또 일부는 보르헤스 숭배자들이었다.

라 로셸은 『수르』와 빅토리아 오캄포의 초청으로 순회강연을 위해 아르헨티나를 방문했었다. 그는 그곳에서 보르헤스와 우정을 쌓게 되는데, 역시 문학 외적인 이러한 사실은 보르헤스의 삶을 통해 수많은 골칫거리를 제공했다. 왜냐하면 그가 찬사를 보낸 라 로셸이 파시스트로 변신했고, 끝내 제2차 세계대전 중에 나치의 부역자가 되었기 때문이다. 그는 독일이 패망한 후에 도주하는 대신 자살을 택했다. 보르헤스는 정황이 명약관화한데도 시종일관 그의 태도를 정당화했다. 보르헤스의 실수였다. 라 로셸은 결코 자신의 정치사상을 뉘우치지 않았고, 오히려 연합국측의 주장을 큰 과오로 여겼다. 또 무엇보다 그가 자살을 택한 것은 후회했기 때문이 아니라 그의 증언대로 연합국측이 '착각에 빠진 가련한 패거리'라고 믿었기 때문이다. 이처럼 보르헤스가 맺은 몇몇 우정은 그의 공적인 이미지에 결정적인 영향을 미쳤고, 사람들은 색안경을 끼고 그를 바라보게 된다. 그러나 라 로셸과 마찬가지로 보르헤스 역시 후회하지 않았다. 그럴 필요가 없었다. 보르헤스는 현실의 그림자가 그의 재능과 천재성을 훼손하지 못하는 관념의 동굴에 몸을 숨긴 채 홀로 원칙을 고수하며 적대적인 사람들에 맞서 자신의 논리를 옹호했다.

문학의 천재, 그것이 바로 보르헤스의 진면목이다. 『메가폰』지에서는 이미 그렇게 인정받고 있었다. 물론 이러한 견해에 이의가 없던 것은 아니다. 보르헤스의 단편과 시는 독자적인 메커니즘을 지니고 있어 스스로 증식하며 그 자체로 자율적이고 독립적이다. 따라서 보르헤스 대신 이름 없는 다른 어떤 손이 각각의 구절을 빚어 낸다 해도 그 위대함에는 변함이 없을 것이다. 언어에 대한 세심한 배려, 엄밀한 완벽성의 추구, 독특하고 밀도 있는 구문이 빚어 내는 음악에 대한 애착, 언어의 유희와 계략에 대한 집착, 그의 책들이 보르헤스의 진짜 삶이다. 저널에 발표된 그의 글, 이성과 비이성에 대한 비판, 심지어 작품 속에서 전개된 내용과도 무관한 텍

스트의 쾌락. 나는 글쓰기가 반드시 쾌락을 가져다 준다고는 생각지 않는
다. 또 보르헤스가 오직 쾌락만을 위해 글을 썼다고 믿지도 않는다(물론 이
러한 주장을 펼친 사례는 수없이 많다). 어떤 천재작가도 그렇지 않았다. 그런
일은 좋은 문학과 나쁜 문학의 차이를 분간하지 못할 때나 일어난다. 특별
한 의도 없이 자기 생각이나 주장을 표현하거나 운을 맞추고 유희할 따름
이지만 결과적으로 위대한 작품을 만들어 내는 작가들. 문학을 존재방식,
지각방식, 세상을 살아가는 방식으로 탈바꿈시키는 위대한 작가들. 읽히
기도 전에 이미 고전이 된 작가들. 한마디로 보르헤스는 그런 작가였다.
그것이 그의 운명이었다.

5 시간의 기억

문학은 그의 운명이었다. 1933년에 보르헤스는 재차 그것을 확인한다. 그 해에 그는 일간지 『크리티카』의 부록을 위한 문학 담당 자문위원으로 활동을 시작한다. 「레비스타 물티콜로르」로 이름 붙여진 부록은 매주 토요일 신문에 곁들여 발행되었다. 『크리티카』는 훈계조의 권위적인 자세를 보이지 않았고 교조적인 당파를 만들지도 않았으며, 아르헨티나를 구하기 위한 어떠한 이타주의적 모럴도 제시하지 않았다. 이 신문이 지향한 것은 포퓰리즘과 선정주의, 독자의 마음을 사로잡을 수 있는 기사였다. 진실은 중요하지 않았다. 중요한 것은 문화 충격과 이를 통한 유희적 기능이었다. 그리고 더욱 중요한 것은 『라 나시온』과의 경쟁이었다. 편집장이던 나탈리오 보타나는 이류 신문을 원치 않았고, 문화적 권위의 상징이던 『라 나시온』의 들러리가 되는 것은 더더욱 원치 않았다. 『라 나시온』은 에두아르도 마예아[17]가 관장하는 수준 높은 문학 부록을 가지고 있었다. 보타나는 뒤지고 싶지 않았다. 그래서 자신의 계획을 펼치기 위해 보르헤스를 부른다. 보르헤스는 그의 제안을 받아들였고 그때까지 전혀 모르던 낯선 세계를 알아가기 시작한다. 신문 편집, 신문사의 영세성과 궁핍함, 편집장의 푸대접, 쥐꼬리만한 보수를 받기 위해 글을 써야 할 필요성. 어쨌든 결과적으로 『크리티카』 시절은 보르헤스에게 대단히 생산적이었다. 그는 『크리티카』 지에 수많은 문학비평과 번역, 다양한 공동 창작 글을 쓰는 한편, 서사문학 장르의 첫 습작에 해당하는 일련의 단편들을 발표한다.

「장밋빛 모퉁이의 남자」는 보르헤스가 발표한 첫 단편이었다. 그는 원래 이 제목으로 발표하지 않았고, 또 자신의 이름을 내세우지도 않았다. 「남자들」이라는 제목에 고조부의 이름인 프란시스코 부스토스를 가명으로 썼다. 오랜 세월 뒤에 레네 무히카는 이 단편을 각색해 영화를 제작했다. 보르헤스는 이 영화를 마음에 들어 했다. 그는 영화가 원작에 충실하고 시간의 흐름을 거슬렀다고 말했다.

뒤이어 일련의 가짜 인생인 『불명예의 세계사』(1935)에 수록될 단편들을 쓴다. 아주 짤막한 초판 서문은 결정적 의미를 담고 있다. "이 책에 실려 있는 이야기들은 1933년과 1934년 사이에 쓴 것들이다. 나는 이 작품들이 내가 읽은 스티븐슨과 체스터턴의 책, 더 나아가 폰 슈테른베르크의 초기 영화 그리고 에바리스토 카리에고의 어느 전기에서 비롯되었다고 생각한다. 이 작품들은 서로 동떨어진 열거, 연속성의 돌연한 단절, 한 사람의 일생을 두 세 장면으로 축약하는 것과 같은 몇몇 문학적 장치를 빈번히 사용한다(이러한 시각적 방법은 「장밋빛 모퉁이의 남자」에서도 지배적이다). 이 단편들은 심리적이지 않으며, 또 심리적이고자 하지도 않는다. 책의 마지막을 장식하는 마법의 예들(책의 끝 부분에 나오는 스베덴보리, 『천일야화』, 돈 후안 마누

17 Eduardo Mallea(1903~1982). 아르헨티나의 소설가·사상가로 현대문명의 퇴폐와 소외 속에서 괴로워하는 인간의 모습을 묘사한 실존주의적 소설을 많이 남겼다.

엘 등의 번역을 말한다)에 대해서, 나는 번역자이자 독자로서의 권리밖에 없다. 때때로 나는 좋은 독자들은 좋은 작가들 이상으로 은밀하고 엉뚱한 훌륭한 시인들이라고 믿는다. 폴 발레리가 자신의 대과거인 에드몽 테스트를 작가로 내세운 작품들이 그의 부인이나 친구들의 작품보다 현저하게 수준이 떨어진다는 사실을 누구도 부정하지 못할 것이다. 그러므로 읽기는 쓰기 이후에 이루어지는 보다 체념적이고 정중하며, 보다 지적인 행위다." 좋은 독자들은 좋은 작가들 이상으로 은밀하고 엉뚱한 훌륭한 시인들이다. 그러한 생각은 그의 생애를 통해 지속적으로 확장되어 간다.

그러나 1954년 판 서문은 초판 서문보다 더 결정적이다. 여기에서 보르헤스는 다른 얘기를 하는 가운데 자신의 초기 단편에 대해 언급한다. "이야기를 자신 있게 쓰지 못하고 재미로 속임수를 써서 남의 이야기를 위조한(때로는 미학적 정당성도 없이) 소심한 자의 무책임한 유희에 불과하다. 그는 이러한 모호한 습작과정을 거쳐 「장밋빛 모퉁이의 남자」라는 직접적인 단편의 힘겨운 창작으로 나아갔다. 그의 고조부인 프란시스코 부스토스의 이름으로 서명한 이 작품은 엉뚱하고도 다소 불가사의한 성공을 거두었다." 그렇다. 보르헤스가 그다지 애착을 갖지 않은 「장밋빛 모퉁이의 남자」는 아르헨티나의 지식인 사회에서 풍성한 논평의 대상이 되었다. 논평은 대체로 긍정적이고 우호적이었다. 그러나 보르헤스가 운명처럼 늘 떠메고 다닌 고통은 줄어들지 않았다. 언급한 서문의 말미에서 보르헤스가 스스로 밝히고 있듯이, 그 시기에는 고통이 더욱 컸다. "이 작품을 쓴 사람은 매우 불행했다. 그러나 그걸 쓰면서 기쁨을 만끽했다. 부디 그 기쁨의 그림자가 독자에게 닿길 바란다."

해적들, 도적들, 위조범들, 범죄자들. 이들이 바로 보르헤스가 처음 시도한 서사 작품의 주인공들이다. 보르헤스는 작품의 줄거리를 구성하기 위해 잘 알려진 출전을 이용한다. 그 중에는 필립 고스의 『해적 이야기』(이 작품은 서툰 모험가들인 현대의 몇몇 작가들에 의해 수없이 재창작되었다)나 그가 높이 평가한 『브리태니커 백과사전』도 들어있다. 이 이야기들은 다양한 인물들을 다루고 있다. 설교자이자 말 도둑으로 끊임없이 흑인을 팔아 넘긴 가짜 흑인 해방자 라자루스 모렐. 앞서 이미 언급한 기이한 인물로 전 세계를 여행한 후에 로저 찰스 티치본의 죽음을 틈타 그의 신분을 가로챈 톰 카스트로. 황해부터 안남성 경계의 강들까지 아시아 해역에 출몰한 해적으로, 대담하고 거만했으며 독이 든 냉이와 쌀로 암살당한 후에 부인에게 두목 자리를 물려준 '단호하고 산전수전 다 겪은' 칭의 백전연마의 미망인. 후견인들에게 버림받은 후 감옥에서 십년을 보낸 20세기 초의 권총살해범으로, 심지어 제1차 세계대전에도 악명을 떨쳤을 만큼 극악무도했으며 다섯 발의 총탄을 맞고 1920년 12월 25일 뉴욕에서 생을 마감한 몽크 이스트맨("그는 다섯 발의 총탄을 맞고 죽어있었다. 죽음을 모르는 행복한 존재인 흔해빠진 고양이 한 마리가 어리둥절한 표정으로 그의 주위를 맴돌았다"). 그리고 빌리 엘 니뇨, 위장한 염색업자 하킴 데 메르브, 버릇없는 예절 선생 고수케 노 수케……. 『불명예의 세계사』에서 진정으로 독창적인 유일한 텍스트인 「장밋빛 모퉁이의 남자」와 함께 이 책을 가득 채우는 인물들. 「장밋빛 모퉁이의 남자」는 일인칭으로 서술되었지만 남의 이야기를 하듯 늘어놓은 부에노스아이레스 불한당들의 전형적인 이야기다. 그러나 이야기는 화자가 보르헤스를 향해 말을 건네는 막바지에 가서 뜻하지 않은 반전을 이룬다. "보르헤스 씨, 그 순간 나는 늘 이 조끼의 여기 왼쪽 겨드랑이 밑에 품고 다니던 예리한 단검을 뽑아 다시 한 번 찬찬히 살펴보았지요. 그것은 마치 결백한 새 칼 같았어요. 작은 핏자국 하나 남아있지 않았소." 갑작스런 결말 그리고 작가가 탐탁하게 여길 것 같지 않은 자백자. 단편 전체도 마찬가지다. 작가의 반감에도 불구하고 본질에 있어 장르의 기본적인 도그마에 충실한 단편이다.

이렇듯 『불명예의 세계사』는 서사문학 장르에 대한 보르헤스의 첫 번째 접근에 해당된다. 그리고 그 이상의 무엇이다. 인물로서의 그의 삶이 변함없이 불행의 오솔길을 걸어갔다는 확신을 준다. 아마도 이번에는 한 여인 탓이었으리라. 영어로 쓴 헌사에서 그 사실을 엿볼 수 있다. "이 책을 무한한 천사인 영국 여인 I. J.에게 바친다. 또 내가 간직하고 있는 존재의 핵심 —시간과 환희와 불행에 의해 훼손되지 않았고 말을 사용하지도, 꿈과 거래하지도 않는 중심 심장— 을 그녀에게 바친다." 흥미롭게도 이 구절은 제작년도가 1934년으로 적혀있는 두 편의 시 중 하나를 이루며 『시편들(1922~1943)』에 수록되어 있다. 이후에 나온 재판들에서 보르헤스는 이 시를 베아트리스 비빌로니 웹스터 데 불리히에게 바쳤음을 분명히 했다. 그렇지만 영문 이니셜은 영영 I. J.가 아닌 S. D.로 바뀌었다. (보르헤스가 사랑한 또 다른 여인인 사라 딜 데 모레노 우에요일까?) 분명한 것은 바로 그 여인이 이렇게 노래하는 또 다른 시에 영감을 불어넣었다는 사실이다. "나는 그대에게 나의 고독을, 나의 어둠을, 내 심장의 허기를 건넬 수 있네. / 나는 불확실과 위험과 패배로 그대를 유혹하려고 몸부림치네." 보르헤스는 『불명예의 세계사』 서문에서 자신을 '매우 불행한' 사람으로 규정하고 있다. 사실이었을까?

그는 자살을 통해 자신의 불행을 끝내고 싶어 했다. 심지어 35세가 되던 날인 1934년 8월 24일로 구체적인 날짜까지 잡아놓은 상태였다. 아무도 사실 여부를 분명하게 말할 수 없을 것이다. 그렇지만 사실무근이라고 말할 수도 없다. 분명 보르헤스는 그 날을 그냥 지나쳤으며, 목숨을 끊겠다는 생각이 수없이 그의 머릿속을 스쳤으리라고 짐작할 뿐이다. 그는 자살하지 않았다. 또 자살할 수 있다고 생각하지도 않았다. 어쩌면 그의 삶을 살지도 않은 우리들이 꾸며낸 말인지도 모른다. 아니면 그를 살았고 그를 꿈꾸던 사람들, 혹은 그의 입에서 자살이라는 가슴 아픈 말을 들었다고 믿은 사람들이 날조한 것일 수도 있다. 명철한 알베르 카뮈는 수년 후에 자살의 문제를 철학의 유일한 중심으로 언급했다. 어쨌든, 우리는 보르헤스의 글에서 죽음과 자살이 다양한 방식으로 순환하는 문제임을 확인하게 된다. 죽음, 자살, 불멸. "나는 그대에게 나의 고독을, 나의 어둠을, 내 심장의 허기를 건넬 수 있네. / 나는 불확실과 위험과 패배로 그대를 유혹하려고 몸부림치네."

『불명예의 세계사』가 출간된 1935년은 영국인 할머니 파니 하슬램이 사망한 해이기도 하다. 그녀는 거의 평생을 호르헤 기예르모 가족과 함께 살아왔다. 시력을 잃은 데다 심장병까지 앓던 보르헤스의 아버지는 모친의 죽음으로 심한 충격을 받았다. 그것은 반신불수의 결과로 1938년 2월에 맞게 될 자신의 죽음의 전주곡이었다. 외과 수술 덕에 오래 전부터 반 장님이던 시력을 되찾은 뒤였다. 심장병과 실명만으로는 그의 생명을 끊어놓기에 충분치 않았던 모양이다. 그러나 예상치 못한 음험한 병마가 그를 쓰러뜨렸다. 불행한 해였다. 그러나 그 순간까지 보르헤스는 문학에 몸을 맡긴 자신의 인생 항로를 운명처럼 자연스레 좇는다.

1936년에 보르헤스는 에세이집 『영원의 역사』를 출간한다. 또 문학 관련 기사와 함께 프랑스어, 영어, 독일어로 출간된 신간을 소개하는 격월간 섹션 〈독서 가이드: 외국의 책과 작가들〉을 통해 여성주간지 『엘 오가르』에 정기적으로 기고하기 시작한다. 보르헤스는 그의 관심을 끄는 빼어난 작가들을 선정한다. 베네데토 크로체, 버지니아 울프, 오스발트 슈펭글러, 우나무노, 헉슬리……. 그러나 그게 전부는 아니었다. 그는 지면을 통해 파시즘을 비난하고 마리네티를 공격하였으며, 또 마르크스주의 문학론을 논박하고 나치즘의 반유태주의 이데올로기를 저주했다. 그리고 무엇보다 그가 사랑한 위대한 문학을 다시 한 번 환기시켰다. 헨리 제임스, 카프카, 키플링, 웰스 그리고 언제나 빠지지 않는 버지니아 울프. 보르헤스는 그녀의 문학적 재능을 찬양하는 데 그치지 않고 또 다른 일터인 수르 출판사를 통해 그녀의 페미니즘적 저작인 『나만의 방』을 번역한다. 이것이 그 시기에 이루어진 버지니아 울프의 유일한 번역은 아니었다. 1937년 같은 출판사에서 보르헤스는 『엘 오가르』의 지면에서 극찬한 바 있는 『올랜도』를 번역·출판한다.

1930년대에 여성들은 그의 직업적 문학 활동에서 결정적 역할을 담당한다. 빅토리아 오캄포, 〈독서 가이드〉의 지극히 여성적인 지면들, 베아트리스 비빌로니 웹스터 데 불리히, 버지니아. 그리고 고백할 수 없는 숨겨진 또 다른 사랑. 꿈이 우주의 중심을 이루는 여인들. 그리고 결코 떨어질 수 없는 아돌포 비오이 카사레스와의 우정.

두 사람은 1932년에 서로 알게 되었다. 아돌포의 어머니 도냐 마르타 카사레스는 빅토리아 오캄포를 만나 아들의 문학적 재능에 대해 조언을 구하기 위해 『수르』의 편집실 문을 두드렸다. 빅토리아는 보르헤스가 감수성이 예민하고 지적이며 문학을 존재의 중심으로 여기는 17세 젊은이의 문학적 행로를 이끌어주는 게 좋겠다고 제안한다. 그녀는 제안을 받아들였다. 그런 융숭한 대접을 받을 만한 가치가 있었다. 보르헤스 눈에 비친 비오이 카사레스는 총기와 재능이 넘쳤으며, 박식하고 장래가 촉망되는 젊은이였다. 천재작가의 직관은 빗나가지 않았다. 아니 오히려 모자란 감이 있다. 비오이 카사레스는 교양의 측면에서 보르헤스의 지혜를 보완해주었으며, 그의 일생을 통해 신뢰할 수 있는 충실한 벗이자 속마음까지 털어놓을 수 있는 고해신부 같은 존재였다.

두 사람 모두 그들이 처음 만난 정확한 날짜를 확인해 주지 못했다. 그러나 그들이 처음으로 문학적(관점에 따라서는 유사문학적) 공동 창작을 한 날짜에 대해서는 두 사람이 일치한다. '라 마르토냐' 라는 이름의 유제품 체인점을 홍보하기 위한 광고지 제작을 말한다. 사업체는 비오이 집안 소유였고, 그 기이한 상호는 아돌포의 모친인 도냐 마르타를 기리기 위한 것이었다.

　그것이 두 사람의 첫 합작품이었으며, 수많은 다른 합작이 뒤를 잇게 된다. 때때로 합작은 성공적이었다. 그러나 실패를 맛보기도 했는데, 철자 '엘' L을 포함하는 단어들로만 이루어진 독특한 공동 창작시의 경우가 그랬다. 이 텍스트는 완성도가 떨어져 망각의 황무지에 묻힐 만했다. 두 사람에 의해 창간된 잡지『데스티엠포』역시 마찬가지였다. 이 잡지는 단 일 년 동안만 살아남았으며, 보르헤스의 첫 번째 문학적 모험으로 우리에게서 영영 멀어져간『프리스마』보다 한 호 많은 3호까지 발행되었다. 빅토리아 오캄포는 보르헤스와 비오이 카사레스가 창간한 잡지가 신경 쓰였다. 비록 화려하지는 않았지만 장차『수르』의 경쟁자가 될 가능성이 있던 것이다.『수르』와 마찬가지로『데스티엠포』역시 자체 출판사를 설립했다는 사실을 고려하면 더욱 그렇다. 비오이 카사레스의 다섯 번째 책인『루이스 그레브가 죽었다』가 데스티엠포 출판사에서 발간되었고, 윌리제 프티 드 뮈라의『눈물의 바다』역시 이곳에서 나왔다. 뮈라는 보르헤스와 그가 결코 단념할 수 없던 대지와의 관계, 그의 존재방식, 그의 비겁함과 오만함, 확신과 우유부단에 관해 지금까지 쓰인 가장 아름다운 저작 중의 하나를 남겼다. 고결한 인간적·문학적 가치를 지닌 텍스트인『보르헤스, 부에노스아이레스』는 아마도 부에노스아이레스 출신 작가의 천재성에 관한 최고의 결정판일 것이다.

　마세도니오 페르난데스, 술 솔라르, 알폰소 레예스, 페드로 엔리케스 우레냐를 비롯한 보르헤스의 많은 친구들이 참여한『데스티엠포』는 명백한 실패작이었다. 그러나 아돌포와 호르헤 루이스를 결합시킨 우정은 영원히 변치 않았다.

　『데스티엠포』가 남긴 유쾌하지 못한 기억도 공동 창작을 계속하고자 하는 그들의 뜻을 꺾지는 못했다. 그들은 단순 명료해서 어떤 독자들에게나 쉽게 다가갈 수 있는 탐정단편 시리즈를 만들기로 했다. 착상은 기발했지만 그들은 메타포로 가득 찬 자신들의 문체와 풍부한 언어의 바로크적 어법을 깨뜨릴 수 없었다. 어쨌든 그 시도는 그들에게 하나의 인물, 아니 형사 이시드로 파로디와 오랫동안 그들을 동반할 이명異名 H. 부스토스 도메크라는 두 인물의 탄생에 값하는 것이었다. 후자는 보르헤스보다 섬세한 문체를 지닌 비오이 카사레스의 작품에 가깝다. 보르헤스 자신도 여러 차례 이러한 사실을 밝힌 바 있다. 그는 탐정단편의 줄거리 구성에 요구되는 명료함과 매끄러운 문체에 대한 애착을 비오이 카사레스에게 빚지고 있다. 그들의 공동 창작은 숱한 문학 연구의 주제가 되었고, 보르헤스가 그의 제자이자 많은 경우 스승이기도 한 비오이 카사레스에게 진 부채는 해를 거듭할수록 쌓여갔다.

공동 창작의 파트너는 아돌포로 한정되지 않았다. 1930년대에 보르헤스는 『아르헨티나 문학 고전선』(1937)을 준비하는 과정에서 페드로 엔리케스 우레냐와 함께 작업한다. 이 작업을 통해 보르헤스는 아르헨티나 작가들에 대한 지식을 더욱 심화시킬 수 있었다. 한편, 그는 『영원의 역사』로 많은 찬사와 축하를 받는다. 이 책은 성숙하고 권위 있는 보르헤스의 고유한 영역과 몽상적 사유를 증거하는 가장 핵심적인 텍스트의 하나다.

『영원의 역사』에는 시간, 영원성, 니체, 『천일야화』처럼 매우 친숙한 범주들을 다룬 일련의 에세이가 실려 있다. 이 모든 문제들은 서로 다른 창작 단계에서 보르헤스에 의해 다뤄지며, 세월이 흐를수록 그의 시론에서 차지하는 비중이 점차 확대된다. 그의 서지목록에서 이 책을 근본적인 텍스트로 간주하는 이유가 여기에 있다. 이 책은 1936년에 초판이 그리고 1952년에 재판이 나왔다. 재판에서는 새로운 텍스트들인 「원형의 시간」(1943)과 「메타포」(1952)가 추가된다. 재판 서문에서 보르헤스는 이렇게 말한다. "……『영원의 역사』라는 제목으로 발간된 독특한 페이지들에 대해 조금만 얘기하겠다. 이 책에서 나는 먼저 플라톤의 철학에 대해 말할 것이다. 연대기적 엄밀성을 추구하는 저작이었다면 파르메니데스의 6운각 시('지금 존재하므로 결코 과거에 존재하지 않았고 미래에 존재하지도 않으리라')에서 출발하는 것이 합당했을 것이다. 나는 어떻게 내가 플라톤의 형상을 '박물관의 박제된 작품'에 비유할 수 있었는지, 또 스코투스 에리우게나[18]와 쇼펜하우어를 읽으면서 어떻게 형상이 유기적이고 강력하며 살아있다는 것을 깨닫지 못했는 지 이해할 수 없다. 나는 시간 없이는 움직임(서로 다른 순간에 서로 다른 장소를 점유하는 것)도 없다는 것을 깨달았다. 그러나 시간 없이는 부동(不動, 서로 다른 순간에 동일한 장소를 점유하는 것) 역시 있을 수 없다는 것을 알지 못했다."

보르헤스는 그의 많은 서사 텍스트를 관통하는 것과 동일한 의도로 이 에세이들에 접근한다. 다시 말해, 그는 인간존재와 현실의 조건을 초월하기 위해 형이상학적 개념들과 유희한다. 존재와 맞서는 그의 방식에서도 이러한 의도가 엿보인다.

책의 맨 앞에 나오는 표제 에세이는 시간과 그 부정에 대해 다룬다. 보르헤스는 영원에 대한 두 개의 상이한 개념을 검토한다. 하나는 플라톤에 근거를 두고 있으며 알렉산드리아의 작가들에 의해 옹호된 것이고, 다른 하나는 이레네우스의 삼위일체론에서 받아들였고 그리스도교에 의해 옹호된 것이다. 보르헤스에게 첫 번째 개념을 위한 최적의 자료는 플로티노스의 『엔네아데스』 제5권이다. 여기에 나오는 영원은 정의正義, 숫자와 덕성, 행위, 운동과 음악, 기하학적 도형, 원색들로 이루어진 '현실세계보다 더 볼품없는' 영원이지만, 차이, 평등, 움직임, 정적, 존재가 차례로 영원의 가장 오래된 전형들임을 알려준다. 재정, 전략, 수사학, 통치술은 그 '영원'

18 Johannes Scotus Eriugena(810~877). 중세 유럽의 신학자. 신플라톤사상을 중세에 전달한 스콜라 신학의 선구자로 일원론적 세계관을 정립한 학설로 이단 선고를 받기도 했다.

에서 배제되어 있다. 이 모든 문제들은 보르헤스가 추구하고 함양하는 가치들의 단계에서 매우 의미 있는 것들이다.

영원에 대한 기독교적 개념은 성 아우구스티누스의 『고백록』에서 결정적인 텍스트를 발견한다. 보르헤스의 독서에서 근간을 이루는 이 책은 그가 논리적 분석을 행할 때 자주 언급된다. 성 아우구스티누스의 저작을 깊이 고찰한 후에, 보르헤스는 세속적 영원과 달리 기독교적 영원은 우주보다 더 풍요롭다는 결론을 내린다. 그는 영원에 관한 두 가지 견해를 설명하고 나서 이렇게 추론한다. "삶은 영원하지 않기에는 너무나 초라하다." 물론 그의 영원은 '이미 신이 개입하지 않는 데다 다른 소유자나 전형들마저 배제된 초라한 영원'에 지나지 않는다. 신의 부재, 그것은 살아있는 동안 보르헤스를 가장 괴롭힌 문제의 하나일 것이다. 아무 것도 믿지 않는다고 당당하게 말하던 보르헤스지만 안개 사이에서 우주의 카오스를 주재하는 최상위 존재의 기호를 찾을 필요성을 느낀다. 그는 영원히 그 존재를 찾는다. 그러나 단지, 살아서건 죽어서건, 언젠가 그 존재를 만날 수 있다는 것을 알았을 뿐이다.

앞서 얘기한 대로 『영원의 역사』에 실린 에세이들은 시간과 영원이라는 보르헤스의 근본적인 관심사들에 대해 말한다. 그러나 또한 작가가 가장 천착하던 또 다른 문제이자 그가 가장 격렬하게 탐닉한 열정의 하나인 북유럽의 신화에 대해서도 얘기한다. 1936년의 책에서 보르헤스는 아이슬란드의 고대 시詩에 도입된 불가사의한 은유를 지칭하는 켄닝스[19]에 대해 이렇게 얘기한다. "100년경 유포되었다. 같은 것을 반복하는 무명 음유시인들인 툴리르가 개인적 의지의 시인들인 스칼드에 의해 지위를 박탈당했을 때였다." 보르헤스는 델리아 인헤니에로스와 함께 작업한 『고대 독일

---

19 완곡한 비유를 나타내는 말로 예컨대 '피' 대신 '칼에서 나오는 액체', '배' 대신 '파도를 타는 말' 등으로 표현한다.

문학』(1951)에서 같은 문제를 다룬다. 분명한 것은 이러한 열정―북유럽과 그곳의 추위 그리고 그곳의 시와 전설의 눈물에 대한 열정―이 언제나 보르헤스와 함께 했으며, 또 이것이 스칸디나비아 국가들에서 그를 예찬한 결정적 이유가 되었다는 사실이다. 그리고 보르헤스가 남긴 지극히 아름다운 몇몇 시편들도 이러한 열정에서 비롯되었다.

『영원의 역사』에서 다루어진 다른 문제들은 이미 불혹의 성숙기에 접어든 보르헤스의 철학적·실존적 관심사를 잘 보여준다. 니체와 영겁회귀의 문제는 그의 작품에서 폭넓게 다루어지고 있으며, 그의 많은 단편과 시 텍스트에 잠재되어 있는 근본 바탕이다. 그는 난해함, 빠져나올 수 없는 미로의 길들, 호랑이들, 죽은 언어들 그리고 형이상학을 찾았다. 그것들을 종이 위에 늘어놓은 다음 아름다운 말들로 엮어 짜 독자들을 매혹시킬 수 있는 일종의 음악을 빚어내기 위해서였다. 사람들이 이해하지 못해도 그만이었다(엘리엇은 파운드에 대해 "심지어 아무 것도 이해하지 못할 때조차, 파운드는 경이로워 보인다."고 말한 적이 있다). 보르헤스를 읽는 것은 삶 그리고 문학과의 화해의 몸짓이다. 보르헤스는 종종 이해할 수 없는 말을 던진다. 그러나 바로 그 순간 우리는 그의 말을 이해하고 발가벗기고 상상하는 과정에 있다는 것을 깨닫게 된다. 비록 끝내 그의 말을 이해하고 발가벗기고 상상할 수 없을지라도. 그의 텍스트들은 매순간 섬세함과 유희와 패러독스를 통해 표현하고자 하는 것과 동떨어진 그 나름의 의미와 작용을 지닌다. 마침내 그의 천재성의 요체, 다시 말해 강세, 구두점 그리고 인간존재의 충만한 조건을 의미하는 단어들의 호흡이 빚어내는 들리지 않는 그 음악을 이해하려면 보르헤스, 그를 큰 소리로 읽어야 한다.

6 현실의 창조

앞서 지적한 대로, 1938년은 그의 아버지가 사망한 해이자, 또 그가 비극적인 사고를 당한 해이기도 하다. 그 가슴 아픈 일화와 사고 그리고 환상단편 작가로서의 행보의 시작이 일치한다는 것은 우연일 것이다. 아주 몽상적인 사람들에게는 회복기 동안에 고열에 시달리고 뇌수술로 몸이 허약해진 상태에서 정신착란과 악몽이 빚어낸 행복한 일치일 것이다. 단편 「남부」에서 보르헤스는 그 비극적 사고를 회상한다. "운명은 죄의식이 없어 조금만 방심해도 한없이 무자비해질 수 있다. 그 날 오후 달만은 일부가 비는 바일[20]의 『천일야화』 한 질을 손에 넣었다. 입수한 물건을 빨리 살펴보고 싶은 조급한 마음에 그는 승강기가 내려올 때까지 기다리지 못하고 서둘러 층계를 올라갔다. 어둠 속에서 무언가가 그의 이마

20 Gustave Weil(1808~1889). 네 권으로 된 『천일야화』 독일어 번역본을 펴낸 동양학자.

에 부딪쳤다. 박쥐일까? 아니면, 새? 문을 열어준 부인의 얼굴이 공포에 사로잡혀 있었다. 손으로 이마를 짚어보니 선혈이 낭자했다. 근래에 누군가가 페인트칠을 한 뒤 깜빡 잊고 닫아놓지 않은 문짝의 모서리에 긁힌 것이다. 달만은 잠이 들었지만 새벽녘에 깨어났고, 그 순간부터 모든 것이 참혹하게 느껴졌다. 그는 고열로 탈진했고, 『천일야화』의 삽화들은 그의 악몽을 수놓았다. 문병 온 친구들과 친척들은 어색한 미소를 띠며 한결같이 그에게 아주 좋아 보인다고 했다. 달만은 일종의 가벼운 혼수상태에서 그들이 건네는 말을 들었다. 그가 지옥의 고통 속에 있다는 것을 그들이 모른다는 게 놀라울 뿐이었다. 8백년 같은 여드레가 지나갔다. 어느 날 오후 담당 의사가 낯선 의사와 함께 나타났고, 사람들이 그를 에콰도르 거리의 병원으로 데려갔다. 방사선 사진을 찍기 위해서였다. 그를 실어 나른 응급차 안에서 달만은 결국 자기 방이 아닌 다른 어떤 방에서 잠을 잘 수도 있겠다고 생각했다. 그는 수다를 떨고 싶을 만큼 기분이 좋아졌다. 병원에 도착하자 이내 옷을 벗기고 머리를 빡빡 밀더니 쇠줄로 그를 운반침대에 붙들어 맸다. 그런 다음 현기증이 날 정도로 눈부신 조명이 그를 비추어댔다. 청진기로 그를 진찰했고 마스크를 한 어떤 남자가 그의 팔에 주사 바늘을 찔렀다. 그는 붕대를 감은 채 구역질을 느끼면서 물웅덩이 비슷한 게 있는 한 병실에서 깨어났다. 수술 후에 온종일 고통을 겪으면서 비로소 그는 그때까지 자신이 거의 지옥의 언저리에 있었다는 것을 깨닫게 되었다."

　불행한 한 해였다. 특히 아버지의 죽음은 보르헤스에게 깊은 상처를 남겼다. 아버지가 사망한 1938년 2월 24일에 그는 1937년부터 근무해 오던 도서관에 있었다. 보잘것없는 보조사서 자리였다. 그러나 책 읽을 시간을 허락했기 때문에 그 일자리는 매우 소중했다. 라스 에라스의 집에서 그가 근무하던 미겔 카네 도서관이 있는 카를로스 칼보 거리까지 전차로 이동하는 시간도 마찬가지로 소중했다. 그는 전차 덕분에 『신곡』과 『성난 오를

란도』를 읽는 즐거움을 맛볼 수 있었다고 고백한다. 비록 그 자리에서 큰 만족을 느끼지는 못했지만, 미겔 카네 도서관은 언제나 추억의 일부를 이루었다. 그 도서관은 1941년에 최고의 단편으로 손꼽히는 「바벨의 도서관」을 창작하는 데 이용되었고, 무엇보다 그에게 숱한 문학적 쾌락의 시간을 가져다 주었다. 선반 사이에서 발견한 수많은 책과 소설, 에세이 그리고 그의 인문학적 소양을 살찌워준 시들. 「바벨의 도서관」에서 외과의사의 엄밀함과 카발라(히브리 신비철학)적 탐구를 통해 묘사된 도서관 경내의 무수한 책들. "육각으로 된 진열실 벽면마다 다섯 개의 서가가 놓여있다. 각각의 서가에는 획일적인 크기로 된 32권의 책이 꽂혀 있다. 각각의 책은 410페이지로 되어 있고, 각각의 페이지는 40행으로, 또 각각의 행은 약 80개의 검은 글자들로 이루어져 있다. 책등에도 글자가 적혀있는데, 이 글자들은 책에서 다룰 내용을 나타내거나 암시하지 않는다." 이러한 묘사를 하기에 앞서 보르헤스는 당연히 미겔 카네 도서관을 눈여겨 살펴보았을 것이다. 후에 보르헤스는 그의 믿음의 엄밀한 질서에 입각해 숫자를 기록했다. 그의 믿음에서 숫자는 신탁과 발견의 역할을 한다.

또 1938년에는 레오폴도 루고네스가 사망했다. 루고네스는 모데르니스모의 핵심 인물로 폭넓은 교양과 세련된 미학적 취향의 소유자였으며, 그리스 문학의 뛰어난 번역자이자, 철학이나 수학 같은 다양한 영역의 이론가였다. 그는 보르헤스의 대중적 이미지에 영향을 미치게 될 또 하나의 우정이었다. 보르헤스가 루고네스에게 보낸 무조건적 지지와 찬사는 많은 사람들에 의해 모데르니스모 시인의 정치적 대의명분과 반동적 이념, 그의 복잡한 이데올로기적 변모 과정에 대한 찬동으로 받아들여졌다. 청년 사회주의자이던 루고네스는 시간이 흐르면서 방향을 선회한다. 그는 강력한 민족주의 이념의 옹호자로 탈바꿈했으며, 권력과 귀족정치 그리고 매우 천박한 규율을 진정으로 예찬하게 되었다. 이리고옌의 몰락을 지지하고 군부세력에 대한 지지 입장을 표명함으로써 엄청난 사회적 파장을 불러일으킨 그는 결국 쥐약을 먹고 자살했다. 처음에는 루고네스에 대해 침묵을 지키거나 냉소적인 태도를 취하던 보르헤스는 그때부터 서슴지 않고 언제나 그를 스승으로 불렀고, 가장 저명한 책의 하나인 『창조자』를 그에게 헌정하기까지 했다. 보르헤스는 그 책을 루고네스에게 건네기 위해 직접 그의 서재를 방문하는 것으로 상황을 설정한다. "루고네스 씨, 착각이 아니길 바라지만, 당신은 나를 증오한 적이 없고 나의 어떤 작품이 당신 마음에 들기를 바랐을지도 모를 일입니다. 그런 일은 결코 일어나지 않았지만, 이번에 당신은 책장을 넘겨 어떤 구절을 읽으며 고개를 끄덕일 겁니다. 거기에서 당신 자신의 목소리를 발견했거나, 아니면 아마도 당신에게는 건전한 이론이 불완전한 실천보다 더 중요하기 때문이겠지요. ……그러나 내일이면 나 역시 죽어 있을 것이고, 우리의 시간들은 뒤섞일 것이며, 연대기는 상징의 세계에서 길을 잃을 것입니다. 그러니 내가 당신에게 이 책을 가져왔고 당신이 그것을 받아들였다고 해도 별로 틀린 말은 아닐 테지요."

끈기 있고 완고하며 고집이 세다. 비판의 목소리에 무관심하고 자긍심이 대단하며 진리라고 믿는 것은 오만하게 밀어붙인다. 보르헤스의 적들은 루고네스에 대한 그의 이러한 열광적 지지를 두고 부분적으로 모데르니스모 시인과 흡사한 자신의 이데올로기적 변신을 재차 천명하는 방식이라고 보았다. 보르헤스는 결코 이 점에 대해 언급하지 않았다. 그에게는 문학이 유일한 관심사였다. 그가 햄릿의 말을 빌려 거듭 밝혔듯이, 그 밖의 다른 것들은 침묵이었다. 오로지 침묵이었다.

문학은 그의 삶이었다. 1939년에 그는 『수르』지를 통해 앞에서 언급한 바 있는 「피에르 메나르, 『돈키호테』의 작가」를 발표한다. 거듭 말하지만, 나는 이 단편을 독서라는 재창작 과정의 권리 회복으로 이해한다. 더 암시적으로 말하자면, 독서행위의 판타지에 바치는 찬가라고 하겠다. 작가는 서지비평 뒤에 몸을 숨긴 채 책읽기의 모험 그리고 그 정복과 재창조를 확장시킬 수 있는 가능성과 해석의 문제를 해부해간다. 이야기의 서술방식은 보르헤스의 다른 창작 방법들과 유사하다. 가령, 이 작품이 실려 있는 책인 『끝없이 두 갈래로 갈라지는 길들이 있는 정원』에 수록된 또 다른 단편 「알모타심에의 접근」이 그렇다. 보르헤스는 현실을 창조하는 유희를 벌인다. 다시 말해, 보르헤스는 가장 순수한 판타지를 현실로 만든다. 그는 계략, 눈속임, 문학적 요술에 있어 탁월한 전문가다. 그는 수많은 중요한 미덕을 지니고 있는데, 진실성이 없어 보이는 것을 그럴싸하게 만드는 능력도 그 중 하나다. 그의 거짓말은 진실의 외양을 지닌다. 덧붙이자면, 아마도 거짓말은 그의 문학적 우주에서 가능한 유일한 진실일 것이다.

1939년에 보르헤스 가족은 이사를 했다. 일곱 개의 발코니가 있는 라스 에라스 거리의 집에서 11년을 살고 난 뒤였다. 그 집에서 보르헤스는 불면의 밤에 전차 소리를 들었고, 그의 귀에 닿는 전차 소리는 도시를 가까이 느끼게 해 주었다. 부친이 사망한 후에 그의 가족은 안초레나 거리 1670번지로 집을 옮겼다. 레오노르, 보르헤스 그리고 스페인 내전에서 몸을 피해 온 기예르모 데 토레와 노라도 함께였다. 그곳에서 2년 남짓 살았다. 그 뒤에 킨타나 거리 263번지의 집으로 이사를 한다. 1944년 마이푸 거리의 자그마한 집으로 이사할 때까지 이 집에서 거주했다. 잦은 거주지 변경은 보르헤스에게 전혀 트라우마를 남기지 않았다. 오히려 아무런 거부감 없이 자연스럽고 담담하게 받아들였다. 굳이 고통을 겪었다면 책을 운반하는 일 때문이었다. 보르헤스의 가장 충실한 동반자인 책들은 이사를 할 때마다 몸살을 앓았고, 또 그에게 고생을 안겨주었다.

한편, 문학이 전 존재의 중심이라는 듯이 그의 삶은 문학적 사건들의 자연스런 행로를 좇는다. 그는 『엘 오가르』에 기고하던 일을 그만두었는데,

털끝만큼의 미련도 없었다. 그는 계속해서 새로운 문학적 지평인 환상문학 장르를 일궈간다. 이 새로운 장르의 개척에 있어 보르헤스는 비오이 카사레스와 장차 그의 부인이 될 실비나 오캄포의 견실한 지지에 의지하게된다. 두 사람은 1940년에 결혼했고, 신랑 측 증인은 보르헤스였다. 바로그 해에 실비나와 보르헤스 그리고 비오이 카사레스가 함께 펴낸『환상문학선』은 그 동안 계속 잊혀져왔고 세 사람이 되살리고자 한 환상문학 장르의 불씨에 다시 불을 당긴다. 이는 비오이 카사레스의 짤막한 소설『모렐의 발명』에 붙인 서문에서 보르헤스가 의도한 것이기도 하다. 비오이 카사레스의 친구인 보르헤스는 이 소설을 자랑스러워했다.

『모렐의 발명』의 서문은 19세기 러시아 소설로 대표되는 심리학적 성향의 문학에 대한 반론이자, 모험과 환상에 뿌리를 둔 문학에 대한 격렬한 옹호를 대변한다. 출간된 지 60년이 지났지만『모렐의 발명』은 여전히 뛰어난 문학을 논할 때 빼놓을 수 없는 걸작이다.

틀에 박힌 일상을 살던 보르헤스에게 비오이 카사레스 부부와의 우정은 새롭고 풍요로운 습관을 가져왔다. 그는 으레 그들의 집에 가서 점심이나 저녁식사를 하는 데 익숙해졌다. 향연은 식도락적이기보다는 문학적이었다. 모임에서는 흔히 앞으로 펼쳐질 새로운 아이디어, 아직 쓰이지 않은 단편들의 플롯 그리고 그들이 공유하는 취미와 꿈들이 마치 사라지지 않도록 계속 잡아 뽑아야 할 실처럼 끊임없이 샘솟았다. 세 사람의 두 번째 공동 작업은 실비나와 아돌포가 결혼한 지 일년이 지난 1941년에 이루어진『아르헨티나시선』이다. 이 선집은 1937년 페드로 엔리케스 우레냐와 함께 펴낸 것보다 훌륭했지만 출판의 흔적을 거의 남기지 못했다. 세 사람이 선정한 시인들 중 상당수는 수준 있는 작품을 남기지 못했고 문학사에서 거의 철저히 자취를 감추었다.『환상문학선』의 경우는 달랐다. 그들은 치밀하게 작업을 진행했고, 호감과 혐오라는 개인적인 취향에서 벗어나 수준 높은 작가들을 가려 뽑을 수 있었다. 이 책은 당연히 독서대중과 비평계의 관심을 받을 만했고, 특히 오랫동안 거의 잊혀져 온 장르에 대한 관심을 환기시켰다는 점에서 중요한 문학사적 의의를 지닌다. 이 장르에서 보르헤스는 장차 의심의 여지없는 거장이요 스승이 될 것이다.

또한 1941년에 보르헤스는 그의 문학세계를 이해하기 위한 열쇠를 제공하는 두 작품을 번역한다. 수르 출판사에서 나온 앙리 미쇼의 『아시아의 한 야만인』과 그가 『엘 오가르』의 지면을 통해 부각시킨 소설가 윌리엄 포크너의 『야생 종려나무』다. 첫 번째 작품은 보르헤스가 사망 당시 추진하던 기획인 '개인 도서관'에 들어있다. 보르헤스는 '개인 도서관'을 구성할 100편의 작품 중에서 앞부분의 64개 작품에 대한 간략한 서문을 이미 완성한 상태였다. 그는 손수 작품들을 선정했으며, 미쇼는 그 선집에 모습을 드러낸다. 『아시아의 한 야만인』의 1967년 서문에서 작가는 이렇게 말한다. "불만족스럽고 짜증나고 비위에 거슬리는 이 책은 나에게 고작 네 개의 난센스를 바로잡도록 허락할 뿐이다." 이 책을 번역한 보르헤스처럼 미쇼 역시 영원한 완벽주의자였다. 포크너도 마찬가지였다. 그럼에도 포크너의 이름은 보르헤스의 미완성 '개인 도서관'에 보이지 않는다. 우연이었을까? 천재가 또 다른 천재를 망각한다는 것은 온당치 못할 것이다. 물론 당시에 포크너의 명성이 자자하긴 했지만 문학이 유럽 전쟁의 불행과 악의, 비극적 단절 그리고 부자유를 겪고 있던 그 불행한 시기에 보르헤스가 이미 그의 작품을 번역했다는 사실을 고려하면 더욱 그렇다. 또한 선택된 소설이 『야생 종려나무』였다는 사실도 관심을 끈다. 무엇보다 성공을 거둔 포크너의 첫 소설은 1931년에 발표한 『성역』이었으며, 게다가 이미 『임종의 자리에 누워서』, 『사토리스』, 『8월의 햇빛』, 『음향과 분노』 같은 걸출한 작품들이 나온 뒤였다.

그러나 번역이나 선집 작업으로 대부분의 시간을 보낸 것은 아니었다.

이미 지적했듯이, 그가 실비나와 아돌포의 집을 방문하는 일은 친구들과
의 모임보다 훨씬 잦았다. 무엇보다 일 때문이었다. 아니 그런 것 같다. 그
들의 모임에서 독자들을 즐거움으로 가득 채우게 될 하나의 계획이 싹텄
고 곧 실행에 옮겨진다. 탐정소설가들에 심취한 비오이 카사레스와 보르
헤스의 상상력과 재능을 감추고 있는 가명의 작가 오노리오 부스토스 도
메크를 말한다. 그들은 두 선조들의 성姓을 조합해 상상력과 스타일이 풍
부한 부스토스 도메크를 만들어 낸다. 앞서 말했듯이, 아이디어는 『데스티
엠포』의 실패에서 생겨났음이 분명하다. 그러나 그 계획이 구체화된 것은
훨씬 뒤의 일이다. 그들은 1940년과 1941년에 각각 자신들의 첫 단편들을
쓴다. 그 중에서 몇몇 단편이 합쳐져 1942년에 오노리오 부스토스 도메크
의 『돈 이시드로 파로디를 위한 여섯 가지 문제』로 태어난다. 성공적이던
이 책을 펴낸 출판사는 수르였다. 빅토리아는 다른 출판사에서 책을 내도
록 허락할 수 없었다.

  잠시 파로디의 성격에 대해 살피고 지나가자. 그는 빈틈없고 영리하며
매우 민첩한 사람으로 경찰서 서기에게 방 한 칸을 세주고 있는 형사이자
이발사이며 심령술사다. 그는 중대한 실수를 저지른다. 일년이 넘도록 방
세를 내지 못하게 된 세입자는 잔꾀를 부려 선량한 파로디를 암살범으로
고발하여 부채를 해결하려고 한다. 그때부터 파로디는 감방에 틀어박혀
골똘히 생각하고 궁리하고 추론한 끝에 결론을 내린다. 라스 에라스 거리
에 있는 감옥의 273호실. 변덕스러운 운명의 아이러니. 이를 근거로 보르
헤스의 인물들이 항상 절대적인 환상의 산물은 아니라고 말하는 사람들
이 많다. 그러나 보르헤스에게 그들 중 누군가와 대화를 시작한다는 것은
생각만 해도 소름 끼치는 일이었다. 천재의 엉뚱함이다. 그에 관해 쓰인
것들이 모두 확실한지, 아니면 꾸며낸 것인지 아무도 정확히 알지 못할 정
도다. 과연 보르헤스가 소심하고 지조가 있으며 불행한 사랑을 했고 고독

을 좋아하는 내성적인 성격의 소유자였을까? 얼마 전 사춘기에 조지가 두 명의 남자친구에게 쓴 편지가 공개될 것이라는 소식이 있었다. 습기를 머금은 채 스위스의 한 은행 지점에 자물쇠로 채워져 있던 편지들. 그 편지들에는 카지노에 뻔질나게 드나들며 손 기술로 돈을 따던, 속임수에 능한 보르헤스가 등장한다. 그는 카지노에서 딴 돈을 매음굴에서 탕진했다. 틀림없는 사실일까? 보르헤스의 주위에는 촘촘하게 거미줄이 드리워져 있다. 전기를 쓰고 있는 나마저도 거짓작가들이 그의 복잡한 존재의 산물인지, 아니면 그의 문학의 산물인지 잘 모르겠다.

『수르』는 같은 해 7월 호에 「보르헤스에 대한 보상」을 거재한다. 일년 전에 출간되어 부에노스아이레스 시市 상에 출품된 『끝없이 두 갈래로 갈라지는 길들이 있는 정원』의 작가를 '보상하기'(의도적으로 반복한다) 위해 많은 작가들이 공동으로 작성한 항의성명서였다. 보르헤스는 2등상을 받았다. 1등상은 에두아르도 아세베도 디아스의 소설 『라몬 아사냐』의 몫이었다. 아무도 기억하지 못하는 유명한 소설과 유명한 작가.

『끝없이 두 갈래로 갈라지는 길들이 있는 정원』은 다음의 단편들로 이루어져 있는데, 그 어느 하나 빼놓을 수 없는 빼어난 작품들이다. 「틀뢴, 우크바르, 오르비스 테르티우스」, 「알모타심에의 접근」, 「피에르 메나르, 『돈키호테』의 작가」, 「원형의 폐허」, 「바빌로니아의 복권」, 「허버트 퀘인의 작품에 대한 연구」, 「바벨의 도서관」, 「끝없이 두 갈래로 갈라지는 길들이 있는 정원」. 이 중에서 최고의 작품으로 여겨지는 「바벨의 도서관」을 잠시 살펴보자. 찬사를 보내기에 앞서 또 다른 위대한 거장 에르네스토 사바토가 자신의 소설 『영웅과 무덤에 대하여』에서 하고 있는 흥미로운 언급을 보자. 말은 한 사제의 입을 통해 나오며, 이는 보르헤스를 둘러싼 숱한 논쟁을 불러일으킨 문제와 관련이 있다. 대화의 내용은 이렇다.

―…… 내가 용서할 수 없는 건 그의 심심풀이 철학입니다. 사이비철학이라고 하는 편이 낫겠습니다만…… .

―그렇지만 신부님, 프랑스의 한 신문에서는 보르헤스의 철학적 깊이에 대해 말하던 걸요…… .

―대체 무슨 말인지…… .

그는 담배에 불을 붙이고 나서 말했다.

―그럼, 그 심심풀이 중에서 아무거나 하나 살펴봅시다. 가령 「바벨의 도서관」은 어떻소? 거기에서 작가는 무한無限의 개념을 날조해 부정不定의 개념과 헷갈리게 합니다. 두 개념 사이의 구분은 2,500년 전부터 아무리 하찮은 논문에도 다 들어있는 기본적인 것이지요. 물론 하나의 불합리에서 추론해내지 못할 것은 없습니다. Ex absurdo sequitur quodlibet. 그런데 그는 그 어린애 같은 고백에서 불가해한 우주의 암시, 일종의 불경한 비유를 끄집어냅니다. 배우는 학생이라면 누구나 다 알고 있는 얘기지만 감히 (보르헤스처럼) 추정하자면, 모든 가능태들의 동시적 실현은 불가능합니다. 나는 서있을 수도 있고, 또 앉아 있을 수도 있지만 동시에 그럴 수는 없지요.

남들과 마찬가지로 보르헤스를 사랑한 사바토는 여기에서 「바벨의 도서관」에 관한 짧은 반어적 고찰을 즐긴다. 매우 반어적인 고찰이지만 보르헤스를 둘러싸고 있는 근본적인 문제, 즉 서로 맞물려 그의 작품을 구성하는 철학과 문학의 문제와 밀접하게 관련되어 있다. 이제 그 문제에 대해 얘기해보자.

「바벨의 도서관」은 앞으로 전개될 서사의 토대를 미리 제시하면서 명료하게 시작된다. "(다른 사람들은 도서관이라고 부르는) 우주는 부정수, 아니 어쩌면 무한수의 육각 진열실들로 이루어져 있다. 진열실들 사이에는 야트

막한 난간들에 둘러싸인 널찍한 통풍구가 있다. 어떤 육각 진열실에서도 까마득히 뻗어 있는 위아래 층들이 보인다. 진열실의 배치는 일정하다. 각각의 진열실에는 두 면을 제외한 나머지 네 면에 다섯 개씩 모두 스무 개의 서가가 놓여 있다. 서가의 높이는 각 층의 높이와 같고 보통 체구의 도서관원의 키를 살짝 넘을 정도다…… ." 계속 이어지는 상세한 묘사는 숫자, 점, 기호와 그 상징적 가치에 대한 관심, 공간적 도식의 일정한 반복, 미로, 거울 등과 같이 항상 보르헤스를 동반한 몇몇 강박관념을 엿보게 한다. 「바벨의 도서관」에는 보르헤스의 문학에서 중심을 이루는 문제들이 세밀하게 집약되어 있다.

이 단편은 보르헤스가 미겔 카네 도서관에서 보조사서로 일하던 1941년에 썼다. 일터의 일상적인 공간을 작품이 묘사하는 허구적 공간으로 옮기는 일은 수월했을 것이다. 미겔 카네 도서관의 물리적 세부는 단편 속에 응축되어 있다. 「바벨의 도서관」은 내가 아는 한 문학에 관한 최상의 메타포다. 또 책에 대한 사랑, 그의 열정과 저주, 궤변과 확신, 불행과 헌신에 대한 최상의 메타포를 이룬다. 비평, 현재의 공허함, 글쓰기 기술의 무익함, 언어의 광대무변함처럼 문학과 문학을 둘러싸고 있는 모든 것의 메타포. 헛되지 않은 상징들. 바벨은 노아의 후예들이 하늘에 오르기 위해 건설하고자 한 탑이었다. 보르헤스 역시 운명의 모든 불가능을 이기고 불멸을 가능한 것으로 만들기 위해, 다시 말해 실현가능한 유일한 영원으로서의 책의 불멸의 의미를 구축하기 위해 말의 도서관을 세웠다.

이 단편에서 보르헤스의 또 다른 패러독스를 확인할 수도 있다. 혹자들은 행간에서 끊임없이 프란츠 카프카를 옥죄던 부조리를 찾아낼 것이다. 카프카는 끔찍하던 1938년에 보르헤스가 서문을 쓴 경탄스러운 작가이자 미학적 차이(결코 맥락의 차이가 아닌)에도 불구하고 그가 언제나 충실히 섬긴 문학가였다. 또 혹자들은 단지 하나의 유희, 서로를 비추는 거울과 수

많은 책들의 유희일 뿐이라고 생각할 것이다. 나는 이를 훨씬 뛰어넘는 의미가 담겨있다고 본다. 여기에는 보르헤스의 시간과 꿈들을 교란시킨 대부분의 수수께끼와 부단히 사라졌다가 되돌아오곤 하던 악몽들이 들어있다. 「바벨의 도서관」을 읽는 것은 보르헤스의 정수를 읽는 것이다.

1944년에 보르헤스는 이미 『끝없이 두 갈래로 갈라지는 길들이 있는 정원』에 수록된 단편들에 '인공장치' 라는 제하에 새로운 단편들을 추가한 『픽션들』을 출간한다. 그러나 달라진 것은 아무 것도 없었다. 근본적인 문제들은 보르헤스의 문학에서 변함없이 작동하며, 앞으로도 그럴 것이다. 영속적이고 항구적이며 결코 극복할 수 없는 문제들. 그의 바벨의 도서관은 형상과 상징과 영원한 의문을 반복하는 거울의 미로다.

『픽션들』이 나온 이후 통합적이고 독립적인 책으로서 『끝없이 두 갈래로 갈라지는 길들이 있는 정원』은 사라지게 된다. 그러나 그 음악은 남을 것이다. 그리고 좌절과 보상도 남을 것이다. 『수르』 제94호. 빈정거림, 분노, 권리 회복 그리고 보르헤스에게 2등상을 수여한 심사위원단에 대한 항의의 표시로 작성된 서른네 쪽의 성명서. 성명서에는 아르헨티나 문화계의 유력인사들로 보르헤스가 존경하던 시인 엔리케 반츠(특히 그의 소네트 집 『납골함』을 높이 평가했다)와 『노소트로스』 지의 공동 편집장이던 히우스티의 이름도 보인다. 『노소트로스』 지는 이 우연한 사건을 계기로 심사위원단의 실수를 입증하려고 했다. 이는 히우스티가 이 잡지의 편집장인데다 반츠가 창간인이기 때문에 가능한 일이었다. 「보상」은 아르헨티나 문학계에 예기치 못한 파장을 몰고 왔다. 거기에 등장하는 서명자들의 면면을 살펴보면 더욱 그렇다. 마예아, 비오이 카사레스, 에르네스토 사바토, 엔리케스 우레냐, 아마도 알론소, 카를로스 마스트로나르디, 마누엘 페이로우.

에르네스토 사바토의 말은 『수르』에서 바친 경의에 대한 빛나는 주석으로 읽힐 수 있다.

보르헤스여, 당신은 부에노스아이레스 변두리의 사교 교주, 은어를 구사하는 라틴어학자, 유형화된 무한한 도서관원들의 총합이자 소아시아와 팔레르모, 체스터턴과 카리에고, 카프카와 마르틴 피에로의 기묘한 혼합입니다.

나는 보르헤스 당신을 무엇보다 위대한 시인으로 봅니다.

게다가 당신은 독단적이고, 기발하고, 다정하고, 시계처럼 정확하고, 무력하고, 위대하고, 승리자이고, 대담하고, 소심하고, 실패자이고, 장대하고, 불행하고, 유한하고, 유아적이고, 영원합니다.

보르헤스의 성격에 대한 이 이상의 정의가 존재할까? 사바토가 우리에게 선사한 시놉시스보다 더 완벽한 전기가 있을까?

보르헤스는 쏟아지는 관심과 찬사에 몸 둘 바를 몰랐다. 그럴 만도 했다. 『끝없이 두 갈래로 갈라지는 길들이 있는 정원』은 그를 거부한 그 어떤 상보다 더 위대했다. 위대하고 거대했으며, 때로는 우리가 몹시 왜소해 부끄러워질 만큼 그렇게 찬란했다. 그것은 문학적 천재성이나 재능, 또는 문학적 소질을 입증하기 위한 좋은 방법이다. 작가들이 마땅히 행해야 하는 데도 충분히 행하지 않는 일종의 비교문학이다.

7 자유의 몰락

1940년대는 보르헤스에게 소모적인 동시에 창조적이었다. 그는 『환상문학선』과 『아르헨티나 시선』이라는 두 권의 선집으로 40년대를 시작했으며, 둘 다 비오이 카사레스 부부와 함께 작업했다. 『끝없이 두 갈래로 갈라지는 길들이 있는 정원』과 『픽션들』을 필두로 탐정문학과 환상문학이 뒤를 이었다. 그러나 보르헤스는 시를 잊지 않는다. 그는 자신을 시인으로 여겼다. 훗날 노년에 이르러 살아있는 동안 영원히 완성해 갈 작품의 곡선들을 꼼꼼히 살펴보면서 일말의 분노도 없이 지나온 길을 뒤돌아볼 수 있게 되었을 때 보르헤스는 여러 차례 그러한 취지의 발언을 했다. "친구들은 나의 단편이 시보다 훨씬 뛰어나다고 말합니다. 또 시에 뛰어든 침입자이니 이제는 시를 쓰지 말라고 합니다. 그러나 나는 내 시가 마음에 듭니다." 그리고 자신의 단편을 언급하면서 말을 잇는다. "나에게 얼마간의 명성을 가져다 준 책이 두 권 있습니다. 환상단편집인 『픽션들』

과 『알레프』가 그것입니다. 그러나 이제 나는 이러한 유형의 단편을 쓰지 않을 작정입니다. 나빠 보이는 것은 아니지만, 지금 나는 이 장르에 거의 흥미가 없습니다." 보르헤스는 언제나 자신을 시인으로 여겼다.

1943년에 보르헤스는 그때까지 쓴 시작품들을 묶어 『시편들(1922~1943)』을 펴낸다. 이 시집에는 「부에노스아이레스의 열기」, 「정면의 달」 그리고 「산 마르틴 노트」가 함께 수록되어 있다. 여기에 여섯 편의 새로운 시가 추가되었는데, 그 중에는 프란시스코 라프리다 박사의 암살을 노래한 기억할 만한 시편인 「추측의 시」가 있다. "마지막 오후, 총탄이 귀청을 때린다. …… 타인이 되기를, 올곧고 주장이 분명한 사람이 되기를, / 또 책의 사람이 되기를 갈망하던 나는 / 노천 늪지 사이에 묻힐 것이다……." 보르헤스는 무교양과 천박함에 무릎 꿇은 아르헨티나 지식인들을 향해 이렇게 말했을 것이다.

영원한 완벽주의자인 보르헤스는 시에 대한 현재의 느낌에 충실하기 위해 많은 시를 끊임없이 개작하고 수정한다. 그는 시가 더욱 정제되고 치밀하며, 분명 수수께끼 같으면서도 그 진정한 의미를 감추지 않기를 바랐다. 어쨌든 그와 시의 관계는 언제나 불가사의하고 신비로웠다. 이 신화적인 구절은 그의 것이다. "시를 설명하기란 불가능하지만, 그렇다고 이해할 수 없는 것은 아니다." 설명할 수 있는 것은 단지 평범한 시들뿐이었다. 보르헤스는 진정한 작가는 인간의 기본적인 문제들을 해결하기 위해서가 아니라 그것들을 증식시키기 위해 존재한다고 생각했다. 작가는 불안을 조장하기 위해 산다. 작가는 마취사나 마취제의 역할을 하는 것이 아니다. 보르헤스의 전 작품을 통해 적절하게 구현된 이러한 원칙은 그의 시를 분석할 때도 여전히 유효하다. 그의 시에서 각각의 단어는 다른 것으로 대체될 수 없는 정확하고 근원적인 위치를 점한다. 이렇듯 보르헤스는 시가 기발하면서도 완벽하기를 바랐다.

『시편들(1922~1943)』이 출간된 바로 그 해에 보르헤스는 비오이 카사레스와 함께 『환상단편 걸작선』을 펴낸다. 작가 열여섯 명의 단편들로 꾸며진 이 책은 예기치 못한 성공을 거두었다. 이를 계기로 출판사는 그들에게 탐정소설 총서를 맡기게 된다. 총서에는 제7계(단테풍의 제목으로 제7계는 과격한 자들이 유폐되어 있는 지옥의 영토다)라는 명칭이 붙여졌으며, 당대의 가장 인기 있는 총서의 하나가 된다. 보르헤스와 탐정소설 장르는 이제 불가분의 관계인 것처럼 보인다. 많은 사람들은 탐정소설에 대한 그의 애호가 단순한 여흥이었다고 믿는다. 보르헤스는 탐정단편에서 그의 상당수 작품에서 보이는 초월을 잊기 위한 수많은 모티프를 발견한다. 이 장르의 문학이 지닌 나름의 법칙과 기준은 보르헤스를 깊이 매혹했다. 하나의 새로운 유희였다. 플롯, 줄거리, 모든 것이 정해진 곳에 있어야 한다는 느낌, 추리, 다소 재치 있는 결말. 보르헤스는 또한 유희자다. 특히 추론과 가설 사이에 풀어헤친, 철저히 논리적이고 흥미진진한 텍스트들을 마주할 때 그렇다. 뛰어난 탐정소설의 치밀한 스토리 전개는 그를 매혹시킨다. 그런데도 그는 많은 탐정소설에서 특히 언어적 질서와 관련된 결점을 끊임없이 찾아낸다. 그러나 그는 그 작품의 작가가 아니다. 따라서 대개 작품들을 편집하는 것으로 그친다. 그러나 많은 경우 유혹에 굴복해 수많은 단락을 다시 쓰고 구문과 어법을 바꾸게 된다. 비오이 카사레스는 그의 이러한 습관을 힐책하였으며 결국 원래의 번역 텍스트를 싣기로 한다. 결국 이런 식으로 비오이 카사레스는 독자들에게서 보르헤스의 위작 탐정소설 시리즈를 읽을 수 있는 가능성을 앗아갔는지도 모른다. 아마도 그것은 탐정단편 장르의 가장 완벽한 선집이 되었을 것이다.

이 무렵 보르헤스는 다른 지식인들과 함께 왕성한 활동을 펼친다. 실비나 오캄포나 비오이 카사레스는 물론이고 심지어 조금이라도 감정적 관계를 맺고 있거나 과거에 그러한 관계를 맺은 여인들과도 공동 작업을 하기에 이른다. 실비나 불리히 팔렝케가 후자의 경우에 속하는데, 보르헤스는 그녀에게 돈독한 우정 이상의 그 무엇을 원했다. 그는 끈질기게 그녀에게 사랑을 구했다. 그녀가 반응을 보였지만 또 다른 좌절이 기다리고 있었다. 세속적인 사랑은 결코 보르헤스의 격에 어울리지 않았다. 그는 유혹과 좌절의 안개에 휩싸인 채 멀찍이서 사랑을 그려보기를 좋아했다. 그래서 그는 존경하던 시인 쉴러의 '희망 없이 사랑하는 자만이 사랑을 안다'는 단정적인 구절을 즐겼으리라. 보르헤스는 그 핵심적인 진리를 깨닫게 되었고, 아득하고 고립되고 모호한 운명의 가장자리에서 사랑을 지그시 바라보았을 것이다. 사랑은 언제나 그의 현안이었다. 황색 저널리즘이 앞다투어 다루는 육체적이고 물리적인 사랑. 그런 것과 다른 종류의 사랑이라면 충분히 가지고 있었다. 그는 문학으로 충만한 하루하루의 삶에서, 그가 좋아하거나 싫어하는 페이지와 시구마다에서 그 사랑을 읽었다. 그것이 그의 진정한 열정이었다. 혹자들은 보르헤스를 냉정한 사람으로 소개하지만, 실은 사랑에 있어서도 그는 관대하던 것으로 보인다. 글쓰기에 있어서도 마찬가지였다. 심오하고 무한한 감수성의 작가인 그는 한 순간도 삶을 헛되이 살지 않았으며, 언제나 그것에 감사했다. 그는 인간존재의 하찮음을 찬양하기 위해, 은총으로서의 창작을 성찰하기 위해, 또 때로는 인간의 도량과 나약한 조건을 향유하기 위해 쉼 없이 글을 썼다.

실비나 불리히 팔렝케와의 관계 이후에 쓴 『콤파드리토의 운명과 변두리 구역과 음악』을 잊지 않는 게 좋겠다. 제목에 나와 있는 대로 콤파드리토의 문제를 다룬 선집으로 1945년에 출간되었다. 1945년은 보상의 해였다. 보상의 해였음을 거듭 밝힌다. 왜냐하면 아르헨티나 작가협회가 보르헤스에게 명예대상을 수여했기 때문이다. 수상작은 일년 전에 출간된 『픽션들』이었다. 『픽션들』에 묶인 단편집 『끝없이 두 갈래로 갈라지는 길들이 있는 정원』에 대한 또 한 번의 보상이 이루어진 셈이다.

보르헤스의 문학적 역량은 계속 커져간다. 강연(소심한 성격 탓에 보르헤스는 애초에 의욕적인 발표자가 아니었다. 그는 언제나 작가는 능숙하게 읽고 써야한다고 말했다. 연설의 기술은 전혀 별개의 문제였다), 공개적인 장에의 다양한 참여, 저널리즘에의 기고, 많은 책들. 문학적 삶과 마찬가지로 내면적 삶에 있어서도 열정과 헌신이 커져갔다. 구체적으로 에스텔라 칸토라는 여인이 대상이었다. 그녀에게 쉼 없이 편지를 썼고, 수없이 진실한 사랑을 고백했다. 보르헤스의 어머니 레오노르는 에스텔라가 조지에게 어울리지 않는다고 생각했다. 아들의 관심사와는 전혀 무관한 문제들에 마음을 빼앗긴, 지나치게 경박한 여자로 본 것이다. 그녀의 판단은 부분적으로 옳지 않았다. 공산당에 입당했으면서도 자유로운/자유분방한/무정부주의적인(마음에 드는 형용사를 고르시오) 여자이던 에스텔라 칸토는 독서를 많이 한 지식인이었으며, 책에 대한, 특히 좋은 책에 대한 사랑을 보르헤스와 함께 나누었다. 그럼에도 불구하고 일부 보르헤스 전기 작가들은 그녀에 대해 호의적이지 않다. 풍부한 자료가 뒷받침된 가장 상세한 보르헤스 전기로 널리 알려진 『보르헤스, 영광과 좌절』(1996)을 쓴 마리아 에스테르 바스케스가 특히 그렇다. 우리는 증오의 이유를 알지 못한다. 보르헤스의 작품과 회고록에서 확인할 수 있는 사실을 토대로 그녀에 대해 얘기할 것이다. 인간 보르헤스를 둘러싸고 쏟아진 수많은 사실과 도그마의 진실성을 불신하면서, 한 해 한 해, 천천히 얘기할 것이다. '천천히'라는 양태 부사를 사용할 수 있다면 말이다. 남녀가 주고받은 사랑과 탐닉 그리고 그들의 은신처와 위로와 애정 표시에 대해 어떻게 알겠는가? 불가능할 것이다. 우리는 분명한 사실만을 지적할 뿐이다. 에스텔라 칸토를 향한 보르헤스의 사랑은 오랜 세월 그를 보살핀 에피파니아 우베다 데 로블레도(파니)에 의해 확인되었다. 그녀는 앞에서 이미 지적한 대로 보르헤스를 가장 잘 아는 사람이었다. "보르헤스는 에스텔라 칸토에게 열렬한 사랑을 느꼈어요. 열일곱의 나이에 에스텔라는 그의 애인이 되었지요(그녀의 나이가 더 많았답니다). 그들은 결코 육체적인 관계를 맺지 않았습니다. 보르헤스는 그의 여자들 아무와도 성관계를 갖지 않았어요. 알려진 대로 그는 그런 것에 관심이 없었습니다."

분명한 것은 아돌포나 실비나처럼 보르헤스와 가까운 친구들조차 에스텔라 편이 아니었다는 사실이다. 그들은 보르헤스를 애정 문제에 있어 매우 순진한 사람으로 보았다. 반면에 에스텔라는 풍부한 성공의 경험과 연륜을 통해서만 극복할 수 있는 그 모든 애정의 전투를 치르고 돌아온 사람처럼 보였다. 자유롭고 자유분방하고 무정부주의적이던 에스텔라. 보르헤스의 경우는 달랐다. 그는 파멸할 수밖에 없는 목표에 온몸을 던졌다. 보르헤스가 성난 듯이 추구하던 좌절의 원칙은 그가 여자들과 맺은 모든 관계를 지배하는 것처럼 보인다. 그것은 예외 없이 지켜진 치열하고 끈질긴 그의 삶의 원칙이었다.

에스텔라는 격렬한 열정의 한 시대를 풍미했다. 보르헤스가 그의 가장 뛰어난 단편이자 훗날 그의 가장 유명한 책의 제목이 될 「알레프」를 그녀에게 바칠 정도였다. 나는 1945년 『수르』에 발표된 이 작품을 최고의 단편으로 본다. 그러나 1949년까지는 새로운 단편집의 제목으로 등장하지 않는다. 이 단편에 대해서는 뒤에서 다루기로 하자. 아직 때가 아니다. 이제 40년대의 절반을 지나왔다. 아르헨티나는 열혈 청년 보르헤스가 지지한 이리고옌 정부의 경제적 위기와 정치적 불안에서 여전히 헤어나지 못한 채 침체의 시기를 지나고 있었다.

이리고옌 이후 군사쿠데타를 통해 우리부루 장군이 집권하면서 헌정질서가 파괴된다. 그 후 동맹정부를 통해 위기 탈출이 모색된다. 동맹정부는 이리고옌에 맞선 보수주의자들과 급진주의자들로 구성되었으며, 권력 유지를 위해 부정선거와 강압적 수단을 동원한 후스토 장군이 부패한 체제의 수장을 맡는다. 뚜렷한 보수의 색깔이 되살아나면서 국가주도 경제와 외국자본 및 대지주들의 지원을 등에 업고 위기 극복이 시도된다. 그 결과 광범한 기층민중 사이에서 불안감이 싹튼다. 페론의 등장을 불러올 분위기가 서서히 무르익고 있었다.

군사정부는 대내외의 강력한 저항에 부딪혔으며, 획기적인 변화를 가져올 특단의 조치 없이는 정권 유지가 불가능해 보였다. 실제로 획기적인 변화가 일어났다. 후안 도밍고 페론 대령은 제2차 세계대전에 의해 촉발된 공업화를 통해 등장한 광범한 노동자 부문을 지지기반으로 급부상했다. 그는 차례로 노동부 장관, 국방부 장관 그리고 공화국 부통령에 임명된다. 정년 연장, 노사협정의 확대, 임금 인상, 해고 방지 보장 등 중산계층과 하층민들에게 유리한 법률의 제정을 통해 그들의 호감을 얻는다. 그는 선풍적인 인기를 누린다. 그와 함께 그의 동반자 에바의 인기도 높아간다. 그녀는 흔히 지지자들이 붙여준 애칭 에비타로 불렸다. 페론은 1945년의 통치 위기에서 직책을 박탈당한 뒤 1946년에 51%의 지지율로 입헌 대통령에 당선된다. 그해 초에 페론과 결혼한 에비타는 의심의 여지 없이 그의 야망과 성공의 밑거름이 되었다. 페론은 대통령으로서 포퓰리즘적 성향의 사회 입법을 적극적으로 추진하였지만 그 배후에는 잠재적인 독재의 징후가 엿보인다. 대학과 최고재판소의 정화, 1951년에 『라 프렌사』의 몰수, 경찰 통제의 강화, 정보 통신의 검열. 참 대단한 민주주의자였다.

그리고 이 즈음에, 입에 올리기도 황송한 페론 대령과 양심 사이에서 또 다른 보르헤스가 등장한다. 페론 대령은 그가 숭배해야 할 성자가 아니라 정반대의 인물이었기 때문이다. 그는 입헌민주주의 독재자('민주적 독재자'라는 표현은 두 단어의 대조를 통해 진실을 부각시키는 효과가 있다)에 반대하는 선언문에 서명한다. 그리고 그에게 즐거움의 시간을 선사하던 시립도서관에서 해임된다. 대신 시에서 운영하는 시장의 조류 및 토끼 검사관으로 승진한다. 마치 그가 존경하는 카프카의 성이 부에노스아이레스에 세워진 것만 같았다. 그런데 이와 관련해서는 설명하는 사람에 따라 다소 차이가 있다. 다른 설명에 의하면, 당시에 시청의 문화 담당 서기관이던 라울 살리나스가 보르헤스에게 관할구역 내의 양봉학교로 전임을 통보했는데, 업무능력 부족이 그 이유였다고 한다. 어떻게 설명하든 하나같이 터무니없고 소름끼치고 수치스럽다. 페론에 반대하는 선언문에 서명했고 제2차 세계대전 중에 연합국 지지 입장을 표명했다는 것이 전임의 진짜 이유였다는 것은 명약관화하다(페론은 중립주의자들을 대표하는 핵심 인물이었다). 보르헤스는 『자서전』에서 이 문제에 대해 이렇게 밝힌다. "1946년에 나는 영광스럽게도 도서관을 떠나 공공시장의 조류 및 토끼 검사소로 '승진' 되었다는 통보를 받았다. 무슨 영문인지 알아보기 위해 시 당국에 출두했다. '이보시오 —나는 말했다—, 도서관에 수많은 직원들이 있는데 하필 그 직책을 나에게 맡기다니 참 이상하오.' '좋아요 —직원이 응답했다—. 당신은 연합국 편이었죠. 아닙니까? 그렇다면 뭘 기대하셨습니까?' 그의 논리에는 항변의 여지가 없었다. 다음 날 나는 사직서를 제출했다." 보르헤스의 고백은 당시의 정황과 사건의 본질을 충실하게 밝혀주며, 또 그의 반나치적 태도가 어떤 결과를 초래했는지를 잘 보여준다. 『알레프』에 수록되어 있는 단편 「독일 진혼곡」과 『또 다른 심문』에 들어있는 에세이 「1944년 8월 23일에 대한 주석」(파리 해방일)에는 그의 반나치적 태도가 분명하게 나타나 있다.

　일년 전에 보르헤스에게 명예대상을 수여한 아르헨티나 작가협회는 또 다른 보상을 계획한다. 또 한 번의 보상! 보르헤스의 용기와 강직함 그리고 그의 양심을 열렬히 찬양하는 공산주의자 작가인 레오니다스 바를레타가 준비작업을 주도한다. 그는 예술을 도외시하고 진부한 문제에 몰두하는 당시의 아르헨티나에 절실하게 요구된 사회적 참여와 담을 쌓고 지내는 작가들의 집단을 향해 보르헤스가 보여준 것과 같은 태도를 강력하게 요구한다. 무엇보다 페론에 몰두하는 아르헨티나. 페론은 그의 조국에서 가장 진부한 인물이었다. 한번은 페론이 '슬리퍼는 오케이, 책은 노우'라는 모토를 들고 카사 로사다(아르헨티나의 중앙청)의 발코니에 나온 적도 있다. 보르헤스는 거의 영웅이었다. 그러나 이러한 영웅적 행동은 전기 따위에 기록될 정도면 그만이지 그리 오래 가지 않는 법이다. 왜냐하면 경제적 문제는 별개였기 때문이다. 그리고 당장 미겔 카네 도서관에서 해임된 뒤에 그 문제는 해결되지 않고 있었다.

『수르』와 『라 나시온』에 기고하고 받는 원고료로는 입에 풀칠하기도 힘들었다. 다른 일자리를 구하는 것은 불가능했다. 그는 문학을 위해 태어났고, 문학이 바로 그의 거처였다. 그는 친구들의 독려로 그때까지는 산발적으로만 해온 강연에 본격적으로 뛰어들기로 한다. 공개석상에서 말하는 것은 그의 특기가 아니라고 앞에서 이미 밝힌 바 있다. 어떤 주제를 다루든 보르헤스는 강연을 하기 전에 극도로 초조해했다. 그나마 그가 오랫동안 해온 산보를 통해 어느 정도 불안을 잠재우고 긴장을 누그러뜨릴 수 있었다. 강연을 앞두고는 매번 불면증이 심해졌다. 특히 강연을 할 때마다, 한 단락 한 단락 글로 쓰던 그로서는 늘 강연 준비를 마무리할 시간이 부족했다. 보르헤스는 방향을 선회할 필요성을 느꼈다. 무엇보다 강연이 훗날 생계유지의 방편이 되리라는 것을 직관했기 때문이다. 처음에는 강연이 있을 때마다 아웃라인을 직접 써서 준비했지만, 경험이 쌓이면서 나중에는 머리로 아웃라인을 그려내어 강연을 해도 대대적인 성공을 거둘 수 있었다. 강연 중에 청중을 마법과 몽상의 세계로 데려가는 순수하게 문학적인 매혹의 순간들과 예기치 않은 논증의 삽입을 말한다. 이 모든 것은 그의 방대한 지식과 결합되어 그를 수많은 포럼에 초청되는 뛰어난 강연자로 만든다.

보르헤스는 전국 방방곡곡을 누비고 다닌다. 그의 조국뿐만 아니라 우루과이를 비롯한 라틴아메리카 전역을 유목한다. 그는 자신이 선호하는 문제나 주최 측에서 요구하는 문제를 강연의 주제로 삼는다. 단테를 북유럽의 신화와 혼합하였으며, 스베덴보리를 쇼펜하우어와 그리고 카발라를 『천일야화』와 뒤섞는다. 또 가장 가혹한 시기에도 그를 동반한 여섯 번째 감각인 아이러니를 저버리지 않는다. 보르헤스는 그를 호시탐탐 노리는 고루한 사람들에 맞서 그리고 특히 페론주의와 그 진부함에 맞서 언어의 총에 아이러니를 장탄한다. 그럴 만한 충분한 이유가 있었다. 페론과 에비타가 아르헨티나를 지적 황무지로 변모시키고 있던 것이다. 학생과 지식인은 탄압의 대상이었다. 그들을 공격하기 위해 모든 기회가 치밀하게 이용되었으며, 그런 기회는 자주 포착된다. 공개적인 사상 포럼이 금지되었고 언론은 검열을 받는다. 또 의견을 달리하는 사람들은 박해의 대상이 된다. 가령, 보르헤스의 강연이 있을 때면 으레 담당관이 그의 일거수일투족을 낱낱이 기록해 주무 감시청과 조직에 맹목적으로 보고하곤 했다. 조지 오웰이 그린 빅 브라더.[21] 도저히 믿기지 않지만 시대마다 얼굴을 바꿔가며 끈질기게 등장하는 빅 브라더.

이제 보르헤스는 숱한 세월과 꿈들을 채운 도서관에서 일할 때보다 더 많은 수입을 올리게 된다. 게다가 귀가 솔깃한 새로운 제안들이 줄을 잇는다. 1946년 1월에 사라 두란 데 오르티스 바수알도가 후원하는 『아날레스 데 부에노스아이레스』가 창간된다. 두 달 뒤에 보르헤스는 이 잡지의 편집 주간으로 부름을 받는다. 매우 흥미로운 문학 출판물이던 이 잡지에 보르헤스는 공인된 많은 작가들은 물론이고 이미 견실한 문학적 재능을 보여

---

21 조지 오웰은 『1984년』에서 권력과 감시라는 '빅 브라더'의 통제사회를 예언했다.

준 무명의 작가들도 포함시킬 수 있었다. 첫 번째 그룹에는 가브리엘라 미스트랄, 비오이 카사레스, 아마도 알론소, 페드로 살리나스, 기예르모 데 토레, 고메스 델 라 세르나가 있었다. 또 신예작가들 가운데는 청년 훌리오 코르타사르가 포함되었다. 그의 발견에 대해 보르헤스는 이렇게 말한다. "1940년대의 어느 무렵에 나는 다소 은밀한 한 문학지의 편집주간을 맡고 있었다. 평소와 다름없는 어느 날 오후, 지금은 생김새를 기억할 수 없는 껑충한 한 소년이 나에게 단편 원고를 가져왔다. 나는 소년에게 열흘 뒤에 다시 오면 내 의견을 말해주겠다고 했다. 그는 일주일 뒤에 다시 나타났다. 나는 작품이 마음에 들어 이미 인쇄소에 넘겼노라고 했다. 며칠 뒤에 훌리오 코르타사르는 노라 보르헤스가 연필로 그린 두 장의 삽화가 들어있는 「점거된 집」을 인쇄 활자체로 읽게 된다. 세월이 흐른 뒤 어느 날 밤 파리에서 그는 나에게 그것이 데뷔작이었음을 밝혔다. 영광스럽게도 나는 그의 매개자였다." 보르헤스의 말은 코르타사르의 단편집에 서문으로 실렸고, 당연하게도 보르헤스는 그의 단편집을 자신의 '개인 도서관' 목록에 포함시켰다. 서문에서 보르헤스는 이런 말도 하고 있다. "화자는 아주 섬세하게 행복이 불가능한 그의 무시무시한 세계로 우리를 끌어당겼다." 코르타사르에 대해 말하고 있는 걸까? 아니면 자기 자신에 대해 말한 것일까? 나는 행복하지 않았다. 이는 우여곡절이 많은 그의 삶에서 끝없이 반복된 후렴구였다.

『아날레스 데 부에노스아이레스』 역시 보르헤스가 계속해서 그의 이명異名과 유희할 수 있게 해주었다. 물론 비오이와 함께였다. 그와 함께 린치 다비스라는 가명으로 '무세오'라고 이름 붙여진 섹션을 만든다. 대부분 실존하지 않는 작가들이 서명한 그 텍스트들 중에서 일곱 편이 『창조자』에 수록되었다. 어떤 것은 너무나 심원하고 아름다워 이 지면에 포함시키고 싶은 유혹을 뿌리칠 수 없다. 「한계」라고 이름 붙여졌고 『묘비명』(몬테비데오, 1923)의 작가 훌리오 플라테로 아에도가 서명한 작품이 그중 하나다. 위작은 언제나 그의 예술의 중요한 일부였다. 영원한 주석을 되풀이하는 이 시구들처럼 깊이를 헤아릴 수 없는 위대한 예술. 불행 그리고 때때로, 삶. 스콧 피츠제럴드는 현명하게도 그것을 파괴 과정으로 정의했고, 보르헤스와 가깝고도 먼 에르네스토 사바토는 다음과 같이 단정을 내린다. "여하튼 우리는 모두 결국 좌절하기 때문이다. 좌절은 죽기 위해 태어난 모든 존재의 피할 수 없는 운명인 것이다……. 우리는 모두 혼자이거나, 혹은 언젠가 고독하게 최후를 맞을 것이기 때문이다."

1946년은 페론의 해이자 『아날레스 데 부에노스아이레스』의 해였으며, 또 그가 도서관 보조사서직에서 해임된 해이기도 하다. 그 해에 보르헤스는 상업적인 목적 없이 비오이 카사레스와 공동으로 책 두 권을 펴냈다. B. 수아레스 린치라는 부스토스 도메크의 제자에 의해 서명된 탐정소설 『죽음을 위한 하나의 모델』과 부스토스 도메크 자신이 작가로 되어있는 단편집 『두 개의 기억할 만한 판타지』를 말한다. 이 텍스트 두 권은 1970년까지 재출간되지 않는다. 그러나 이것이 유일한 자기출판 경험은 아니었다. 이듬해인 1947년에 그는 훗날 『또 다른 심문』(1952)에 수록될 에세이 「시간에 대한 새로운 반론」을 발표한다. 보르헤스는 이따금씩 자기출판의 경험을 즐겼다. 언젠가 그가 말했듯이, 담당 편집자에게 구구한 설명을 늘어놓을 필요 없이 자유로움을 만끽하기 위해서였다. 그는 자기변명을 좋아하지 않았고 그럴 필요도 없었다. 모두가 페론주의의 유연한 독재 dictablanda[22]의 마수에 걸려들지 않기 위해 변명을 필요로 하던 그 시절에는 특히 더 그랬다.

유연한 독재도 결국은 독재dictadura를 의미한다. 다른 식으로 명명될 수

---

22 작가는 스페인어의 형용사 'duro'(딱딱한)와 'blando'(부드러운)의 대비를 이용해 '독재' dictadura와 '유연한 독재' dictablanda의 유희를 벌인다.

없다. 어머니 레오노르 아세베도와 여동생 노라 역시 그러한 공포를 피부로 느꼈다. 1948년에 두 사람은 '관대하게도' 공공도로에서 집회를 허용하지 않은 당국의 허가 없이 플로리다 거리에서 국가를 불렀다는 이유로 경찰에 체포된다. 우리는 앞에서 경찰의 존재를 '빅 브라더'로 불렀다. 보르헤스의 어머니는 가택연금 상태로 한달을 보내야 했고, 노라는 주로 매춘부들이 수감되는 감옥으로 이송된다. 그녀는 이 기회를 이용해 매춘부들에게 프랑스어를 가르쳤고, 내친 김에 뛰어난 그림 솜씨를 선보이기도 했다. 자유는 몰락했다. 그러나 문학은 그렇지 않았다. 다행히 문학은 열악한 상황에서도, 아니 오히려 그러한 상황에서 더욱 더 끈질긴 생명력으로 살아남는다. 1948년이 지나가고 보르헤스가 『알레프』를 출간하는 마술적인 1949년이 도래한다. 당연히 걸음을 멈추고 간략하게나마 그 서사적 경이를 고찰할 필요가 있다.

8 『알레프』와 미로

1949년에 보르헤스는 『알레프』를 펴낸다. 한 목소리로 최고의 찬사를 받은 이 책은 보르헤스의 가장 널리 알려진 작품이자 다시 한 번 그의 시학을 비추는 거울이다. 이 책의 초판은 모두 열 세 편의 단편을 수록하고 있으며 하나같이 배제할 수 없는 주옥같은 작품들이다. 「불멸의 인간」, 「죽은 사람」, 「신학자들」, 「전사와 포로의 이야기」, 「타데오 이시도로 크루스의 전기」, 「엠마 순스」, 「아스테리온의 집」, 「또 다른 죽음」, 「독일 진혼곡」, 「아베로에스의 추적」, 「자이르」, 「신의 글」 그리고 「알레프」. 1952년 판에는 여기에 새로운 네 개의 단편이 추가된다. 「자신의 미로에서 죽은 아벤하칸 엘 보하리」, 「두 왕과 두 개의 미로」, 「기다림」, 「문턱의 남자」. 이 책에는 보르헤스의 모든 얼굴이 나타나 있다. 심오한 형이상학적 성찰의 작가, 믿음을 상실한 회의주의자, 영원한 완벽주의자, 문학적 본질로서의 미로의 창조자, 인간존재의 정체성과 죽을 수밖에 없는 운명적 조건의 탐구자, 의미와 시간의 후미진 곳을 탐사하는 철학자, 죽음과 그 한계에 대한 사색가, 우주의 수수께끼와 그 몰이해에 심취한 현자, 언어에 현실을 구축하고 변화시키는 요소로서의 중심적 가치를 부여하는 예술가……. 다양한 얼굴의 보르헤스는 단 한명의 보르헤스로 수렴된다. 단편들과 그 신비 사이에서 서서히 윤곽을 드러내거나 또는 윤곽이 흐려져 가는 인간. 보르헤스 전기는 그의 텍스트들의 온점과 반점들 사이에서 쓰인다. 가장 잘 요약된 보르헤스 전기는 지금부터 이야기할 독특하고 유별난 문학작품 『알레프』에 쓰여 있다.

첫 번째 단편인 「불멸의 인간」은 우리를 낯설고 기이한 우주로 인도한다. 이론의 여지없이 보르헤스가 쓴 모든 작품 중에서 형식적으로 가장 통일성 있는 작품으로 평가되는 책의 서곡이다. 『알레프』는 단편집이다. 그러나 동시에 한편의 소설, 즉 많은 사람들이 거장의 차변에 기입하는 미결제 계정일 수도 있다. 문체의 통일성은 텍스트에 서사적 의미를 제공하며, 주제의 통합성은 각각의 글들에 결합적 성격을 부여한다(독자를 한 작품에서 다른 작품으로 이끄는 안내자, 즉 특정한 시점에서 모든 플롯을 감싸는 화자는 없다.). 그러나 나는 전기의 대상인 보르헤스의 원칙을 거스르고 싶지 않다. 그는 소설을 쓸 필요성을 느끼지 못했고, 작가로서 그가 희구하는 모든 것을 단편에서 치밀하게 요약해냈다. 단편은 언제나 극히 어려운 창작 과정과 정제된 문체를 요구하기 때문에 그의 열망을 펼칠 수 있는 매혹적인 도전이 되었다. 보르헤스는 그런 생각을 가지고 『알레프』에 수록된 단편들을 썼으며, 그 출발점에 「불멸의 인간」을 놓는다.

보르헤스는 항상 최상의 작품으로 단편집을 시작하고 끝내길 좋아했다. 『알레프』의 초판은 「불멸의 인간」으로 시작되며 표제작이 맨 뒤에 위치한다. 「불멸의 인간」은 모든 단편을 통틀어 최고가 아닐지도 모른다. 그러나 단편집에서 가장 중요한 작품의 하나인 것만은 분명하다. 「불멸의 인간」

과 더불어 독자는 책을 읽는 도중에 만나게 될 모든 것을 예상하게 된다. 에필로그에서 보르헤스는 자신의 '작품들'을 언급하면서 이렇게 논평한 다. "모든 작품을 통틀어 맨 처음 것이 가장 공을 많이 들인 작품이다. 이 작품은 불멸이 인간에게 초래할 수 있는 결과에 대해 다루고 있다." 이 작 품과 함께 출발한 이상 독자는 도리 없이 위험을 무릅쓰고 여행을 계속할 수밖에 없다.

첫 단편인 「불멸의 인간」에는 보르헤스가 가장 즐겨 사용하는 상징의 하 나인 호메로스가 등장한다. 보르헤스는 수없이 로마의 시인 호메로스와 동일시되다가 결국에는 언어를 사랑하는 보르헤스로 영원히 남는 길을 택한다. "이제 기억의 영상은 남아 있지 않다. 남아 있는 것은 오직 말뿐이 다. 말, 본연의 자리에서 쫓겨나 불구가 된 말, 타인들의 말은 바로 시간과 세월이 그에게 남겨준 초라한 적선이었다." 호메로스, 율리시즈, 보르헤스 는 모두 동일자다.

두 번째 단편은 「죽은 사람」이다. 브라질 국경지대에서 밀수업자들의 두 목이 되기에 이르는 어느 불한당의 이야기다. 화자는 그의 삶과 특히 그의 죽음을 얘기해야 한다. 주인공의 이름은 벤하민 오탈로라이며, 19세에 한 남자를 죽이면서 범죄의 길로 들어선다. 그는 가우초의 우두머리인 아세 베도 반데이라의 수하에 들어가기 위해 추천장을 들고 우루과이로 떠난 다. 그러나 자신도 모르는 사이에 죽음에서 그를 구하며 자존심 때문에 추 천장을 찢어버린다. 그는 수입이 보장된 편안한 일자리를 마다하고 실력 을 쌓고 싶어 한다. 반데이라의 진짜 사업은 밀수다. 오탈로라는 밀수꾼이 되어 두목의 자리를 차지하고 싶어 한다. 숱한 우여곡절 끝에 결말에 이르 러 권력의 진정한 얼굴이 드러난다. 반데이라는 보디가드를 시켜 오탈로 라를 살해한다. 이 작품에서 삶과 죽음이라는 대립적인 양극단은 이야기 의 얼개 역할을 한다. 오탈로라는 젊은 나이에 죽어야하기 때문에 치열한 삶을 산다. 보르헤스는 어떤 잔꾀로도 운명에 맞설 수 없음을 보여주는 것 같다. 그저 현재를 향유하고 하루하루의 일상에서 가능한 모든 즙을 짜내면서 나약함이라는 인간존재의 슬픈 카오스를 인식할 수 있을 뿐이다.

세 번째 단편인 「신학자들」 역시 정통과 이단, 경신經信과 불가지론이라는 보르헤스적 열정의 표지를 제공한다. 여기서는 이데올로기적 논쟁이 줄거리의 중심을 이룬다. 한 수도원 서고가 불타고, 화염 속에서 기적적으로 성 아우구스티누스의 책 한 권이 살아남는다. 이 책에서는 순환적 시간론이 소개되고 논박되며, 십자가를 수레바퀴로 대체하고자 하는 환상교環狀敎도의 사교가 출현한다. 두 신학자 아우렐리아노와 후안 데 파노니아는 그리스도교를 대변한다. 두 사람 사이의 갈등은 하나로 합쳐지는 순간까지 서사의 중심을 이루며 이야기를 크게 부풀린다. 멀어졌다 가까워지는 대립물, 반명제의 합, 동떨어진 것들의 조화, 그것이 이 텍스트의 교훈일 수 있다. 그러나 동시에 끊임없이 타인들의 사고, 이념의 대립, 인간존재들에 가까이 다가가기 위한 수단으로 대화를 탐색하고자 하는 보르헤스의 몇몇 관심사를 엿볼 수 있는 징후일 수도 있다. 절대적으로 화해할 수 없는 사람은 없다. 우리는 단일한 목소리로 말하지 않으며 확고부동하지도, 또 무쇠처럼 단단하지도 않다. 우리 인간은 죽을 수밖에 없는 존재이기 때문이다. 보르헤스의 서사는 바로 그 때문에, 아니 그에 맞서서 인류의 미래와 가능성, 인류의 상승을 꿈꾸는 희망의 노래다.

이 단편과 이어지는 단편인 「전사와 포로의 이야기」는 역사를 통해 문학을 구축하려는, 다시 말해 픽션과 언어기호를 통해 역사를 포착하려는 보르헤스의 의도를 분명하게 보여준다. 아마도 그는 '역사는 문학으로 빚어졌다'고 보았을 것이다. 이 경구를 그렇게 인식할 때 우리는 비로소 잊을 수 없는 이 장대한 책의 단편들을 읽을 수 있고, 또 「전사와 포로의 이야기」에 빠져들 수 있다. 한 인터뷰에서 보르헤스는 이 작품에 대해 이렇게 말한다. "나는 이 단편이 1972년경 부에노스아이레스의 한 지역에서 일어난 일과 어느 시대에 이탈리아에서 있던 일을 토대로 썼기 때문에 독창적이라고 믿습니다. 로마의 문명에 굴복당하는 어느 야만인의 이야기가 있습니다. 그는 문명을 이해하지 못합니다……. 어떻게 이해할 수 있겠습니까? 아주 조금 이해했겠지요……. 다른 얘기는 정반대의 경우입니다. 영국 같은 문명국에서 살았지만 팜파스에 거주하는 인디오들의 야만에 굴복당하는 한 소녀의 이야기지요. 내가 이야기한 그대로 실제 일어난 일입니다." 할머니 파니 하슬램이 보르헤스에게 들려준 얘기다. 그녀는 인디오들에게 납치되었지만 자신의 나라나 그 문화로 돌아가기를 원치 않던 영국인이다. 문학적 사실과 뒤섞인 역사, 그것이 『알레프』다. 그것이 보르헤스다.

한편, 역사 또한 전기로 바뀌거나 변형될 수 있다. 『알레프』에는 이 문제를 다루고 있는 작품이 한 편 있는데, 한 인물의 삶으로부터 그려진 역사인 「타데오 이시도로 크루스의 전기」가 그것이다.

에필로그에서 보르헤스는 이 단편이 '『마르틴 피에로』에 대한 일종의 주석'임을 밝히고 있다. 작가는 그 영예로운 작품에 대한 감탄을 숨김없이 드러낸다. 그러나 그는 결코 어깨를 겨루고자 하지 않는다. 정체성과 환영의 문제를 다시 환기시키고자 할 따름이다. 보르헤스는 평생 '나는 누구인가'를 묻고 있던 것 같다. 그는 말한다. "아무리 길고 복잡하다 해도 사실 모든 운명은 한 순간, 다시 말해 자신이 누구인지를 영원히 아는 순간으로 이루어진다." 보르헤스는 가우초의 살갗을 뚫고 들어가며, 그 기회를 틈타 자신에게 문제를 던진다. 그의 고독은 타데오 이시도로 크루스의 고독이다. 아마도 보르헤스는 이미 자신이 누구인지를 완벽하게 인식하는 순간에 이르렀을 것이다. 그런데도 그는 고독했다. 자신의 인물들인 크루스나 가우초 피에로처럼 보르헤스 역시 행복하지 않았다.

보르헤스가 에필로그에서 지적하고 있듯이, 「엠마 순스」는 「전사와 포로의 이야기」와 마찬가지로 환상문학의 범주에 속하지 않는다. 그는 줄거리에 대해 단정적으로 말한다. "…… 그 소름끼치는 구성보다 훨씬 더 탁월한 눈부신 줄거리는 델리아 인헤니에로스가 내게 들려준 것이다." 물론 눈부신 줄거리다. 그리고 영화적인 스토리다. 이 작품을 원작으로 한 영화는 페론주의가 종언을 고하던 1955년에 개봉되었다. 레오폴도 토레 닐슨이 각색을 맡았고, 영화 제목은 〈증오의 날들〉이었다. 자신의 작품을 토대로 한 영화 제작을 탐탁하게 여기지 않던 보르헤스는 영화가 단편보다 훨씬 적은 것을 이야기한다고 생각했다.

「엠마 순스」는 복수의 이야기다. 이야기의 제목으로 등장하는 한 직물공장 노동자는 퇴근해서 아버지의 사망 소식을 알리는 편지를 발견한다. 그녀는 비극이 임박했음을 감지한다. 그녀의 아버지는 망명중에 자살했다. 공금횡령죄로 기소되어 지금 딸이 일하고 있는 공장에서 해고되었기 때문이다. 그는 딸에게 과거에는 공장장이었고 지금은 소유주의 한사람인 아아론 로웬탈이 범인이라고 털어놓았었다. 그녀는 복수심으로 불타오른다. 그녀는 아아론을 살해한 뒤에 그를 자신을 겁탈한 범인으로 고소할 것이다. 그녀는 알리바이를 조작하기 위해 뱃사람이 자신을 욕보이게 한다. 그녀는 살해된 사람을 강간범으로 고소할 것이다. 마침내 그녀가 꾸민 일 ―실제 일어나지 않은 로웬탈의 겁탈― 은 진실과 혼동된다. 작품은 이렇게 끝난다. "사실, 이야기는 믿기 힘든 것이었다. 그러나 실질적으로 틀림없는 사실이었기 때문에 모든 사람들을 설득했다. 엠마 순스의 어조와 그녀의 정숙함 그리고 그녀의 증오는 모두 진실이었다. 그녀가 겁탈을 당했다는 것 역시 진실이었다. 단지 주변 정황과 시간 그리고 한두 개의 고유명사만이 거짓이었다." 진실은 거짓과 일치하며 삶은 문학과 부합한다. 이 금언은 보르헤스를 이끌던 중대한 원칙을 가늠할 수 있게 해준다.

『알레프』는 앞으로 나아가면서 속속 수수께끼를 드러낸다. 앞의 흐름을 이어가며 계속해서 작가에 대해 말한다. 시를 비롯한 그의 다른 텍스트들도 마찬가지일 것이다. 그러나 『알레프』는 이 글을 쓰고 있는 사람의 선호도에 있어 다른 작품들을 압도한다. 이 책은 그의 진정한 우주다. 이 책의 단편들을 다시 읽을 때마다 나는 보르헤스에 더 가까이 다가가는 느낌을 받는다. 그의 다른 작품들을 읽었을 때는 이런 일이 일어나지 않았다. 물론 나는 그 작품들에 경탄한다. 그 완벽함과 미학의 경계 그리고 교묘하게 다루어진 개념들의 조형성에 매료된다. 죽음의 얼굴, 끝없는 추구, 대답 없는 질문, 혹은 독자가 의문을 제기하고 묻고 심문하게 만드는 대답들. 그러나 나는 그것들이 가면에 지나지 않는다고 느낀다. 『알레프』는 다르다. 그것은 바로 보르헤스의 맨얼굴이다.

「아스테리온의 집」. "나는 사람들이 내가 거만하고 자폐적이며, 또 실성했을지도 모른다고 수군댄다는 것을 안다. 그러한 비난은 가소롭기 짝이 없다(때가 되면 그대로 갚아줄 것이다). 내가 집 밖에 나가지 않는 것은 사실이지만, 내 집의 문들이(그 수는 무한하다) 사람은 물론이고 심지어 동물에게도 언제나 열려있다는 것 역시 사실이다. 원하는 사람은 누구든지 들어올 수 있다. 여기서는 여성적인 화려함도 궁궐의 웅장한 위용도 발견하지 못할 것이다. 그 대신 적막과 고독을 발견하게 될 것이다." 아스테리온은 이렇게 말한다. 혹시 그는 자유와 지혜와 고요를 찾는 사람, 보르헤스가 아닐까? 그러나 그는 그것들을 찾지 못한다. 오직 죽음 속에서만 발견할 수 있기 때문이다. 아스테리온은 자신의 미로에서 길을 잃은 미노타우로스다. 세계의 중심에서 길을 잘못 든 인간. 언제나 패배에 내던져진 인간. "아침햇살이 청동검에 반사되었다. 이미 피의 흔적조차 남아 있지 않았다. '정말 믿을 수 있겠어, 아리아드네?—테세우스가 말했다—. 미노타우로스는 거의 자기 몸을 방어하지 않았어'." 미노타우로스는 그의 질문에 대한 답을 죽음에서 발견하게 될 것임을 알고 있었다. 메타포는 어떤 미해결점도 남기지 않는다. 작가는 다시 한 번 자신의 얼굴을 엿볼 수 있게 한다. 아스테리온, 미노타우로스, 보르헤스, 미로 같은 세계, 유일한 출구. 아침햇살이 청동검에 반사되었다. 이미 피의 흔적조차 남아 있지 않았다. 그렇다. 미노타우로스는 자기 몸을 방어하지 않았다.

보르헤스가 또 한 번 그의 강박관념의 하나인 시간의 문제 —"신은 과거를 바꿀 수는 없지만 과거의 영상들은 바꿀 수 있다"— 를 제시하고 있는 단편 「또 다른 죽음」에 이어 그의 가장 중요하고 탁월한 텍스트의 하나인 「독일 진혼곡」을 만나게 된다. 이 작품은 그의 정확한 전기적 사실을 알려준다는 점에서 매우 중요하다. 이에 대해 보르헤스는 에필로그에서 이렇게 말한다. "최근의 전쟁에서 나만큼 독일이 패망하기를 열망한 사람은 없었다. 어느 누구도 나만큼 독일의 비극적인 운명을 감지하지는 못했다. 「독일 진혼곡」은 독일에 대해 생무지인 우리의 '친독일주의들'이 애통해하지도, 심지어 낌새를 채지도 못한 이러한 운명을 이해하고자 하는 시도다."

보르헤스는 이 작품에서 나치즘과 그 파당(그 수가 많으며 때로는 의심도 받지 않는다)에 어울리는 그림을 환상으로부터 그려나간다. 앞서 지적했듯이, 이러한 태도는 적대감 이상의 결과를 가져왔으며, 아마 그가 미겔 카네 도서관에서 해고된 것도 이와 모종의 관련이 있을 것이다.

「독일 진혼곡」이 『알레프』에 실려 있다는 것은 결코 우연이 아니며 텍스트 전체의 통합적 의미에 부합한다. 이 책에서는 다양한 방식으로 사람들의 '탈선'이 조명된다. 살인자들, 밀수꾼들, 괴물들, 본의 아니게 소외된 사람들. 「독일 진혼곡」에서 다시 한 번 이러한 인물들 중의 한사람이 해부된다. 훌륭한 군인 가문 출신의 병사인 오토 디트리히 쭈르 린데의 삶을 말한다. 그러나 그는 선조들처럼 끝까지 전장에서 싸우지 못할 운명이었다. 총상을 입어 한 다리를 절단하게 되며, 그 후로는 수용소의 부지휘관으로 복무한다.

쭈르 린데는 독일의 패망 앞에서 깊이 성찰하며, 부단히 변하는 역사의 흐름과 목적 그리고 나치즘의 원천에 대한 고찰을 통해 끊임없이 이념으로서의 나치즘의 승리를 정당화한다. 나치즘 전체를 상징하는 인물인 그는 시종일관 수치스럽고 일체의 이성과 거리가 먼 인물로 그려진다. 작가의 관점은 전혀 의심의 여지를 남기지 않는다. 보르헤스는 인물과 절대적인 거리를 유지하는 가운데 그를 세계의 얼굴을 잔혹하게 일그러뜨린 몇몇 원리들의 신봉자이자 피도 눈물도 없는 잔혹함의 화신으로 묘사한다. 그에 대한 동정은 찾아볼 수 없다. 이야기의 결말에서 이를 분명히 확인할 수 있다. "나는 내가 누구인지를 알기 위해, 또 몇 시간 내에 죽음을 앞두고 어떻게 행동해야 할지 마음을 정리하기 위해 거울에 얼굴을 비춰본다. 나의 육신은 두려워할지 모른다. 그러나 나는 두렵지 않다." 독일은 패망하여 쓰러졌다. 그러나 나치의 광신주의는 존속할 것이다. 오토 디트리히 쭈르 린데 같은 비열한 인물들은 일체의 폭력과 파시즘에 대한 작가의 경멸을 반영한다.

자기 작품의 거울 앞에 알몸으로 서있는 보르헤스. 가증스러운 패배와 사소한 패배를 이야기하는 보르헤스. 자신과 무관하지 않은 사람들의 인생역정을 이야기하면서 자신을 찾는 보르헤스. 가령, 다음 단편인 「아베로에스의 추적」의 주인공인 아베로에스가 그렇다. 여기서 우리는 또다시 좌절과 마주친다. 아베로에스와 아리스토텔레스에 대한 그의 논평, 숭고한 철학의 몇몇 모티프와 언어 자체에 대한 덧없는 탐구. (다시 한 번 이야기의 주인공은 보르헤스가 아닐까?) 이제 표제작인 「알레프」와 초판의 마지막 단편을 보충하는 「자이르」가 남아있다. 그리고 대립물과 반명제에 대한 보르헤스의 강박관념이 명징하고 생동감 있게 그려진 단편 「신의 글」이 두 작품 사이에 위치한다. 잠시 숨을 고르자. 보르헤스의 전기와 관련된 이 짤막한 에피소드를 끝내기 전에 「자이르」와 「알레프」에서 잠시 걸음을 멈추자.

에필로그에서 작가는 이렇게 말한다. "「자이르」와 「알레프」에서는 웰스의 단편 「유리 달걀」(1899)의 영향이 감지될 것이라고 생각한다." 언급된 웰스의 단편은 외계인의 세계를 볼 수 있는 구체를 소유한 한 고고학자에 대한 이야기로, 고고학자의 죽음과 함께 작품이 끝난다. 살인범은 아마도 구체나 자기 자신의 강박관념 속에 사는 존재였을 것이다. 이러한 이중의 가능성은 보르헤스에게 두 개의 단편을 창조하도록 한다. 한 편으로는 그곳으로부터 놀라운 우주 전체를 관찰할 수 있는 「알레프」. 다른 한 편으로는 「자이르」, 즉 '결코 잊혀지지 않는 속성을 지녔으며 그 형상을 본 사람들을 미치게 만드는 어떤 존재 혹은 사물'. 보르헤스가 단편의 첫머리에서 밝히고 있듯이, 자이르가 '흔한 20센트짜리 동전'이라고 해도 마찬가지다. 동전은 단편의 내용을 따라 다양한 국면을 통과한다. 우선 화폐적 물체이고, 그 후에는 투사된 형상이며, 마지막에는 화자를 당혹스럽게 하는 강박관념이다. 중간에 은둔자가 보물을 빼앗으려고 아버지를 목 졸라 죽이는 대목에서 문학적 창작의 징후가 엿보인다. 화자/주인공은 단편 속의 단편 —언급된 문학적 창작— 에 깊이 빠져들 때 비로소 자신을 괴롭히는 강박관념인 자이르에서 벗어날 수 있게 된다. 그런데 반대로 자이르가 다시 나타났을 때 주인공에게 문학예술은 불가능해진다.

보르헤스는 다시 한 번 자기 자신에 대해 말하고 있다. 그토록 빈번하던 불면증과 무수한 강박관념 그리고 그의 내면에 살고 있는 거울들에 대해 말한다. 왜냐하면 자이르는 메타포이자 상징이며, 또 우리가 수긍하며 위험스럽게 요약하는 하나의 구절 —"단지 예술의 실행을 통해서만 지옥에서 탈출할 수 있다"— 이기 때문이다. 자이르에서 달아나는 것은 다시 마주치는 것이고 다시 존재하는 것이다. 그러나 이러한 탈주가 가능할까? 나는 이 단편이 이 질문에 의문을 제기한다고 믿는다. 나는 또한 텍스트의 첫머리에서 테오델리나 비야르의 죽음은 우주 전체에 관한 이야기를 쓰고자 하는 열정적인 보르헤스에게 단지 하나의 구실에 불과하다고 믿는다. 사랑에 빠진 테오델리나가 죽은 후에 보르헤스는 자이르를 받는다. 그리고 계략, 아니 비극이 시작된다. 또 늘 그렇듯이 열정이 시작된다. 보르헤스와 그의 여자들. 각각의 문학작품에 어울리는 복장을 한 여자들. 그녀들을 가리키면서 이곳저곳 지정된 장소에 배치하는 마술 지팡이 때문에 변형된 의상들. 때때로 보르헤스가 「자이르」와 「알레프」에서 들려주는 얘기는 이해가 되지 않는다. 그러나 아무도 그 아름다움에서 벗어날 수 없다. 물론 어느 누구도 그 아름다움을 설명하지 못할 것이다. 더욱 당혹스러운 두 번째 단편에서 작가는 공간의 구체적인 한 지점에서 '상상할 수도 없는 우주'를 엿보기 위해 상상력의 한계를 확장하라고 제안한다. 아름다움은 인간존재가 닿을 수 있는 곳에 있다. 「알레프」를 읽을 때마다 우리는 몇 번이고 지극히 아름다운 꿈들을 해독하는 법을 배우게 된다.

테오델리나 비야르처럼 「알레프」에 등장하는 베아트리스 비테르보 역시 작품의 첫머리에서 죽어있다. 두 사람이 동일한 여자일 수도 있을 것이다. 의심의 여지없이 현실의 여자다. 화자인 보르헤스는 그녀의 기억에 자신의 삶을 바치기로 결심한다. 한 여자에 대한 기억으로 자신의 가슴을 채우고자 한다. "우주는 변할 것이다. 그러나 나는 변치 않을 것이다." 경멸로 그를 응징할 수 있던 여인. 멸시를 용서하지 못한 멸시 당한 보르헤스. 보르헤스는 이 단편에서 최악의 인물로 그려진 작가이자 학술원 회원인 카를로스 아르헨티노 다네리처럼 감히 그에게 대드는 자가 있으면 끝내 그를 굴복시켰다. 카를로스 아르헨티노와 보르헤스의 대립은 매우 흥미로우며, 면밀한 분석가들에게는 분명 박사논문의 주제가 될 수 있을 것이다.

여기에서 많은 얘기를 하지는 않겠다. 단지 하나의 초대일 뿐이다. 이 매혹적인 단편의 페이지들을 향해 걸어가고, 또 몇 번이고 되돌아가기 위해 필요한 말들. 숱한 밤 우리는 바로 보르헤스의 말을 통해 보르헤스를 불러냈다. 나의 밤의 숨겨진 구석들을 거니는 거장 보르헤스. 그의 알레프. 세상의 모든 장소가 뒤섞이지 않고 존재하는 그 곳. 보르헤스는 결정적인 마지막 질문을 던진다. "돌기둥 내부에 그 알레프가 존재할까? 사실은 내가 사물을 볼 때마다 알레프를 보고도 잊은 것은 아닐까? 우리의 정신에는 망각의 구멍이 숭숭 뚫려있다. 나 역시 비극적인 세월의 침식작용 속에서 베아트리스의 모습을 바꾸고, 또 잃어가고 있다." 이 작품은 에스텔라 칸토에게 바쳐졌다. 보르헤스는 그녀를 사랑하고 있었다. 여전히.

9 신의 아이러니: 책과 밤

보르헤스는 1950년에 아르헨티나 작가협회 회장에 피선되어 1953년에 물러날 때까지 그 직을 수행한다.

20세기는 길었고 천재작가는 공기처럼 모든 것을 채운다. 그는 아르헨티나 영국문화 협회와 고등연구 자유대학에서 영문학 강좌를 맡는다. 그의 강좌는 엄선된 청중 앞에서 영어로 진행된다. 고대 앵글로색슨 문학에 대한 그의 관심은 나날이 커져간다. 1950년. 20세기의 한복판. 보르헤스가 공기처럼 모든 것을 채운 시대였다.

일년 후인 1951년 프랑스는 우리의 천재작가를 만난다. 로제 카이유아가 프랑스어로 옮긴 『픽션들』은 문학 대용품의 영향에서 상대적으로 자유로운 지식인 사회에 즉각적인 반향을 불러일으킨다. 프랑스 지식인 사회에 빛나는 아르헨티나인의 이름이 입에서 입으로 전해지기 시작한 것은 바로 이 무렵이었다. 사람들은 문학을 얘기할 때면 으레 보르헤스를 입에 올렸다. 위대한 발견이었다. 물론 많은 사람들에게 그 발견은 보다 앞서 이루어졌다. 비평가들은『픽션들』에서 아득한 옛날부터 역사의 가장 찬란한 장을 장식한 영원한 주제들인 시간과 불합리와 죽음을 문학화하는 명쾌한 방식을 본다.『픽션들』은 비평가와 독자들을 압도한다. 그저 단순한 한 권의 단편집이 아니라 창작의 규범과 규율을 준수하는 새로운 방식이었다. 더욱이 소설이 아니며 가장 숭고한 소설을 선망하지도 않는다는 불편함에 기대고 있다. 어쩌면 단편이 아닐지도 모른다. 보르헤스에 의해 이제 막 창안된 새로운 장르일 수도 있다. 앞서 나는『픽션들』이 프랑스 문학계를 압도했다고 말했다. 당시 프랑스는 유럽에서 문학적 혁신의 진원지였다. 따라서 프랑스에서 성공을 거둔다는 것은 유럽대륙 전체, 더 나아가 전세계에서 성공한다는 것을 의미했다. 프랑스어로 번역된 보르헤스의 단편집은 광범하고 절대적인 인정을 받기 위한 출발점이 되었다. 이제 그의 위대함에 대해서는 논란의 여지가 없었다.

이 무렵 보르헤스는 활발한 활동을 전개한다. 먼저, 이미 출간된 단편들의 선집인『죽음과 나침반』을 펴낸다. 또한 그 동안 거처한 엘리트주의의 은신처에서 밖으로 나오기 시작한다. 이런저런 이유로 그의 인기는 하루가 다르게 높아간다. 그의 논쟁적인 정치적 견해, 엉뚱한 개성, 오직 책에만 매달린 50여 년의 삶. 그의 책들은 널리 읽힌다. 특히 가벼운 책들이 많이 읽혔다. 실제 작가가 보르헤스인지 아닌지는 상관 없었다. 책등에 그의 이름이 적혀있다는 사실만으로 충분했다.

보르헤스는 그 무렵 커져가던 열정과 더불어 문학적 해를 마감한다. 델리아 인헤니에로스와 함께 멕시코의 폰도 데 쿨투라 에코노미카에서 펴낸『고대 독일문학』이 그것이다. 그와 작업을 함께 한 사람들은 이구동성으로 문학, 철학, 언어, 다양한 지식을 배우는 데 있어 그보다 손쉬운 방법은 없다고 단언한다. 또 공동저자들 대다수가 여성이라는 것은 그의 내면의 공허를 동반한 또 다른 열정의 징후다. 그는 한시라도 혼자 있을 수 없었다. 언제나 자신을 비춰볼 수 있는 쌍둥이 영혼을, 도달할 수 없지만 좇아야 할 꿈을 필요로 했다. 이와 반대되는 상황은 견딜 수 없었다. 그는 엄밀한 의미에서 여성편력가였다. 그는 성장하기 위해 여자들을 필요로 했다. 1970년 『수르』지에 발표한 글에서 보르헤스는 함께 한 여자들에 대한 '감사의 마음'을 분명하게 밝힌다. "나는 입 맞추지 못한 입술들과 보지 못한 도시들에 감사한다. 나를 떠난, 혹은 내가 떠난 여자들에 감사한다. 나를 떠났든, 내가 떠났든 무엇이 다르겠는가. 별들이 자신의 길을 알고 있던 그 심연에서처럼 내가 길을 잃고 헤매는 꿈에 감사한다." 입 맞추지 못한 입술들, 저버림, 길을 잃고 헤매는 꿈. 보르헤스는 성장하기 위해 '그의' 여자들을 필요로 했다.

보르헤스는 '그의' 여자들을 필요로 했다. 그러나 또한 자유분방하고 차분한 그의 의식도 필요로 했다. 그의 의식, 그의 자립정신. 페론주의 체제에 대한 분연한 항거. 페론을 추종하거나 뿌리 깊은 허위적 민족주의를 맹신하는 작가들은 보르헤스를 외국풍의 작가로 폄훼했다. 그들은 북유럽문학에 대한 보르헤스의 애정도 색슨족의 텍스트에 대한 그의 과장된 애착도 참을 수 없었다. 그들에게는 『마르틴 피에로』를 골백번 다시 얘기하는 게 훨씬 나았을 것이다. 혹자들은 그를 현실과 유리된 귀족작가로 여겼으며, 또 혹자들은 그의 작품이 아르헨티나 민중의 열망과 동떨어져 있다고 생각했다. 그러나 적대적인 사람들 틈에서도, 서로 완벽하게 연계된 그의 삶과 그의 문학의 유위변전을 애정과 호기심으로 좇으며 그를 찬양하는 사람들의 수가 점점 늘어났다.

보르헤스는 방향을 바꾸지 않는다. 사람들은 그의 생각을 바꾸지 못했고, 그는 계속해서 자신의 운명을 고수한다. 1952년에는 에세이집 『또 다른 심문』을, 1953년에는 마르가리타 게레로와 함께 『마르틴 피에로』를 발간한다. 에르난데스의 텍스트는 보르헤스를 매혹시켰으며, 그는 기회가 있을 때마다 이렇게 말했다. "『마르틴 피에로』는 군대가 떠돌이로, 시골사람들이 범법자로 변질되는 것을 보여줄 목적으로 쓰였다. 그러나 야비함, 잔혹함, 불한당들의 감상주의 그리고 변두리 사람들의 우쭐거림에서 쾌락을 찾는 사람들에 의해 부도덕하게 읽혔다. 다른 출판물들은 제작 의도가 불순하고 부도덕하다. 그래서 나는 통속잡지들, 즉 탐욕과 노예근성을 가르치는 이름 높은 강좌들을 아르헨티나인들의 점진적인 우민화의 한 원인으로 본다." 그의 비판적 목소리는 끊이지 않았다. 심지어 『마르틴 피에로』의 경우처럼 자신이 가장 선호하는 구실을 통해서도 비판적 목소리를 냈다.

또 1953년은 에메세 출판사가 호세 에드문도 클레멘테의 책임 하에 그의 『전집』 발간에 착수한 해이기도 하다. 그의 나이 54세였다. 동시에 프랑스에서는 로제 카이유아가 지속적으로 천재작가의 보급에 힘써 프랑스어판 단편집인 『미로』가 발간된다.

이 모든 것과 더불어 그는 점차 광범한 국제적 명성을 얻게 된다. 그러나 그는 명성을 제대로 관리하지 못한다. 결코 그렇지 못했다. 세월이 흘러 전 세계에서 회자되는 작가가 되었을 때 그는 이렇게 털어놓는다. "이제 나이를 먹고 보니 보르헤스이기를 그만두어야 할 것 같다." 1970년에 나온 단편집 『브로디의 보고서』 서문에서였다. 이 단편집은 보르헤스의 가장 '사실주의적인' 책이다.

분명한 것은 세월이 흐르면서 보르헤스가 명성으로 인한 피로감을 수없이 토로했다는 사실이다. 더 나아가 그는 스스로 대단치 않은 작가임을 천명했다. 그러나 분명 보르헤스의 이름은 생의 말년에 그가 응한 숱한 인터뷰에서 끝없이 되풀이되었을 것이다. 잊혀지고 싶은 소망, 시간, 아르헨티나인으로서의 조건, 글쓰기의 기술, 창조자로서의 그의 규율, 질서와 카오

스. 마치 보이지 않는 시나리오가 그의 말을 구술하듯이 보르헤스는 언제
나 똑같은 말을 되풀이했다. 그는 자신을 교란시키는 질병과 무관한 문제
들을 해결하는 데는 늘 서투른 심오하게 문학적인 존재였다. 문학은 그의
이름이었다. 그는 문학과 함께 수많은 토론회를 거닐었다. 그렇게 강연을
통해 그에게 손짓하는 세계 곳곳에 자신의 지식을 풀어놓았다.

강연 활동을 가장 눈부시게 전개한 시기는 아마도 1950년대일 것이다.
그는 소심함을 잃은 지 오래였다. 그의 말은 사전 시나리오와 섬세하게 호
흡을 맞추었고, 그의 목소리는 능숙하게 청중을 사로잡으며 강물처럼 유
려하게 흘렀다.

보르헤스는 청중과 마주할 때 섬세함과 지식이라는 두 개의 근본적인
수단을 이용했다. 그는 웅변적 수단을 동원하지 않았고, 또 어조의 상승과
흥미 유발, 음절의 요술과 몸짓, 신들린 듯한 열광이나 무기력한 상태를
통해 청중을 놀라게 하지도 않았다. 그는 자기만족을 찾는 대신 열렬한 관
심을 구했다. 그는 아주 막연하고 복잡하게 뒤엉킨 지식들을 간단명료하
게 설명함으로써 청중이 형이상학과 시간, 공空 혹은 무한에 관한 그의 논
평을 가깝고 친숙하게 느끼도록 했다. 그는 강연장에 도착해 말을 풀어놓
고는 소리 없이 그곳을 빠져나갔다. 때로는 실망을 안겨주기도 했다. '때
로는' 대신 '혹자들에게' 라고 말해야겠다. 왜냐하면 때때로 강연자에 대
한 정보가 부족한 청중이 별 생각 없이 심심풀이로 강연장을 찾았기 때문
이다. 그러한 자세는 보르헤스의 격에 어울리지 않았을 것이다. 그는 진실
을 풀어놓았을 뿐 그에 대한 동의나 분노를 요구하지 않았다. 관대함의 흔
적이나 심지어 일말의 동의하는 제스처도 구하지 않았다. 그는 그것을 필
요로 하지 않았다. 청중 앞에서 느끼는 불안은, 주장을 펼칠 때마다 절대
적인 확신으로 바뀌었다. 반론이나 회유는 결코 그의 원칙을 교란하지 못
했다. 그는 무언가를 논증하겠다는 특별한 의도 없이 논평했다. 아우성도

불협화음도 없이 품위 있게 정확한 말들을 풀어놓았을 뿐이다. 그의 진리
는 타인의 진리와 다투고자 하지 않았다. 그는 천재였다. 그는 그것을 알
고 있었다.

어쩌면 보르헤스의 소심함은 하나의 존재방식이자 세상에 대응하는 방
식이 아니었을까? 예나 지금이나 ―특히 오늘날― 진부하고 고갈된 그리고
상투적이고 통속적이며 보잘 것 없는 작품을 자랑거리라도 되는 듯이 뽐
내는 많은 사람들의 교만과 허영에 비하면 보르헤스의 소심함이 더 문학
적이지 않을까? 우리는 늘 겸허함이 위대한 재사들 특유의 자질이라고 들
어왔다. 오직 보르헤스에게서만 이 금언은 위대해지고 생명력을 얻는다.

보르헤스의 겸허함과 명쾌함은 그의 구절과 단편마다에서 집요하게 무
언가를 찾아내고자 하는 사람들에게 맞서왔으며 지금도 맞서고 있다. 때
로는 나 자신도 그랬다. 단락마다에서 상징과 메타포를 보고 싶어 하는 독
자. 나는 테오도르 아도르노가 아주 명쾌하게 두 가지 유형의 독자가 있다
고 지적한 것을 기억한다. 작품을 향유하는 대신 해석하기 위해 자기 것으
로 삼고자 하는 독자와 독서의 즐거움에 몸을 맡기는 독자. 비록 자주 만
나지는 못했지만 보르헤스가 얻고자 한 것은 두 번째 부류의 독자들이다.
그는 해를 거듭할수록 추종자들이 기하급수적으로 늘어나리라는 것을 예
상하지 못했다. 추종자들은 다양하다. 주해자들, 비평가들, 반대자들, 분석
가들, 예비박사들. 다뤄진 문제들의 심오함, 폭넓은 인유와 해박한 지식 그
리고 특유의 패러독스는 독자를 텍스트라는 근본에서 멀어지게 만드는
것처럼 보인다. 그러나 그렇지 않다. 오히려 정반대다. 보르헤스는 쾌락과
독자들의 행복을 위해 글을 썼다. 그의 단편들의 치밀하고 수학적인 구조
가 이를 입증한다. 그는 누구도 문학의 미로에서 길을 잃기를 원치 않는
다. 때로는 호기심을 충족시키기 위해, 또 더 많은 경우에는 괴로워하기
위해 그 미로 너머를 엿보는 것은 우리의 손에 맡겨진 능력이다. 1954년에

『전집』의 일부로 새로이『시편들(1923~1953)』과『불명예의 세계사』가 출간된다. 그리고 이듬해에 페론 정권이 무너진다. 보르헤스는 기뻐하고 또 기뻐한다. 뛸 듯이 기뻐한다.

페론의 붕괴는 예견된 것이었다. 1954년의 파업에 이어 전국적인 규모의 강압적인 생산성향상운동을 전개한 후에 페론은 처음의 노선을 버리고 대중적인 반발을 불러일으킨 파시즘적 코포라티즘의 국면을 열었다. 더욱이 이혼법 개정이라는 교회와 국가의 분리 프로젝트에서 촉발된 사제단과의 갈등이 불거지면서 결국 그의 입지는 더없이 약화된 상태였다. 다른한편, 페론은 1952년에 에비타가 사망한 이후 의지할 데가 없었다. 그의 내면적 삶은 여론보다 더 심각한 총체적 재앙이었다. 부정부패, 여러 차례 반복된 쿠데타 기도, 매우 열악한 경제 상황, 극단적 보수주의자들에 의해 사주된 테러행위……. 1955년 8월 31일 대통령직 사퇴와 함께 모든 것이 막을 내린다. 이미 말했듯이 보르헤스는 뛸 듯이 기뻐한다. 그러나 그저 기뻐하기만 했을 뿐 아직은 정치적 변화가 그에게 어떤 행운을 가져다 줄지 알지 못한다. 예기치 못한 행복한 놀라움. 그의 상상력이 매순간 길을 잃던 그 책들의 미로, 무한하고 거대한 미로로의 복귀.

새 정부는 보르헤스를 국립도서관장에 임명한다. 두 명의 여성이 이러한 결정을 이끌어낸 주역이었다. 에스테르 셈보라인 데 토레스 더건과 빅토리아 오캄포가 교육부 장관에게 국립도서관장 적임자로 보르헤스를 천거한 것이다. 보르헤스는『자서전』에서 처음에는 그러한 영예가 믿기지 않았다고 고백한다. 그는 '잘해야 부에노스아이레스 남쪽 구역의 한 시립 도서관을 맡게 될' 것으로 생각했다. 그러나 그것은 현실이었다. 보르헤스의 어머니는 출근 첫날 그와 동행했다. 보르헤스는 도서관의 방대한 규모에 한없이 감격했다. 이제 행정적인 문제가 남는다. 잘 알려진 대로 행정과 관련된 일은 보르헤스가 풍부한 경험을 바탕으로 능숙하게 처리할 수 있는 영역이 아니었다. 그러나 크게 문제가 되지는 않았을 것이다. 부관장인 호세 에드문도 클레멘테는 보르헤스의 열렬한 찬양자인 동시에 그의 전집 발간의 총괄 책임자인 것이다. 그는 도서관장으로서 보르헤스에게 부여된 관료적인 업무를 대신 처리하게 된다. 보르헤스는 가장 좋아하는 취미에 열중한다. 서가 사이를 배회하거나 원시遠視가 허락하는 한 무리하게 책을 읽었다. 또 세월에 물든 숱한 페이지들의 향기를 음미하거나 영원한 꿈의 미로를 헤매며 지식을 쌓았다.

이제 보르헤스는 자신에게 어울리는 일을 하고 급료를 받는다. 그는 다양한 부류의 사람들과 관계를 맺거나 외국의 대표단을 초청해 도서관 시설을 방문하도록 했으며, 또 이제 지척에 있는 앵글로색슨 고전들에 관한 연구를 계속했다. 그의 어머니 레오노르는 아들이 집안의 혈통을 잇는 직책을 맡게 된 것을 보고 더없이 행복해했다. 그러나 단지 그것 때문만은 아니었다. 미망인은 아들의 사원 눈에서 한줄기 광채를 발견한 것이다. 보르헤스에게 도서관장이라는 직책은 사회적 지위와 위신, 품위와 존경 이상의 것을 의미했다. 그것은 언제나 그를 비껴가던 그리고 이제 마침내 그의 소망이 닿는 곳에 있게 된 행복이라는 미덕을 의미했다. 그러나 행복은 완벽하지 못했다. 그의 눈은 점차 시들어갔다. 그가 마음껏 이용할 수 있는 80만 권의 책이 있었지만 운명은 그 책들을 샅샅이 탐사하는 즐거움을 일부만 허락했을 뿐이다. 담담한 어조로 자신의 시력 상실과 도서관에 대해 노래한 시를 쓴 것은 바로 이 무렵이었다. 보르헤스가 남긴 가장 아름다운 시로 몇 년 뒤에 『창조자』(1960)에 수록되는 「축복의 시」가 그것이다. 지금 이 순간 여기에 그 시를 옮겨 적고 싶은 유혹을 뿌리칠 수 없다. 고독이 나를 옥죄고 보르헤스의 환영이 내 꿈의 벽들에서 침묵하는 밤이면 나는 언제라도 그 시를 읊조릴 것이다.

어느 누구도 탄식이나 비난쯤으로 폄하하지 않기를,

기막힌 아이러니로 내게

책과 밤을 동시에 주신

신의 오묘함에 대한 나의 소회를.

신은 빛을 잃은 이 눈을,

꿈들의 도서관에서 여명이 그 열정에 굴복해

건네는 분별없는 구절들밖에 읽을 수 없는 이 눈을

책의 도시의 주인으로 만드셨네.

낮은 헛되이 무한한 책들을

두 눈 가득 선사하네.

알렉산드리아에서 스러져간

필사본들처럼 읽기 힘든 책들을.

(그리스 신화에서) 한 왕이

샘과 정원 사이에서 갈증과 배고픔으로 죽었지.

나는 이 높고 깊은 눈먼 도서관의

구석구석을 정처 없이 떠도네.

벽들은 백과사전, 지도, 동양과

서양, 세기, 왕조,

상징, 우주와 우주기원론을

건네지만 모두 부질없다네.

도서관을 낙원으로 꿈꾸던 나는

그림자에 싸여 천천히,

지팡이를 더듬거리며,

텅 빈 어스름을 탐사하네.

우연이라는 말로는 정확하게 명명할 수 없는

무언가가 이것들을 주재하네.

다른 누군가가 안개 자욱한 어느 오후에

이미 많은 책과 어둠을 건네받았네.

느릿한 복도를 배회할 때

나는 늘 성스러운 막연한 두려움으로

똑같은 날들에 똑같은 걸음을

옮겼을 이미 죽고 없는 타자임을 느끼네.

여럿인 나와 유일한 하나의 그림자,

둘 중에서 누가 이 시를 쓰는 것일까?

어차피 저주의 말이 쪼개질 수 없는 하나라면

내가 어떤 이름으로 불리든 무슨 상관이랴?

내가 그루삭이든 보르헤스이든,

나는 이 소중한 세상이

일그러져 꿈과 망각을 닮은 창백하고

막연한 재로 사위어가는 것을 바라보네.

폴 그루삭에 대한 언급은 분명하게 짚고 넘어가는 게 좋겠다. 그는 40년 넘게 국립도서관을 이끈 인물이다. 그는 호기심 많은 사람이라면 누구나 품고 있을 숱한 질문들에 대한 답을 얻고자 애쓰며 도서관의 미로에서 길을 잃고 헤맸다. 초판본이 누락되거나 소실된 책들을 입수하고, 탐색하고 조사하며 책의 우주를 떠돌던 오랜 세월. 그는 다양한 문화 행사와 강좌를 조직하면서 국립도서관을 부에노스아이레스에 개방했다. 도서관이 단순한 책의 저장소를 넘어 다른 용도로 쓰일 수 있도록 한 것이다. 그의 작업은 문화를 시민들에게 가까이 가져감으로써 '문화를 더욱 인간적으로 만드는' 데 기여했다. 그리고 그루삭 역시 보르헤스처럼 장님이 되었다. 보르헤스와 그의 전임자간의 기막힌 운명의 일치는 지금까지도 깊은 울림을 전해 준다.

레오노르가 전임자인 그루삭이 살던 집의 천장을 살펴본 뒤에 이사를 만류하지만 않았다면 보르헤스 가족은 국립도서관으로 거처를 옮겼을 것이다. 관저의 천장은 지나치게 높았다. 그 넓은 공간에 난방을 하려면 엄청난 비용이 들었을 것이다. 어쨌든 도서관의 관저는 보르헤스에게 가정집과 비슷한 용도로 이용되었다. 그는 강연 사이사이에 남는 대부분의 시간을 그곳에서 보냈다. 매년 8월 24일에는 생일을 축하하기 위해 소규모 연회를 열기까지 했다. 그의 가족인 노라와 기예르모가 자녀들과 함께 왔고, 모친 레오노르와 가까운 지인들도 왔다. 비오이 카사레스와 마누엘 페이로우도 빠지지 않았다. 보르헤스의 눈 상태에 따라 그들이 작가에게 가져온 선물도 달라졌다. 밝은 색상이 많았는데, 특히 세월의 흐름 속에서도 작가가 식별할 수 있던 유일한 색상인 노란색이 두드러졌다. 실명은 생의 마지막 순간까지 그를 따라다니게 된다.

그러나 1955년은 단지 그가 국립도서관장에 임명된 해만은 아니었다. 그해에 보르헤스는 자신이 여러 차례 비난한 바 있는 아르헨티나 문학 학술원에 입회한다. 일단 학술원이 비판자이던 그를 회원으로 받아들이기로 결정하자 흥미롭게도 그가 퍼부은 비난은 눈 녹듯이 잊혀진다.

그 해에 보르헤스와 비오이는 영화 시나리오 작가로 데뷔한다. 그들은 아르헨티나 영화계에서 거절당한 시나리오 「변두리사람들」과 「신도의 천국」을 묶어 한 권의 책으로 출간한다. 그들의 공동 작업은 여전히 왕성했다. 그들은 각각 『경이로운 짧은 이야기들』과 『가우초 시』로 이름 붙여진 두 권의 선집을 발간한다. 뒤의 책은 멕시코의 폰도 데 쿨투라 에코노미카에서 빛을 보았는데, 이 출판사는 앞서 델리아 인헤니에로스와 함께 작업한 『고대 독일문학』을 펴낸 곳이기도 하다. 그리고 그 외에도 여성들과의 공동 작업이 있었다. 루이사 메르세데스 레빈슨과는 단편집 『엘로이사의 언니』를 그리고 베티나 에델베르그와는 에세이집 『레오폴도 루고네스』를 출간한다. 그리고 여기에 에메세 출판사가 출간한 그의 『전집』 제4권을 보태면 1955년은 보르헤스의 삶과 창작 여정에서 가장 풍요로운 다작의 해로 기록될 것이다. 그 이후로도 보르헤스는 쉼 없이 수많은 책을 쏟아낸다. 재발간, 선집, (시력 상실로 인해 모두 구술된) 새로운 텍스트들, 공동 창작……. 보르헤스는 이미 작가로서 꽃을 활짝 피운 상태였다.

실명과 더불어 그의 신화가 탄생한다. 어둠 속에서 길을 잃은 훤칠한 노신사, 육십 줄에 들어섰지만 여전히 상냥하고 교양이 넘치는 작가의 초상은 역설적이 아닐 수 없었다. 보르헤스는 자신에게 책을 읽어주고 그를 대신해 글을 써줄 사람을 필요로 했다. 문학적 재능 외에도 경애와 인내심이 요구되는 일이었다. 보르헤스는 그의 작품을 숭배하는 사람들(남자보다 여자들이 더 많았다)과 필요할 때마다 그에게 도움을 주는 조력자들에 둘러싸인다. 그 가운데서 그의 나날들을 이해하기 위해 꼭 필요한 한 사람의 모습이 유독 도드라진다. 그의 어머니인 레오노르 아세베도 데 보르헤스다. 그녀 없이는 작가 보르헤스를 상상할 수 없을 것이다. 더구나 그 시기에는 특히 그랬다. 조지의 눈 상태가 악화되어 주해자와 낭독자와 대필자가 필요하게 되자 레오노르는 혼자서 이 모든 역할을 떠맡는다. 나이는 많았지만 그녀는 아직 민첩하고 정신이 맑았다. 교양 있고 부지런하며 의지가 강한 그녀는 아들의 삶과 관련된 일이라면 무엇 하나 대충 넘기는 법이 없이 꼼꼼하게 챙겼다. 여행시에 그를 수행했고 수많은 강연 준비를 도왔으며, 괴로워할 때는 그를 위로했다. 그리고 확장일로에 있던 보르헤스의 문필업과 관련된 서류작업과 계약을 비롯한 행정업무 일체를 도맡아 처리했다. 심지어는 많은 경우 아들이 받는 수많은 편지에 답장을 하는 것도 레오노르의 몫이었다.

레오노르는 보르헤스의 삶에서 가장 능률적이고 가장 성실한 후원자였다. 그녀는 끊임없이 조지의 결점을 지적했고, 그의 강박관념을 바로잡으려고 애썼다. 보통 어떤 강박관념이나 습관으로 인해 아들이 상처를 받고 괴로워하는 것을 보았을 때 그렇게 했다. 가령, 사랑에 빠지는 습관을 예로 들 수 있다. 보르헤스는 사랑 때문에 고통을 겪었다. 그러나 그는 언제나 추구할 이상적인 여성을 필요로 했다. 유혹하고 편지를 주고받고 데이트를 신청하기까지의 과정은 순조로웠다. 그러나 얼굴을 맞대는 일에는 영 서툴렀다. 그에게 매력이 없는 것은 아니었다. 그는 뛰어난 말솜씨 ―대화보다는 글쓰기 능력이 더 탁월했다― 를 지녔을 뿐만 아니라 용모가 출중하고 훤칠한 데다 매력적이었다. 그리고 무언가에 몰두하는 성격이었다. 누구와 함께 있는지도 잊은 채 오직 자신만이 엿볼 수 있는 보이지 않는 안개 속에서 길을 잃은 적이 한두 번이 아니다. 그의 환영들, 그의 책들, 전혀 예기치 않은 순간에 느닷없이 떠올라 즉각 그것을 받아 적을 손을 요구하던 시들, 그의 삶의 중심은 문학이었다. 만일 문학이 눈과 이름을 가졌고 다리가 있어 걸을 수 있다면 보르헤스는 영원한 유혹자로서의 역할을 위해 동반자로 문학을 원했을 것이다. 언제나 유혹당하는 유혹자. 사색적이고, 고독하고, 열정적인. 그리고 슬픈.

그의 슬픔은 국립도서관장에 임명됨으로써 잦아들었다. 또 다른 임명이 잇따랐다. 1956년에 그는 부에노스아이레스 대학교의 철문대학에 영문학 교수로 임용되었다. 그 뒤에 멘도사 소재의 쿠요 대학에서 명예박사 학위를 받았다. 그리고 그의 숭배자들이 『수르』에서 뜨거운 논쟁을 전개한 지 꼭 14년이 되던 그 해에 국가문학상을 수상한다. 이러한 모든 승인의 과정은 그가 독서와 창작을 그만두어야 한다는 안과 의사들의 긴급한 처방과 때를 같이 한다. 하늘이 무너져 내리는 것 같았다. 그러나 레오노르는 늘 그 자리에 있었다. 그의 가장 절친한 친구들도 마찬가지였다. 한결같이 그의 슬픔을 보살핀 충실한 동료들인 비오이와 실비나가 맨 앞이었다. 보르헤스는 이제 새로운 시기를 시작한다. 그가 다른 사람의 눈을 통해 읽는 사이 그의 마음 깊은 곳에서 희미한 빛이 아름다운 시들을 휘감았다. 책과 밤을 함께 주신 신의 아이러니.

10 글쓰기와 벌집

부에노스아이레스 대학교 철문대학에서의 강의는 그를 흥분시킨다. 그는 문학에 대해 말하기를 좋아했다. 학생들은 연도나 작가들의 전기적 자료, 다양한 창작을 추동하는 문학적 유파와 운동을 배울 필요가 없었다. 보르헤스는 그들에게 문학에 대한 약간의 애정을 요구했을 뿐이다. 수업시간에 학생들은 시와 단편을 읽고 마음에 드는 텍스트를 고찰하는 데 몰두했다. 보르헤스는 독특한 강의 진행으로 학생들 사이에서 명성이 높았다. 그는 열정적으로 말을 토해내면서 리듬에 맞춰 천천히 말하기를 좋아했다. 말하는 도중에 감격하는 경우도 많았으며, 학생들은 이를 분명하게 알아챘다. 그들은 보르헤스를 존경했고 그를 우러러보았다. 보르헤스는 사랑 받고 있음을 느꼈고, 그 진실한 사랑은 그의 내면에서 강한 만족감이 싹트게 했다. 행복한 시절이었다.

철문대학과 국립도서관이 가져다 준 이러한 기쁨에 북유럽의 문학과 신화, 언어기호, 세계를 해석하는 특유한 방식에 대한 애착의 재발견이 보태졌다. 학생들(대부분은 여학생들) 그리고 공동작업자들(대부분은 여성들)과 함께 앵글로색슨어의 뿌리와 구성, 그 미학적 개념에 대해 탐구하고 사색하는 가운데 세월이 흘러간다. 『창조자』에 실려 있는 이 시기의 한 시는 「앵글로색슨 문법 연구를 시작하며」라는 제목을 달고 있는데, 이렇게 끝을 맺는다. "아무도 보지 못하거나 타자의 얼굴을 보게 될 / 거울을 보여주기 전에 / 여명의 언어에 대한 / 이 순수한 성찰을 선사하는 / 무한한 인과응보의 / 날실들이여, 찬미 받을지어다."

보르헤스에게 북유럽과 앵글로색슨어는 거대하고 전횡적인 무소불위의 새로운 강박관념이었다. 그러나 그로 인해 고통을 겪지는 않았다.

새로운 텍스트들이 기다려진다. 그렇지만 보르헤스의 현재는 위축되지 않는다. 오히려 정반대였다. 에메세의 『전집』에서 그의 작품들이 속속 출간된다. 1955년에 발간된 제4권은 『에바리스토 카리에고』였다. 제5권은 『픽션들』이었고, 『논쟁』, 『알레프』, 『또 다른 심문』이 잇따라 등장한다. 이 텍스트들의 출판은 보르헤스에게 기쁨과 만족을 가져다 준다. 또한 철저한 완벽주의자인 그의 습관을 정당화시켜준다. 그는 작품의 재발간 과정을 마음에 들지 않은 모든 것으로부터 벗어나기 위한 절호의 기회로 삼았고, 그 결과 텍스트들은 개작되어 나온다. 이미 지적했듯이, 어떤 작품들은 『전집』에서 아예 빠져버린다. 젊은 시절의 우유부단과 덧없는 열정에 대한 그의 복수였다.

이와 병행하여 그의 공동작업이 계속된다. 대부분 여성들과 함께였다. 1957년에 새로운 책이 출간된다. 그의 가장 충실하고 열광적인 협력자의 한사람인 마르가리타 게레로와 함께 펴낸 『환상동물 편람』을 말한다. 보르헤스는 계속해서 그녀에게 특별한 호감을 느꼈다. 두 사람이 신화적 동물에 대한 열정을 공유했다는 것은 그러한 접근을 증명해준다. 전적으로 동물학적이지도 않고 전적으로 환상적이지도 않은 이 책은 훗날 개작되어『상상적 존재들의 책』(1967)이라는 제목으로 다시 발간된다. 두 사람이 서문에서 밝히고 있듯이, 인간의 상상력에 대한 찬가다. "이 책의 제목은 햄릿왕자, 점·선·면, 초입방체, 모든 보통명사 그리고 아마도 우리들 각자와 신이 다루어지는 것을 정당화해 줄 것이다. 한 마디로 이 제목 하에 거의 전 우주를 아우를 수 있을 것이다. 그러나 우리는 '상상적 존재들'이라는 표현이 즉각적으로 암시하는 대로, 시공간을 통해 인간의 환상이 빚어낸 기묘한 존재들의 편람을 엮었다."

　1960년에 출간된『전집』제9권은 특이한 경우다. 기존에 출간된 적이 없는 이 책은 보르헤스가 과거에 쓴 텍스트들에 산재해 있던 시, 산문 그리고 고백을 발췌해 엮은 것이다. 다른 사람 같았으면 그러한 뒤범벅은 분명 강제적이고 인위적인 결과를 낳았을 것이다. 그러나 보르헤스는 그 모든 재료들을 가지고 그의 가장 개인적인 책 중의 하나인『창조자』를 만들어 내는 데 성공한다. 책의 서문에서 보르헤스는 이렇게 말한다. "내가 출판사에 넘겨준 어떤 책도 여기저기서 그러모은 이 무질서한 '다양한 독서잡기'만큼 개인적이지 않다고 믿는다. 바로 내성과 가필이 풍부하기 때문이다. 나에게는 아주 적은 일들이 일어났고, 나는 많은 것을 읽었다. 다시 말해, 쇼펜하우어의 사상이나 영국의 음악적 언어보다 더 기억할 만한 일들은 거의 일어나지 않았다. 어떤 사람이 세계를 그리는 작업을 도모한다. 세월을 통해 그는 시골, 왕국, 산, 만, 배, 섬, 물고기, 방, 악기, 천체, 언어, 사람 따위의 형상들로 공간을 채운다. 죽기 직전에 그는 그 끈질긴 선들의 미로가 그의 얼굴의 형상을 그린다는 것을 깨닫는다."『창조자』는 보르헤스가 여전히 자신을 비춰 보는 거울이다.

　『창조자』는 보르헤스의 천재성을 보여주는 뛰어난 본보기의 하나다. 『알레프』와 마찬가지로, 그의 단편들의 생동감 있는 표본이며 서사적 창의성의 모범이자 가장 문학적인 강박관념의 앤솔러지(아니면, '가장 강박적인 문학의 앤솔러지' 라는 표현을 허락하시라)다. 『창조자』는 보르헤스의 작품 세계를 상징하는 글들과 「보르헤스와 나」처럼 그의 모든 숭배자들이 즐겨 암송하는 구절들을 담고 있다.

보르헤스는 솜씨 있고 숙련된 세상의 어떤 작가보다도 자신을 훨씬 잘 정의한다. 『창조자』는 인간창조의 경이 혹은 시간의 경이다. 어쩌면 보르헤스가 아직도 여전히 추구하는 우주의 경이일지도 모른다.

우주는 보르헤스가 강박적으로 집착하는 것 중의 하나다. 그는 생각 속에 항상 우주를 품고 있다. 형이상학과 물리학, 명백함과 불가능, 물질과 에테르[23]. 그의 언어는 이미 알려진 것들은 물론이고 인간에게 금지된 것들의 구석구석까지도 남김없이 빛과 아름다움으로 가득 채우고자 했다. 그는 완벽을 꿈꾸었다. 오직 완벽을 통해서만 보편성에 도달할 수 있기 때문이다. 그는 보편적인 작가가 되고자 했다. 이러한 목표를 이루기 위해서는 특수한 것, 친밀한 것, 그의 가슴과 그의 고뇌를 에워싸고 있는 것에서 출발해야 한다는 것을 보르헤스는 잘 알고 있었다.

예순의 나이에 그는 그야말로 세계, 특수성, 기질, 공간으로 충만한 작가였다. 그는 유성이나 성운星雲 같은 무한한 동심원들, 다시 말해 서로 교차하며 허구의 세계를 구성하는 말들로 이루어진 문학적 우주였다. 그러나 그 시기에 그는 또한 유명세의 세계에 입문하는 데 성공했다. 명성, 성공, 대중매체가 재능 있는 작가 주위에 치는 교차칼 소리. 그는 1961년에 얼굴을 맞대고 친밀하게 우주를 얘기하기 위해 필요한 마지막 구간을 갑작스럽게 달렸다. 그에게 포멘터상, 아니 정확히 말해 국제문학상이 수여된 해였다. 세월의 흐름 속에서 보르헤스 전기들은 장소와 상을 헷갈리게 만들

---

23 빛이나 전파를 전하는 매체로서 우주에 차 있다고 생각해 온 물질로 상대성의 원리에 의해 그 존재가 부정되었음.

었고, 그로 인해 대부분 그가 국제문학상이 아닌 포멘터상을 수상했다고 말하게 되었다. 두 상이 나란히 소집된 데다 국제상이라는 한쪽의 광채가 다른 한쪽의 창백한 빛을 가렸다는 점을 고려하면 어느 정도 이해가 되는 일이다.

아이디어는 프랑스의 갈리마르, 독일의 에른스트 로볼트 베를락, 스페인의 세이스 바랄, 이탈리아의 지울리오 에이나우디, 영국의 바인덴펠트 앤 니콜슨, 미국의 그로브 프레스, 맥클레란드 앤 스튜어트, 아카디아, 묄렌호프 등으로 이루어진 국제출판인협회에서 나왔다. 반복하지만 애초에 포멘터상과 국제문학상이라는 두 개의 상을 수여하기로 되어 있었다. 포멘터상은 발의권을 가진 한 출판사가 추천한 소설에 수여하기로 하였으며, 다른 출판사들은 수상작을 즉각 번역하여 출판해야 했다. 국제문학상은 작가의 문학적 이력을 전체적으로 고려해 수상자를 선정했다. 처음 두 번의 시상식은 마요르카의 포멘터에서 열렸고, 그 후에 차례로 코르푸, 잘츠부르크, 튀니지에서 있었다. 보르헤스와 베케트는 제1회 국제문학상을 공동 수상했다. 제2회와 제3회 때는 각각 우베 욘존[24]과 솔 벨로우가 수상자였으며, 1967년에 있던 제4회이자 마지막 수상의 영예는 곰브로비치[25]에게 돌아갔다. 한편, 포멘터상은 후안 가르시아 오르텔라노의 『여름 폭풍우』, 다치아 마라이니[26]의 『불안의 시절』, 호르헤 셈프룬[27]의 『긴 여행』, 지셀라 엘스너[28]의 『거대한 난쟁이들』에 주어졌다. 매년 주어진 포멘터상은 1964년이 마지막 회였다. 흥미롭게도 셈프룬과 이탈리아 여성작가 마라이니의

---

24 Uwe Johnson(1934~1984). 동서분단을 심도 있게 다룬 독일의 시인·소설가.
25 Witold Gombrowicz(1905~1969). 폴란드의 전위적인 유대계 소설가·극작가.
26 Dacia Maraini(1936~). 이탈리아의 소설가·극작가·시인.
27 Jorge Semprún(1923~). 스페인의 정치가·소설가. 스페인 작가이지만 프랑스어로 된 작품을 많이 남겼으며, 많은 경우 스페인 독자들은 번역을 통해 그의 작품을 접했다. 스페인 내전 후에 프랑스로 망명하여 레지스탕스 운동에 참여하였고 펠리페 곤살레스의 사회당 정부에서 문화부 장관을 역임했다.
28 Gisela Elsner(1937~1992). 독일의 문학가.

소설은 스페인의 세이스 바랄에서 출판되지 못했다. 검열과 억압적인 정치적 상황 때문이었다.

이미 널리 공인 받은 작가에게 수여되던 국제문학상은 서구문학의 가장 중요한 상이 되고자 했으며, 동서진영 국가들 사이의 적대감이 세계 지식인 사회의 중심 이슈이던 시기에 화합과 데탕트를 위한 교량 역할을 담당하고자 했다. 수상자에게는 1만 달러가 주어졌고, 수상자의 이름은 심술궂은 불멸의 명부에 올랐다. 이미 지적한 대로, 보르헤스는 이 상을 사무엘 베케트와 공동 수상했다. 그는 기분이 썩 좋지 않았다. 그는 베케트를 따분하고 인위적인 작가라고 생각했다. 『고도를 기다리며』의 작가에게 표를 던진 북유럽의 출판사들이 문제였다. 앵글로색슨의 모든 것에 심취한 보르헤스는 라틴계 출판사들의 지지를 받았다. 운명의 아이러니. 베케트는 훗날 노벨문학상 수상자가 되었지만 보르헤스는 아니었다. 계속되는 운명의 아이러니. 보르헤스는 자신의 영혼을 바친 북유럽의 추위에 굴복하고 말았다.

바다의 아이슬란드여, 네가 존재한다는 것이
모두에게 얼마나 큰 행복인가.
말없는 눈目과 뜨거운 물의 아이슬란드여,
불면과 꿈 위에
드리워지는 밤의 아이슬란드여…….

보르헤스는 아이슬란드를 매우 사랑했다. 아이슬란드, 시력을 잃은 그의 눈앞에서 그토록 차가웠던 북구. 가장 위대한 상이 되고자 한 노벨상을 받지 못하고 죽은, 인류가 낳은 가장 위대한 작가의 한사람. 스톡홀름. 그토록 차가웠던 북구.

  어떤 이름으로 불리든 일명 포멘터상은 보르헤스에게 세계적 명성을 가져다주었다. 사실 독서대중을 끌어당기고 세상의 폭넓은 승인을 이끌어낸 것은 언제나 그의 작품이었다고 말해야 한다. 그러나 알려져 있지 않은 작품은 작품도 아니다(새로운 격언을 용서하시라). 코르타사르라는 또 한 사람의 위대한 아르헨티나 작가가 그렇게 말했다. 침묵을 향해 글을 쓴다는 것은 얼마나 슬픈 일인가. 염세주의적 세계관을 지녔으면서도 현실을 경멸하지 않은 보르헤스는 1979년의 한 인터뷰에서 단호하게 말했다. "모든 작가는 두 개의 작품을 남깁니다. 하나는 쓰인 작품이고, 다른 하나는 뒤에 남는 작가의 이미지입니다……. 아마도 언젠가는 인간의 이미지가 작품을 지우겠지요." 유감이다.

  우리는 앞에서 포멘터상이 우리의 작가에게 부와 명성을 가져다 주었다고 했다. 그러나 그것이 1961년에 받은 유일한 상은 아니었다. 이탈리아 정부는 그에게 '기사' 작위를 준다. 이탈리아 대통령 지오반니 그론키가 아르헨티나를 방문했을 때 직접 수여한다. 보르헤스는 기념 연설에서 찬사를 쏟아놓는다. 보르헤스는 2,000년이 지났음에도 자신의 말이 카이사르의 이름을 빛낸 바로 그 언어에 속해 있음을 느낀다고 말한다. 대서양의 맞은 편 끝에서까지 사용되기에 이른 언어, 불멸의 로마의 한 방언. 보르헤스는 찬사에 있어서도, 또 대비와 발문에 있어서도 터무니없는 과장을 늘어놓았다. "드 퀸시는 가톨릭 신앙의 수도가 되기 이전에 이미 로마가 지닌 신비적인 위대함을 보여주는 두 가지 사실을 지적했습니다. 하나는 로마가 비밀스런 이름을 가졌다는 것입니다. 히브리 신비학자들이 찾던 신의 비밀스런 이름과 마찬가지로 그 이름을 밝히는 것은 불경이었습니다. 다른 하나는 로마가 제국의 경계까지 확장되었다는 것인데, 이로 인해 로마는 마치 신처럼 편재할 수 있었습니다. 이 두 번째 마법은 지금도 계속되고 있습니다. 어느 곳에 있든지 서구인은 세상의 크기를 지닌 도시 로마에 있습니다. 시간이나 전쟁도 인간이 만든 작품의 이러한 진기한 영속성을 가로막을 수 없습니다. 이렇듯 내가 그 영속성을 표현하기 위해 찾는 말들보다 그 말들이 카이사르가 암살 당한지 2,000년이 지난 지금 대서양의 또 다른 가장자리에서 로마의 한 방언에 속한다는 사실이 더욱 중요합니다."

지오반니 그론키는 보르헤스의 연설을 듣고 나서 분명 당혹스러웠을 것이다. 공식적인 연설은 언제나 공허하고 반복적이며 극히 따분한 법이다. 보르헤스는 그러한 경박함에 떨어질 수 없었다. 교양이 넘치는 과장과 재치 있고 빛나는 찬사는 그의 혀에 불을 댕겼고 참석자들에게 생기를 불어넣었다.

그러나 그의 감사 표시에서는 이토록 흔한 과장이 그의 책이나 강연에서는 쉽게 발견되지 않는다. 책이나 강연에서는 모든 것이 치밀하게 계산되었고 단어들은 정확한 곳에 놓여야 했으며, 무엇 하나 임기응변이나 무질서한 상태로 남을 수 없었다. 그의 강연을 들은 사람들은 최대의 찬양자가 되었고, 그의 명성은 모든 국경을 넘어 세계 전역에 퍼졌다. 그는 또한 1961년에 팅커 재단의 초청으로 텍사스 대학에서 한 한기 동안 강의를 맡게 된다. 강의 주제는 아르헨티나 문학이었다. 보르헤스는 그 주제에 대해 특별히 따로 준비할 게 없었으므로 즉시 제안을 받아들였다.

레오노르가 그를 수행해 강의를 거들었다. 그의 강의는 아르헨티나로 돌아가는 1962년 2월까지 계속된다. 정확히 1962년 2월 25일이었다. 아르헨티나 문학 학술원은 천재작가를 맞기 위해 엄숙한 행사를 준비한다. 한 학술원 회원이 화려한 수사로 그를 환영한다. '위대한 문학인이여, 위대한 자유인이여!'

빅토리아 오캄포가 『수르』 창간 30주년을 기념하기 위해 편찬한 『개인적 선집』이 출간작업에 착수한 상태였다. 평소와 마찬가지로 보르헤스는 텍스트를 꼼꼼히 다시 살핀 후 가다듬거나 수정하였으며, 또 어떤 부분은 도려내거나 잡아 늘였다. 세월의 흐름 속에서 그의 단편과 시가 겪은 숱한 변화를 수합한 결정적인 텍스트가 막 세상에 나오려는 찰나였다. 이 책은 보르헤스의 미학적 변화를 살피는 데 매우 유용할 것이다. 단지 미학적 관심만이 아니다. 그의 일대기, 애정과 혐오, 열정의 변화, 증폭하는 열광을 살피는 데 있어서도 대단히 중요한 자료가 될 것이다. "여기 변화된 나의 운명이 있다." 작가는 극장의 무대 배경화들 틈에서 이렇게 속삭일 것이다. 그의 전기 작가들은 그의 생애를 다시 쓰기 위한 새로운 기회를 갖게 될 것이다. 영원한 운명과 그 변주. 보르헤스, 글쓰기와 벌집. 그 새로운 약속을 위해 그리 나쁜 제목은 아닐 것이다.

1962년에도 특별한 예우는 계속된다. 드골은 그에게 문학예술훈장 기사장을 수여한다. 그의 친구 빅토리아 오캄포 역시 같은 훈장을 받았다. 또 영국과 미국에서 나란히 두 권의 작품집이 나온다. 『픽션들』과 『미로』. 그의 명성은 이제 세상의 모든 국경을 초월하며, 단편과 시를 불문하고 여러 언어로 그의 작품을 출판하는 데 관심을 보이는 출판사들이 속속 등장한다. 보르헤스를 강연자나 교수로 초빙하려는 단체들 역시 줄을 선다. 이제 영국의 차례다. 영국 수상이 그에게 강연을 위해 스코틀랜드와 영국으로 와줄 수 있는 지 가능성을 타진한다. 1963년 1월 30일 그는 어머니와 다시 유럽으로 건너간다. 드 퀸시, 헨리 제임스, 앵글로색슨 문학은 그의 강연에서 가장 빈번하게 다루어진 주제들이다. 여행은 40일 남짓 지속된다. 보르헤스의 건강은 날로 악화되었지만, 연로한 나이에도 강건한 어머니의 건강에는 아무런 문제가 없었다. 영국은 겨울이었고 부에노스아이레스는 여름이었다. 기온의 변화가 나쁜 영향을 미쳐 보르헤스는 영국에 체류하는 동안 독감을 달고 지낸다. 그는 추위와 실명에 지친다. 그리고 마침내 끝없는 안개를, 책에서 숱하게 읽은 얼어붙은 솜 아래의 런던을 알아간다.

　부에노스아이레스로 돌아오자 그에 대한 인신공격이 시작된다. 그를 죽이겠다고 협박하는 익명의 전화가 걸려온다. 보르헤스가 전혀 관심을 두지 않던 정치적 문제 때문이었다. 그는 이리고옌에 열광한 젊은 시절 이후로는 더 이상 정치라는 이름의 비예술에 매달리지 않았다. 그는 공공연하게 개인을 옹호했으며 인간의 행동을 통제하는 일체의 구조나 조직에 반대했다. 또 보르헤스는 미국을 사랑했으며, 그가 흔히 동의어로 사용하곤 하던 공산주의나 전체주의와 관련된 모든 것을 거부했다. 그가 가장 적대시하는 집단에는 페론, 체 게바라, 피델 카스트로와 같은 다채로운 인물들이 들어 있다. 그는 그 사실에 대해 침묵하지 않았다. 이미 앞에서 살펴본 대로, 페론에 대한 그의 폄하는 뿌리 깊은 것이었다. 한편 카스트로 및 체 게바라와의 불화는 그의 반공주의적 열정에서 비롯되었다. 그는 고집스럽게 자신의 견해를 옹호했다. 그것은 정치적 대세에 맞서는 것이었으며, 또한 사회주의 및 공산주의 좌파에 철저히 경도된 많은 젊은 작가들과 기성 작가들의 입장을 거스르는 것이었다. 그는 한 작가의 절정이나 쇠락을 결정하는 것은 오직 작품뿐이라고 믿었다. 그러나 현실은 다른 운명을 가리키고 있었다. 그는 그 배에 올라타기를 거부했다. 그는 여전히 소신껏 의견을 피력하면서 지배적인 이데올로기적 경향과 유행에서 동떨어진 자신의 문학세계를 펼쳤다. 소란과 침묵 사이에서 분쟁을 조정하던 두 골리앗 러시아와 미국의 틈바구니에서 그는 옛 유럽을 옹호했다. 물론 굳이 선택을 해야 한다면 그는 의심의 여지없이 북아메리카 편이었을 것이다. 또 다른 아메리카, 즉 남아메리카는 그가 너무나 잘 알고 있었다. 그는 단순히 남아메리카를 사랑했다. 몇몇 문제에 있어서는 애정과 거부의 감정이 교차했다. 그는 남아메리카의 운명이 개선될 수 있었지만 정치인들이 오리무중의 타락한 영토로 전락시켰다고 생각했다. 그가 보기에 남아메리카의 미래에는 그다지 희망이 없었다. 혁명에 있어서는 더더욱 그랬다. 카스트로와 체 게바라는 아무런 해결책도 되지 못했다. 그는 그것을 너무 소리 높여 말했다. 그리고 그 반대의 측면에 대해서는 침묵했다. 세월이 흐른 뒤에 많은 사람들이 그에게 도대체 미국이 남아메리카의 발전을 위해 무슨 해결책을 제공했는지 물었다. 물론 때때로 미국이 보르헤스가 증오한 바로 그 권위주의와 전체주의 체제들을 지원하면서 자국 경제를 위해 남아메리카를 이용했는지는 확실치 않았다. 보르헤스는 고개를 떨구었다. 그러나 도도하게도 결정적으로 세계를 정복하기에 이른 그 광대한 국가가 그에게 가져다 주는 즐거움을 감추지 않았다.

보르헤스는 1963년 가을에 조국 아르헨티나에서 국가예술기금 대상을 수상한다. 몇 달 뒤 파리에서는 권위 있는 잡지인 『카이에 드 레르메』가 그의 작품을 조명한 특집호를 발간한다. 특집에는 전 세계의 문학연구자들과 여러 작가들이 참여한다. 1964년이었다. 같은 해에 아르헨티나의 주간지 『프리메라 플라나』는 8월 25일자에 특집기사를 실어 그의 생일을 축하한다. 보르헤스는 65세가 되었다. 분명 풍성한 시기였다. 그는 '문화의 자유를 위한 대회'에 초대되며, 베를린을 방문해 국제작가대회에 참석한다. 참석자 중에는 미겔 앙헬 아스투리아스, 아우구스토 로아 바스토스, 에두아르도 마예아 그리고 귄터 그라스도 있었다. 유네스코는 셰익스피어 기념행사를 위해 주세페 웅가레티와 함께 그를 파리로 초청한다. 영국, 스톡홀름, 코펜하겐을 연이어 방문하고 나서 돌아오는 길에 산티아고 데 콤포스텔라[29]를 찾기 위해 스페인에 들른다. 산티아고에서는 언제나 길을 가다 걸음을 멈추어야 했다. 순례자처럼, 쉬엄쉬엄, 천천히 걸었다. 몸은 지쳤고 평소처럼 불행했다. 아리아드네가 꿀실로 짠 인물 보르헤스의 본모습은 언제나 그랬다. 글쓰기와 벌집.

29 스페인 갈리시아주의 주도州都로 야고보(스페인어로 산티아고) 성인의 순교지로 널리 알려져 있다.

11 조작된 열광

산티아고는 그를 매혹시켰다. 그는 유서 깊은 도시를 구석구석 거닌다. 그리고 볼 수는 없지만 어렴풋이 직관하는 모든 것들에 대해 설명을 청한다. 그는 세상에서 가장 아름다운 도시들 중의 한 곳에 있다고 단정하기에 이른다. 그에게 아름다운 도시는 제네바, 샌프란시스코, 뉴욕, 부에노스아이레스, 에든버러 그리고 스톡홀름 같은 극소수의 장소로 한정되었다. 산티아고에서 그는 마치 자신의 픽션 세계에 머물러 있는 것 같은 느낌을 받는다. 아주 오래된 돌들, 역사와 추억이 가득 묻어나는 수많은 안뜰, 어두운 신화의 이무기돌, 최고의 꿈들이 지닌 모든 관대함을 머금은 과거. 그의 세계였다. 비와 시간으로 빚어진 그의 거울들의 미로. 그곳에서 그는 1960년대의 갈리시아에서 가장 빛나는 지식인의 한 사람인 라몬 피녜이로의 간략한 설명을 듣는다. 그의 개인사는 보르헤스에게 감동을 불러일으킨다. 특히 피녜이로가 담담하고 진솔하게 자신의 옥중생활을 얘기했을 때 큰 감명을 받았다. 보르헤스는 그를 존경하게 된다. 그는 보르헤스의 삶과 거리가 먼 것들을 지니고 있었다. 위험, 행동, 허구적인 것 너머의 모험처럼 언제나 그의 삶에 결핍되어 있던 바로 그것들. 그는 산티아고 데 콤포스텔라에서 원형 테이블mesa camilla[30]을 또 하나의 순례지로 만든 인물인 피녜이로에게 강한 애착을 느낀다. 조언을 구하는 젊은 작가들, 무소불위의 프란시스코 프랑코에 항거한 음모자들, 교수의 직위가 없는 철학자들 그리고 시인들이 그의 응접실을 거쳐 갔다. 보르헤스는 콤포스텔라와 피녜이로에 대한 유쾌한 기억을 가지고 부에노스아이레스로 돌아간다. 건강이 좋지 않은 레오노르를 대신해 이번 순회 여행에서 그를 수행한 마리아 에스테르 바스케스와 함께였다. 독일, 스웨덴, 덴마크, 콤포스텔라……. 그의 눈은 시력을 잃었지만 모든 순결한 아름다움을 실어 나른다.

아르헨티나에서는 시작품의 재발간이 그를 기다린다. 1964년 11월 6일에 나온 새 책은 『부에노스아이레스의 열기』, 『정면의 달』, 『산 마르틴 노트』 등 과거에 나온 세 권의 시집을 포함하며, 여기에 「타자, 동일자」라는 제목의 새로운 텍스트와 4년 전에 『창조자』에 발표된 몇몇 시를 덧붙인 것이다. 이 책에는 총 77편의 시가 수록되어 있으며, 1969년 판에서는 100편이 되었다가 후에 74편으로 줄어든다. 이렇듯 보르헤스는 자신에게 지나치게 신중하고 비판적이었다. 그가 몇 년만 더 생존했다면 그의 전집이 어떻게 달라졌을지 가늠하기 힘들 정도였다. 그는 시간이 흐를수록 더욱더 완벽주의자가 되었다. 우리의 예상과 달리 세월의 흐름은 비범한 그에게 건강한 문학적 통찰력을 제공한다. 그는 자신이 구술하고 대필자들 —여성 대필자들— 이 엄밀한 정확성으로 옮겨 적은 텍스트들을 빈틈없이 꼼꼼하게 다

---

30 스페인의 갈리시아 지방에서 흔히 볼 수 있는 테이블의 일종. 피녜이로의 원형 테이블이 순례지가 되었다는 것은 순례자들이 성지 산티아고를 많이 찾는 것처럼 그의 집에 사람들의 발길이 잦았다는 것을 의미한다. 피녜이로는 갈리시아어로 창작활동을 했으며, 갈리시아 문화의 옹호와 확산에 앞장선 인물이다.

듬었다.

1965년에 마리아 에스테르 바스케스와 함께 『중세 독일문학』이라는 제목으로 『고대 독일문학』의 개정판을 출간한다. 두 사람은 『영문학 입문』도 함께 펴냈는데, 바스케스는 이 책을 '교육 안내서'로 평가한다. 텍스트의 편집은 '즐거운 동시에 충돌적'이었다. 바스케스에 따르면, 처음부터 보르헤스는 체스터턴과 스티븐슨 같은 작가들을 복권시키고 싶어 했다. 애초에 보르헤스에 의해 저평가된 다른 작가들은 에스테르의 수완 덕분에 그가 그들의 매력을 인식하게 됨으로써 책에 포함될 수 있었다. 『채털리 부인의 연인』의 작가인 데이빗 허버트 로렌스의 경우가 그렇다. 이 작가는 훗날 보르헤스에게 즐거움을 가져다 주며, 보르헤스는 그를 자신의 가장 위대한 신화인 월트 휘트먼과 비교하기에 이른다.

그 해에 보르헤스는 바스케스와 함께 페루를 여행한다. 그곳에서 여러 차례 강연을 하고 마추픽추 산정을 방문한다. 콜럼버스 이전의 과거도, 눈에 보이지 않는 마추픽추 유적의 위대함도, 그에게 깊은 인상을 주지 못했다. 오히려 그는 책을 선호한다. 책은 그에게 위로와 함께 선물도 제공한다. 포상, 문학상, 계속되는 찬사. 그는 부에노스아이레스에서 영국 정부로부터 대영제국 최고훈장을 받았으며, 또 제9회 피렌체 시문학상 금상과 페루 정부의 태양훈장을 받는다. 그는 세계 곳곳을 유랑하며 계속적인 활동을 펼친다. 끝없는 강연과 여행. 그는 에스테르 셈보라인 데 토레스 더건을 동행하고 콜롬비아와 칠레를 방문한다. 계속 밀려드는 상들. 밀라노 시가 수여하는 제9회 마돈나 국제상을 수상했으며, 뉴욕의 잉그램 메릴 재단은 1965년 시인상으로 그에게 오천 달러를 제공한다. 그는 쉼 없이 쓰고 구술한다. 특히 시 쓰기에 전념한다. 그해 말에는 밀롱가 책인 『여섯 개의 현을 위하여』가 출간된다.

밀롱가는 19세기 후반 경에 부에노스아이레스와 몬테비데오에서 생겨난 춤곡이다. 기타를 치며 노래하는 것이 아바네라와 매우 흡사하며 단순함이 두드러진다. 이 음악은 빠른 속도로 대중화되었고 진정한 창의력의 산실인 민중에 의해 연주되고 불려졌다. 보르헤스는 이 책을 쓰기 위해 자신이 한 일이라고는 귀를 쫑긋 세우고 부에노스아이레스의 거리를 거닌 것이 전부이며, 텍스트들은 사람들의 대화와 세상을 바라보는 그들의 방식 그리고 일상적인 그들의 삶 속에 숨겨진 채 홀로 만들어졌다고 말했다. 탱고에 미친 밀롱가의 영향은 지대했다. 보르헤스가 진정으로 자신의 도시를 대표하는 음악은 탱고가 아닌 밀롱가라고 말할 정도였다. 그는 한 번도 탱고에 각별한 애정을 느끼지 못했으며, 탱고를 기교적이고, 때로는 공허하며, 또 변덕스럽다고 보았다. 아마도 그 때문에 『여섯 개의 현을 위하여』를 썼을 것이다. 항상 마음에 새겨 두고 올곧게 지켜온 지난한 싸움이었다.

보르헤스는 소설을 쓸 필요가 없었다. 그의 가장 대중적인 몇몇 시들은 위대한 이야기들이 필요로 하는 모든 것을 지니고 있다. 다시 말해, 언어, 이야깃거리, 탁월한 인물들, 죽음, 욕망, 부조리, 증오, 사랑 그리고 삶과 같은 인간조건의 중요한 주제들을 모두 담아내고 있다.

어머니의 보살핌 속에 그의 삶은 계속된다. 그녀는 말년에 건강이 나빠졌지만 여전히 기력이 왕성했고 아들을 위해 힘찬 미래를 열어가고자 애썼다. 그녀는 자신의 죽음을 예감하면서 조지가 홀로 남겨져야 한다는 사실을 마음 아파했다. 그녀는 결사적으로 아들의 결혼을 성사시키려고 한다. 결국 여자친구들 중 누군가가 그의 결혼상대가 될 수밖에 없었다. 그녀는 아들과 친밀한 관계를 유지해 온 여성작가 마리아 에스테르 바스케스에게 큰 희망을 걸었다. 보르헤스는 그녀에게 잔잔한 애정과 특별한 호감을 느꼈다. 그러나 마치 달빛처럼 그의 삶을 스쳐간 다른 많은 여자들에게 느끼던 감정과 별반 다르지 않았다. 그 여자들은 대부분 그의 문학적 조력자들이었다.

마리아 에스테르 바스케스는 앞에서 언급한 바 있는 탁월한 저서『보르헤스, 영광과 좌절』에서 천재작가에 대한 내밀한 호감을 털어놓는다. 우리는 곳곳에서 엿보이는 작가의 혐오감에도 불구하고 이 전기를 높이 평가한다. 특히 보르헤스의 마지막 동반자이자 그의 유산 상속자인 마리아 고다마에 대한 혐오는 대단하다. 물론 전기 작가가 그렇게 얘기했다고 해서 우리가 공감할 이유는 없다. 바스케스의 전기는 개략적인 나열만으로도 지루할 만큼 방대한 보르헤스 관련 저작들 중 상당수가 결여하고 있는 친밀감을 드러낸다.

보르헤스는 가장 인지도가 높고 가장 세밀하게 탐색되었으며, 또 가장 속속들이 해부된 작가의 한 사람이었고 지금도 마찬가지다. 때때로 이러한 상황은 혼란을 불러오기도 했다. 보르헤스에 관한 일부 연구는 몹시 복잡해서 작가의 가짜 이미지를 조장한다. 하나의 단편을 설명하기 위해 수백 페이지를 할애하는 경우도 있는데, 단편의 비밀을 밝히거나 그 비밀을 문외한 앞에 드러내는 대신 그 명료함과 의미를 대충 말로 얼버무리기 일쑤다. 보르헤스가 되고자 하는 것은 끔찍한 도박이다. 아마도 내가 감히 대작가에게 부과하는 유일한 창조적 결함은 그의 후예들에게 있을 것이다. 그의 모방자들은 도처에 우글거리며 전혀 예기치 못한 순간에 당신을 덮칠 것이다. 보르헤스의 최악은 그의 에피고넨들이다.

작가와의 인터뷰를 수록한 몇몇 대담집은 전기보다 더 진솔해 보인다. 괜찮다면 1968년 수르 출판사에서 펴낸 빅토리아 오캄포의『보르헤스와의 대화』를 추천하고 싶다. 지금은 이 책을 만나는 것이 거의 불가능하다. 바스케스의『보르헤스, 그의 생애와 시대』나「인생과 노래」라는 제목의 라디오 인터뷰 프로그램을 엮은 안토니오 카리소의『기억의 명수 보르헤스』가 더 쉽게 접할 수 있다.

또한 보르헤스가 기자나 작가들과 나눈 대담도 수없이 많다. 조르주 샤

르보니에와 장 드 밀레레, 오스발도 페라리, 로베르토 알리파노, 리처드 버긴, 오를란도 바로네가 편집한 보르헤스와 사바토의 대화 그리고 스페인 국영 텔레비전의 시리즈 '심층탐구'에 소개된 호아킨 솔레르 세라노와의 인터뷰 등을 꼽을 수 있다.

그러나 보르헤스에 접근하기 위해 그의 텍스트만큼 좋은 것은 없다. 한 작가의 삶과 작품이 이처럼 서로 밀접하게 얽혀있는 경우는 드물다. 우리의 관심사는 매우 엉뚱하며 장차 실행에 옮기게 될 매력적인 작업이다. 보르헤스 작품에 토대한 보르헤스 전기를 말한다. 천재작가의 작품에 대한 연구는 수없이 많았다. 그의 작품에 관한 숱한 비평적 연구가 나와 있다.

나는 특별히 아나 마리아 바레네체아의 『보르헤스 작품에서의 비현실성의 표현』이 마음에 든다. 그 외에 에세키엘 데 올라소의 『진지하게 유희하기. 보르헤스의 모험』, 실비아 몰로이의 『보르헤스의 문학과 다른 에세이들』, 하이메 알라스라키의 『호르헤 루이스 보르헤스의 서사산문』, 해롤드 블룸의 『호르헤 루이스 보르헤스』 등이 주목할 만하다. 1996년에 블룸은 이렇게 말했다. "죽은 지 십년이 지나 보르헤스는 세계문학의 생존을 위해 아직도 필요불가결한 미학적 가치들을 대변하는 20세기 유일의 상징적 작가로 우뚝 섰다."

1990년과 1997년 사이에 카탈리나 페레스 멜렌데스는 보르헤스에 관한 628개의 연구서지 목록을 작성했다. 여기에는 그와 관련된 출판이 증가하는 사망 이후부터 수많은 텍스트가 쏟아져 나온 구체적인 시점인 탄생 백주년까지의 기간이 빠져있다. 이 7년 동안에만 오마주와 기념행사, 사후추모(신조어는 낡은 취미다)를 빼고도 628개의 연구가 기록된다. 그 중에서 39.5%는 미국에서, 37.1%는 유럽에서 그리고 21.4%는 라틴아메리카에서 연구가 이루어졌다. 연구에서 가장 많이 언급된 세 개의 텍스트는 「피에르 메나르, 『돈키호테』의 작가」, 「원형의 폐허」 그리고 「바벨의 도서관」이다.

그러나 앞으로 기대되는 비평작업은 산문의 광대함에 가려진 시인 보르헤스에 초점을 맞추게 될 것이다.

이제 그의 시로 가 보자. 1966년에 그의 시작품들이 새롭게 편집되고 재정리된다. 『시작품(1923~1966)』은 결정판으로 이전의 『시편들』을 대체하면서 그의 『전집』에 묶인다. 보르헤스는 다시 한 번 수없이 이루어진 개작에 만족감을 느낀다. 그는 한 걸음 한 걸음 자신의 열정적인 과거를 완벽하게 다듬어간다. 그의 시 한 편의 의미에 대해 나름의 견해를 밝힐 수 있으려면 그의 연구자들은 그동안 축적된 변화를 빠짐없이 참조할 필요가 있다. 이미 지적한 바와 같이, 때로는 시의 수취인이 바뀌기도 한다. 또 하나의 새로운 단어가 텍스트 본연의 지형을 흩뜨려 놓음으로써 해석자들에게 작가가 전혀 의도하지 않았을 형이상학적 해석의 단초를 제공하는 경우도 있다. 때로는 구두점의 사용이 빈번해지거나 리듬이 의미의 변화를 가져오기도 한다. 보르헤스는 그가 그토록 사랑한 엘리엇이 말한 바 있는 최고의 장인이다.

보르헤스는 67세가 된다. 그의 어머니는 90세였다. 건강이 그녀를 떠났다는 것은 앞서 얘기한 대로다. 그러나 보르헤스는 어머니를 행복하게 해주려고 생일잔치를 성대하게 치러준다. 소코로 성당에서 함께 미사를 보고 가까운 사람들끼리 파티를 열었다. 그의 어머니는 그를 홀로 두고 떠나지 않게 해달라고 간절하게 기도한다. 틀림없이 누군가가 그녀의 기도를 들었을 것이다. 일년 후 68세가 된 보르헤스는 엘사 아스테테 미얀과 결혼한다. 이미 얘기한 대로, 언젠가 라플라타 대학 교수인 페드로 엔리케스 우레냐를 찾아갔다가 그녀를 알게 되었다. 그 당시 17세이던 엘사는 물론 미혼이었다. 그런데 어느 날 느닷없이 결혼을 했다. 보르헤스는 하늘이 무너지는 것 같았다. 그녀의 출산. 그리고 침묵. 그러나 혹자들이 지적하듯이 결정적인 침묵은 아니었다. 결혼한 뒤에도 보르헤스는 그녀를 계속 만난 것으로 보인다. 엘사의 아들이 한 수집가에게 팔아넘긴, 1943년과 1944년 날짜가 적힌 두 통의 편지가 이를 증명해 준다.

사랑에 빠진 보르헤스의 친필 편지들. 거칠게 표현하자면, 보르헤스는 까치발로 사랑하는 여인들 사이를 스쳐지나간다. 그 여인들을 건드리지 않은 채. 도대체 왜 그랬을까. 아들 딸린 유부녀인 엘사 때문이었다. 다른 여자들은 보르헤스가 자신의 강박관념과 자신의 세계와 자신의 문학을 비춰 보고 싶던 거울이다. 보르헤스의 여자들은 그 자신이 세운 우주의 일부였다. 그의 신화, 그의 매혹, 그의 고독이 공생하는 거대한 거미줄. 그는 언제나 궁핍했다. 그러나 불행한 존재들 중에서는 가장 행복한 존재였다. 의존적이던 그는 점차 냉철한 가슴, 혹은 수없이 상처 입은 지성으로 뒤얽힌 열광에 길들여졌다.

타고난 시인인 그는 뜨거운 열정을 억누를 수 없었다. 바로 거기서 그의 편지와 격정적인 젊은이의 용기 그리고 끈질긴 집착이 나온다. 이미 지적했듯이 열광은 생존을 위해 조작되었다. 그의 인공호흡인 셈이다. 변화무쌍한 잿빛 세상이 그에게 불러일으키는 고통과 그의 염세적인 성격에 산소를 공급하는 느릿한 폐. 투명하고 고통스러운 내면을 들여다보며 한 줄기 빛을 찾고자 한 그의 눈에는 세상이 온통 검은색이었을 것이다. 보르헤스라는 인간은 단지 열다섯 내지 스무 편에 이르는 걸작들의 연장延長에 지나지 않았다. 삶이 된 문학.

보르헤스는 1967년 9월 21일에 결혼한다. 신부는 알바라신의 미망인 엘사 엘레나 아스테테 미얀이었다. 두 사람은 각자의 집에서 첫날밤을 보낸다. 당황한 도냐 레오노르는 아들을 나무랐다. 얼마 후에 그들은 미국으로 여행을 떠난다. 찰스 엘리엇 노턴 재단의 초청으로 하버드 대학에서 시학 강좌를 열기 위해서였다. 미국에 체류한 7개월 동안 두 사람이 그의 삶에 자취를 남긴다. 그의 비서이던 존 머치슨과 특히 1968년부터 1976년까지 보르헤스의 문학적 행로에 뚜렷한 영향을 미치게 되는 노먼 토머스 디 지오반니가 그들이다. 보르헤스의 번역자이자 대리인이던 지오반니는 그의 자서전을 쓰기 위해 잠시 유도심문자가 된다. 미국에서 돌아온 뒤에 보르헤스는 남부에서 살겠다는 오랜 꿈을 행동에 옮긴다. 부에노스아이레스의 남부, 구체적으로 벨그라노 거리였다. 그는 미국에 체류하는 동안 의미 있는 몇 편의 시를 썼는데, 1967년 케임브리지에서 쓴 「뉴잉글랜드, 1967」을 보자.

내 꿈의 형상이 달라졌다.

이제는 길가의 빨간 집들과

나뭇잎의 섬세한 청동빛 그리고 순결한

겨울과 경건한 통나무가 내 꿈의 형상이다.

안식일인 것처럼 대지는

건강하다. 거의 존재하지 않는, 대담하고

슬픈 무언가가 황혼 속에 계속 남아있다.

멀리서 들려오는 성서와 전쟁의 오랜 소리.

(사람들 말로는) 곧 눈이 내릴 것이고

모퉁이마다에서 미국은 나를 기다린다.

그러나 스러지는 오후 속에서 나는

그토록 더딘 오늘과 그토록 짧은 어제를 느낀다.

부에노스아이레스여, 이유도 없이 기약도 없이,

나는 여전히 너의 모퉁이를 걷고 있다.

비오이 카사레스와 공동 창작한 『부스토스 도메크의 일대기』는 이미 출간된 뒤였다. 두 사람은 습관처럼 계속해서 함께 협력했다. 부스토스의 창조는 두 사람이 즐긴 유희였다. 여러 해가 지난 1977년 8월 11일, 『헨테』지에 실린 레네 사야스의 인터뷰는 이 인물에 대한 많은 비밀을 밝혀 준다.

그의 창조자들과 마찬가지로 부스토스 역시 열정적인 인물이다. 문학사에서 보르헤스보다 더 열정적인 작가를 만나기는 매우 어렵다. 그는 현실을 지각하는 방식과 문학의 일에 있어 열정적이었다. 그는 자신만의 문학 개념을 취했고, 완전히 자유롭게 그 개념 속을 거닐었다. 그는 순수주의와 지적인 계략을 사랑했다. 그는 독자들이 자신의 미학적 제안을 재해석하거나 향유할 수 있는 명쾌한 존재라는 확신에서 출발했다. 우리는 언제나 그것에 감사해야 한다. 보르헤스가 19세기가 아닌 20세기에 태어났다면 어떻게 되었을까? 살아남았을까? 그의 책을 펴낼 출판사가 있었을까? 아니면 추종자들의 분파주의와 어리석음으로 인해 그의 원작들이 거절당했을까? (한때는 경멸의 대상이었지만 끝내 불후의 명작이 된 경우를 기억하는 것이 좋겠다. 여기서 일일이 다 열거할 수는 없지만 생각해 보라. 조이스, 프루스트, 브로흐[31], 코르타사르, 가르시아 마르케스. 그들은 한때 경멸의 대상이었다. 말을 사용하지 않고도 감탄을 자아낼 수 있는 모든 그림을 그린 영원한 작가 반 고흐도 마찬가지였다.) 세상은 완벽하지 않다. 우리는 그걸 알고 있다. 그러나, 밤의 얼룩진 마분지 사이에 그걸 쓸 수 있다는 것은 얼마나 아름다운가……. 그는 컵의 테두리 같은 존재였다. 그는 여전히 나를 동행하고 있다. 하얀 눈썹을 하늘을 향해 치켜 올리고, 흐뭇하게 미소 지으며.

---

31 Hermann Broch(1886~1951). 오스트리아의 소설가로 『몽유병자들』, 『베르길리우스의 죽음』등의 작품을 남겼으며 조국이 나치독일에 합병되자 미국에 망명하여 그곳에서 사망하였다.

12 숱한 물망과 노벨상 사이에서

　　찰스 엘리엇 노턴 시학 강좌에 출강하기 위해 미국에 체류하는
동안 벨그라노의 매혹이 그의 욕망을 휘저었다. 미국에서 돌아왔을 때 북
쪽에서 유쾌한 소식이 날아든다. 그가 미국 예술과학 학술원 외국인 명예
회원에 추대되었다는 소식이었다. 그것이 유일한 선물은 아니었다. 그의
어머니 생일에 때맞춰 이탈리아 대사가 그에게 이탈리아 공화국의 공로
훈장과 '위대한 직업인'의 등급을 수여한다. 그는 특히 마지막 선물에 대
해 뜨거운 감사의 마음을 느낀다. 이탈리아와 이탈리아 문학에 대한 그의
경탄은 흘러넘친다. 아마도 그러한 애정이 그가 이탈리아 문학계에서 확
고한 위치를 점하는 계기가 되었을 것이다. 로베르토 파올리는 1997년에
출간된 『보르헤스와 이탈리아 작가들』에서 그렇게 밝히고 있다. 그리고
아르헨티나 작가의 발견에 대해 덧붙인다. "이탈리아와 유럽에 뿌리를 두
고 있던 그는 부당하게도 정치적인 작가나 마술적 리얼리즘 작가들만을

생산할 수 있다고 간주되어 온 문학적 아대륙亞大陸에 대한 우리의 그릇된 관념을 깨뜨렸다."

　훈장은 넘쳐났고, 드디어 광범한 성공의 시대가 도래했다. 그러나 진실을 말하자면, 그는 성공 앞에 무릎을 꿇지는 않았다. 성공은 작가가 알아야만 하는 곳이다. 그러나 영원히 거기에 머무는 것은 최악의 비극이다. 보르헤스는 그것을 알고 있었다. 그래서 다소 회의적인 시선으로 이 모든 월계관들을 바라본다. 평생 그를 동반한 바로 그 회의주의. 반드시 필요한 회의주의. 성공은 때때로 탐욕스러운 동반자다. 오직 성공만을 생각하는 것은 결정적으로 화를 부른다. 중요한 것은 작품, 즉 글쓰기라는 것을 보르헤스는 잘 알고 있었다. 보르헤스가 문학에 부여한 명쾌한 정의는 이것이다. 삶을 말로 치환하는 것. 우리는 이 정의를 다른 불멸의 정의들에 보태야 한다. 문장들. 우리의 꿈을 비추는 금언들. 글쓰기는 삶의 오욕에서 자신을 지키는 방식이다(파베세).[32] 우리는 황야에 사람이 살게 하기 위해, 더 이상 혼자가 아니기 위해, 그리고 무無의 유혹을 뿌리치기 위해 글을 쓴다(부팔리노).[33] 문학은 인간조건의 언어적 양식이다(친애하는 훌리오 코르타사르). 문학은 예술이다. 보르헤스가 존경한 베네데토 크로체는 예술은 서정적 직관이자 개성의 표현이며, 따라서 순수한 개체성의 표현이라고 말했다. 거장 보르헤스를 그렇게 이해해야만 한다. 꿈의 편린들 사이를 걷는 고독자. 그는 아르헨티나 문학이 아니다. 아르헨티나 문학의 정확한 표상도 거울도 아니다. 그것과는 거리가 멀다. 다른 작가들이 더욱 투명한 방식으로 아르헨티나 문학을 대변한다. 리카르도 구이랄데스, 마르티네스 에스트라다, 마세도니오 페르난데스, 알폰시나 스토르니, 로베르토 아를트, 무히카 라이네스, 에르네스토 사바토, 마누엘 푸익…… 보르헤스는 예

32 Cesare Pavese(1908~1950). 이탈리아의 시인·소설가.
33 Gesualdo Bufalino(1920~1996). 이탈리아 시칠리아 출신의 소설가.

술에 문외한인 유령들을 놀라게 하며 자신의 길을 걸어간 영원한 고독자
다. 그는 한 권의 책, 뜻밖의 아름다운 구절 하나, 잊혀지지 않을 한 줄의
시구, 어둠 속에서 건진 하나의 단어가 되기 위해 살았다. 그는 삶을 말로
치환했다. 그리고 승리했다.

사람들은 그가 단 한 편의 소설도 쓰지 않았다는 사실을 끊임없이 약점
으로 지적한다. 그러나 무엇 때문에 소설을 쓴단 말인가? 어쩌면 그의 시
들은 서사성의 영역에도 거처하는 것은 아닐까? 실은 좋은 소설이란 그
자체로 방대하고 아름다운 시와 다름없지 않은가? 마술사 버지니아 울프
는 그녀의 미래에 쓰일 소설들은 시의 몇몇 기능을 취하게 될 것이라는 매
혹적인 말을 했다. "우리에게 인간과 자연, 인간과 운명의 관계를 보여줄
것이다. 인간의 이미지들, 인간의 꿈들. 그러나 소설은 또한 익살스러운 웃
음, 대조, 의혹, 삶의 친밀함과 복잡성을 보여줄 것이다." 보르헤스는 소설
을 쓰듯 그의 단편들을 썼다. 보르헤스는 절대 양도할 수 없는 우주에서
출발하는 독특한 『오디세이』를 창조했다. 사회적 '세계'와는 다르지만 보
르헤스는 그 나름대로 하나의 '세계'를 정의하고 묘사해 갔다. 프루스트
는 이렇게 지적한 바 있다. "작품을 생산하는 자아는 작가가 사회적 삶과
습관과 악습에서 드러내는 자아와는 다르다." 그러나 두 개의 현실이 융합
되고 뒤섞이는 막연한 시간의 점, 삶이 꿈꾸어진 것과 하나가 되는 지점이
존재한다.

몇몇 작가들의 경우를 간략하게 살펴보아도 그러한 증거는 쉽게 발견된
다. 세르반테스는 그의 모험을 신성하게 만들었다. 발자크는 역사 속에서
의 인간의 중요성을 발견했다. 가르시아 마르케스는 현실세계 속에 존재
하는 마술적 세계를 증거했다. 카밀로 호세 셀라[34]는 언어를 모든 서사적

---

34 Camilo José Cela(1916~2002). 갈리시아 출신의 스페인 소설가로 1989년 노벨문학상 수상.

양식을 독점하는 양식으로 만들었다. 또 바예 인클란은 산문과 그 다양한 총체인 에스페르펜토,[35] 전횡, 비현실, 환술 등의 힘을 신성하게 했다. 프루스트는 시간의 장구함을 발견하게 해주었고, 그와 정반대로 조이스는 붙잡을 수 없는 시간의 덧없음을 일깨워주었다. 프루스트의 과거, 조이스의 현재. 톨스토이는 카프카가 고통스럽게 예언한 바로 그 부조리의 지옥을 파헤쳤다. 도스토예프스키는 인간의 가늘고 검은 선을 드러내 보였다. 또 미학에 심취한 플로베르는 우리에게 일상적인 것의 힘을 제공했다. 이 모든 작가들은 보르헤스와 더불어 우리가 영원히 지켜낼 문학의 피라미드를 세워갔다.

보르헤스는 영예가 그를 옥죈다고 말했다. 그러나 그는 끈기 있게 문학 창작이라는 자신의 길을 걸어갈 시간을 가진다. 1968년에는 『상상적 존재들의 책』을 출간하는데, 앞서 지적한 대로 『상상동물 편람』의 개정판이다. 그리고 습관을 잃어버리지 않기 위해 다시 『새로운 개인적 선집』을 펴낸다. 분명 1961년에 출간된 것을 완성하기 위해 다듬고 또 다듬었을 것이다.

1969년 초에 그는 이스라엘로 떠난다. 부인이 그를 수행한다. 그들의 결혼은 3년 남짓 지속되었을 뿐이니 잠깐 동안의 부인이라고 해야겠다. 텔아비브에서 강연을 하고 벤구리온[36]과 인터뷰를 한다. 『자서전』에서 보르헤스는 그곳에서 '자극적인' 며칠간을 보냈다고 밝힌다. "나는 가장 유서 깊으면서도 가장 젊은 나라에 있었으며 살아 깨어있는 땅에서 반쯤 잠든 세상의 구석까지를 지나왔다는 확신을 가지고 집으로 돌아왔다. 제네바 시절부터 나는 유대문화를 소위 서구문명의 한 구성요소로 여기고 줄곧 관심을 가져왔다. 그리고 좀더 거슬러 올라가면 이스라엘-아랍 전쟁 중에

---

35 바예 인클란에 의해 창안된 문학 장르로 그로테스크와 부조리를 통한 현실의 조직적 변형이 두드러지며, 구어체 언어와 냉소적 표현을 통해 전통적인 문학적 가치에 도전한다.
36 David Ben-Gurion(1886~1973). 이스라엘 정치가·시오니즘 지도자.

나는 내가 누구 편인지 금방 알아챘다. 전쟁의 결과가 아직 불투명했을 때 나는 전투에 관한 시를 한 편 썼다. 일주일 후 승리를 노래한 또 다른 시를 썼다. 물론, 내가 이스라엘을 찾았을 때 그곳은 무장된 야영지였다. 그곳에서 갈릴리의 교외지역을 오가며 나는 셰익스피어의 글귀를 떠올렸다. ‘축복 받은 발이 그 들판 위를 걸었네. / 1,400년 전에 우리를 위해 / 고난의 십자가에 못 박힌 / 그 발이.’” 보르헤스는 자신이 누구인지, 무슨 생각을 하고 있는지, 또 무엇을 사랑하는지 전혀 숨기지 않았다. 혹자들은 그 점을 결코 용서하지 않았고, 지금도 용서하지 않는다. 결코.

이스라엘에서 돌아오자 그의 70회 생일을 맞아 아르헨티나 히브리 협회가 공개 행사를 개최했고, 여기에서 아르헨티나 작가들이 그에게 경의를 표했다. 그는 유대인들 사이에서 신화적인 존재였다. 미국의 이스라엘 후손들 사이에서는 더더욱 그랬다. 그들은 자신들의 신화, 습관, 불가사의와 신비를 그토록 심오하게 연구한 천재작가의 작품을 널리 보급하기 위해 백방으로 힘썼다. 그는 다시 한 번 부인 엘사와 함께 미국으로 향한다. 노먼에 소재한 오클라호마 대학은 그에게 지식인 세계의 내로라하는 명사들이 참석한 또 한 번의 오마주를 바친다. 일종의 학술회의였다. 사방에서 봇물처럼 터져 나온 견해들. 발표, 강연, 새로운 제안. 『북스 어브로드』지에 학술회의의 요약문이 실린다. 그는 미국 체류기간을 이용해 워싱턴 소재의 조지타운 대학에서 시 낭송을 한다. 그리고 미국의 열기를 완성하기 위해 휘트먼의 『풀잎』의 부분 번역을 발간한다. E. P. 듀튼 출판사가 영역된 그의 작품을 잇따라 출판함으로써 미국은 결정적으로 새로운 천재작가에게 무릎을 꿇는다. 보르헤스는 미국을 정복했다. 그리고 늘 그랬듯이 (북)아메리카는 스스로를 세계의 여왕으로 느꼈다. 보르헤스는 그들의 작가였다.

계속되는 영광의 틈바구니에서 그는 시를 위한 시간을 가졌다. 69세가 되던 해에 『어둠의 예찬』이라는 새로운 시집을 펴낸다. 그의 다섯 번째 시집이었다. 서문에서 그는 이렇게 말한다. "애초에 의도한 것도 아닌데, 나는 그 동안 문학에, 강의에, 여흥에, 잔잔한 대화의 모험에, 알지도 못하는 문헌학에, 부에노스아이레스의 신비한 관습에 그리고 다소 오만하게도 형이상학으로 불리는 난제에 이미 긴 삶을 바쳤다. 또 나의 삶에는 소수의 사람들과의 우정 또한 없지 않았는데 이는 매우 중요한 사실이다. 나에게는 단 한 사람의 적도 없다고 믿는다. 설사 적이 있었다고 해도 결코 내가 알아채지 못하게 했다." 분명 그는 거짓말을 했다. 그에게는 많은 적들이 있었고, 또한 전화 통화부터 문학적·정치적 측면에서 그를 비판하는 격렬한 기사에 이르기까지 많은 사람들이 다양한 경로로 그에게 그 사실을 인식시켰다. 그의 몇몇 적들이 그를 살아남게 했다. 사후에도 보르헤스를 향한 증오와 비난, 원한이 오래 지속되었다(이러한 반응은 문학보다는 주로 사회적·정치적 측면에서 분출되었다). 과연 보르헤스에게 적이 없었을까? 아마도 사람들이 보르헤스 당신을 사랑한다는 사실이 부각될 날이 올 것이다. 어쩌면 진실의 고백보다 그 사랑이 더 중요할 것이다. 아마도 그의 삶은 언제나 모든 사람들이 진실이라고 여기는 것과 동떨어진 그만의 진실에 흔들림 없이 충실했을 것이다. 그의 시들은 때때로 우리에게서 달아나는 일종의 통찰로 우리를 이끈다. 결코 감출 수 없는 그의 자아 고유의 영적 진실. 그러나 그의 에세이는 다른 영역에 이름을 올린다. 그는 방대한 정보의 전달을 꾀하는 대신 두드러진 하나의 문제를 설명한다. 보르헤스는 재능과 독창성으로부터 사색하고 논증하고 논쟁한다. 절대적 진리를 주장하는 대신 사유의 문제에 대한 비상한 견해를 펼친다. 바로 여기에 그의 천재성이 있다. 여기에 다루어진 주제들의 보편성을 덧붙인다면, 우리는 아무런 제약 없이 그의 작품이 도달한 광대함을 이해하게 될 것이다. 보르헤스는 독서의 대의명분을 확장하는 데 성공한다. 그의 사도적 임무는 추종자들을 얻는다. 헤롤드 블룸은 「틀뢴, 우크바르, 오르비스 테르티우스」를 연구하면서 이렇게 말한다. "회의적 몽상가인 보르헤스는 '현실은 너무 쉽게 무릎을 꿇는다' 는 그의 경고를 받아들일 때조차 우리를 매혹한다. 우리들 각자의 환상은 틀뢴처럼 그렇게 복잡하지도 그렇게 추상적이지도 않을 것이다. 그러나 보르헤스는 하나의 보편적 경향을 설계했고, 독서의 이유와 관련된 근본적인 갈망을 충족시켰다." 물론이다. 보르헤스를 읽어야 한다. 보르헤스를 사랑해야 한다. 아마도 그것이 우리 자신을 증오하지 않기 위한 최선의 방법일 것이다. 우리는 독서병자가 되어야 한다.

더욱이 시는 사랑 받기 위한 형식이며, 산문 이상으로 세계를 동일시하는 데 도움이 된다. 보르헤스는 마세도니오 페르난데스에 대해 말하는 자리에서 그 점을 밝힌 바 있다. "시가 현실을 기록하기 위한 가장 충실한 장치라고 느꼈으니 그는 분명 시인이었다." 그의 강박관념은 되풀이된다. 이미 언급한 『어둠의 예찬』 서문에서 보르헤스는 평소의 겸허함으로 이를 긍정한다. "체념한 나의 독자가 벌써 눈치 챘을 거울, 미로 그리고 검에 노년과 윤리라는 두 개의 새로운 주제가 덧붙여졌다." 어쩔 수 없이 시간의 주제는 많은 시들에서 은연중에 모습을 드러낸다. 그 중에서 「헤라클레이토스」라는 시는 특별히 언급할 만하다.

미래와 현재와 과거로 이루어진 이것은

어떤 구성인가?

갠지스 강이 흐르는 이 강은

무슨 강인가?

원천을 헤아릴 수 없는 이 강은 무슨 강인가?

숱한 신화와 검들을 끌고 가는

이 강은 무슨 강인가?

잠들어도 소용없네.

꿈속을, 사막을, 지하실을 흐르네.

강은 나를 낚아채고 나는 그 강이네.

나는 덧없는 물질로, 신비한 시간으로 빚어졌네.

어쩌면 원천은 내 안에 있으리.

어쩌면 나의 어둠으로부터

숙명적이고 덧없는 날들이 분출하는 것이리.

지극히 사려 깊은 목소리가 배어있는 예의 그 문제들이다. 명징한 언어와 정확하고 효과적인 리듬. 미로, 거울, 형이상학, 좌절된 사랑. 그리고 피로. 돌이킬 수 없는 세월의 흐름. 그 세월에 이끌려 보르헤스는 죽음을 생각한다.

나는 나의 중심에 다다르네.

나의 대수代數와 나의 암호와

나의 거울에 다다르네.

나는 곧 내가 누구인지 알게 되리.

그는 틀렸다. '곧'이라는 부사의 사용은 경솔했다. 그의 최고의 시작품은 아직 쓰이지 않고 있던 것이다. 그리고 시뿐만이 아니다. 비록 그의 앞선 작품들보다 뛰어나지는 못하다고 해도, 이후에 쓰일 몇몇 단편들도 충분히 그에 견줄만하다. 11편의 작품을 수록하고 있는 단편집 『브로디의 보고서』(1970)가 그렇다. 거장 보르헤스는 여기에서 난해하고 신비한 문체를 버리고 독자에게 직접적이면서도 여전히 천재작가의 창작원칙을 준수하는 몇몇 단편들을 제공한다. 서문에서 그는 이 점을 시사하고 있다. "지구 상에 있는 단 하나의 페이지도, 단 하나의 단어도 결코 단순하지 않다. 모든 것들이 복잡성을 가장 두드러진 속성으로 하는 우주를 가정하기 때문이다." 이 책에서 보르헤스는 '즐거움이나 감동을 선사할 뿐 설득하려 들지 않는다'. 이를 위해 그는 이전의 단편들을 특징짓는 예기치 않은 결말을 포기한다. 그의 산문은 사실주의적 테마에 자연스럽게 어울리도록 과거의 산문 특유의 바로크적 허식을 버린다. 이 책에는 높은 질적 수준 때문에 세밀하게 분석할 만한 가치가 있는 작품들이 포함되어 있다. 「침입녀」는 한 여자에 대한 사랑 때문에 사이가 갈라진 형제가 결국 그녀를 살해한다는 이야기를 다루고 있다. 작품에 사용된 언어영역과 간결한 구성은 보르헤스 자신을 뛰어넘는다. 그러나 이것이 눈에 띄는 유일한 작품은 아니다. 여성인물이 주인공으로 등장하는 「최고참 부인」과 「결투」는 우수, 서정적 어조의 산문 그리고 내밀함에 바쳐진 진정한 경의다. 이 책에서 보르헤스가 가장 아끼는 「마르코에 의한 복음」은 그 줄거리를 우고 로드리게스 모라니의 꿈에 빚지고 있으며, 수도에 도착한 한 의학도가 주동인물로 그려진다. 그는 사촌의 초대를 받고 여름을 지내기 위해 시골에 갔다가 몇몇 무지렁이 농사꾼들에게 잡혀 십자가에 못 박혀 죽는다. 「과야킬」에서는 서서히 과야킬과 좌파혁명의 요인으로 변모해 가는 두 역사가가 주인공으로 다뤄진다. 표제작으로 맨 마지막에 등장하는 단편은 걸리버의 마지막 여행에서 유래하며 그 작가인 스위프트 스타일로 쓰인 도덕적 우화다. 나는 『브로디의 보고서』에 실린 11편의 단편이 익히 알려진 보르헤스와는 다른 이미지를 제공하며, 동시에 문학적 기교에 초점을 맞추는 방식에 있어 새로운 시각을 보여준다고 믿는다. 위에서 언급된 작품들은 보르헤스의 가장 뛰어난 단편으로 꼽힐 만하다. 그러나 독창성을 내세워 보르헤스의 다른 작품들에 더 주목하는 비평은 커다란 즐거움을 맛보지 못한 채 이 작품들을 건성으로 지나치기 일쑤다.

『브로디의 보고서』에서는 '사실주의적' 단편이 두드러진다. 이 책에 실린 11편의 작품 중에서 우리가 가장 높이 평가하는 텍스트인 「침입녀」가 그렇다. 모든 의미에서 사실주의적이다. 진솔하고 친밀하고 따뜻한 이 작품은 아마도 독자들이 쉽게 소화할 수 있는 가장 꾸밈없고 친근한 문체를 대변할 것이다. 비오이 카사레스를 비롯해 가까운 몇몇 친구들도 그렇게 생각했다. 1973년 12월 30일에 일간지 『라 나시온』이 마련한 보르헤스 특집에서 비오이는 동료 작가에 대한 견해를 이렇게 피력한다. "보르헤스를 알게 되었을 때 마치 살아있는 문학을 만난 것 같았다. 고백하건대 나는 그때 이것이 그의 책들보다 그 자신에게서 더 충만하게 드러난다고 생각했다. 초기에는 간결함에 대한 열망, 경탄을 자아내고자 하는 열망 그리고 관용구를 피하고 토착적인 어조를 성취하려는 열망 사이에서 흔들리던 그의 문체는 때때로 무심하게 그리고 때로는 심지어 얼빠진 모습으로 윙윙거렸고, 마침내 『끝없이 두 갈래로 갈라지는 길들이 있는 정원』의 단편들에서 눈부신 완벽함을 성취하게 된다. 1960년경 보르헤스는 놀라운 의지의 증거를 보이며 새로운 산문의 창작을 시도했고, 『창조자』와 『의회』 그리고 『브로디의 보고서』에서 대화 특유의 유려하고 친밀한 문체에 도달하게 된다. 내가 상상할 수 있는 최상의 문체이자 가장 유쾌한 문체다." 비오이 카사레스의 판단은 정확했다.

1970년 10월에 보르헤스는 엘사 아스테테 미얀과 이혼한다. 그녀의 관심사는 보르헤스와 전혀 달랐다. 경박한 데다 그의 어머니를 시기했으며 정숙하지도 못했다. 보르헤스는 그때가 벨그라노를 떠나 마이푸 구역으로 돌아갈 절호의 기회라고 여겼다. 그러나 그곳에서도 역시 행복은 멀리 있었고, 결과적으로 적절한 시기가 아니던 것 같다. 친구들이 그에게 엘사에 대한 생각을 털어놓은 것은 바로 그 무렵이었다. 한결같이 부정적인 견해들뿐이었다. 그들에 따르면, 결혼한 뒤로 그의 행색이 눈에 띄게 궁색해졌다. 그의 옷과 신발, 그의 용모는 암암리에 부인의 무관심과 미숙함을 드러냈다. 보르헤스는 눈치 채지 못했다. 눈이 멀어 볼 수가 없던 것이다. 나중에 그는 부인과 공동명의로 개설한 한 은행 계좌에 남아있던 상당액의 잔고가 다른 은행으로 옮겨진 채 소유자가 바뀐 사실을 알게 되었다. 엘사와 그의 아들 명의로 바뀌어 있었다. 보르헤스는 이혼하기로 결정하길 백 번 잘했다고 생각했다.

그러나 1970년에 온통 나쁜 소식만 있던 것은 아니었다. 브라질의 사웅 파울루에서 그는 브라질 대통령이 제정한 아메리카 대륙간 문학상으로 25,000 달러를 받는다. 게다가 이탈리아의 일간지 『코리에레 델라 세라』가 전세계를 대상으로 노벨문학상 후보에 대한 여론조사를 실시한 결과 그가 솔제니친보다 더 많은 표를 획득한다. 그러나 스웨덴 학술원은 그해에 『이반 데니소비치의 하루』의 저자인 소련 작가에게 노벨상을 수여한다. 솔제니친의 수상으로 노벨상은 논쟁에 휩싸인다. 여론이 보르헤스에게 우호적인 데다 솔제니친이 스톡홀름에서 열리는 시상식에 참석하기를 마다했기 때문이다. 솔제니친은 과거에 그에게 망명을 제의한 적이 있는 소련당국이 그의 귀국을 방해할 것을 두려워했다. 보르헤스는 헌신적인 인내로 상황을 받아들였다. 몇 년 뒤인 1976년에 그는 이렇게 말했다. "나에게 노벨상을 수여하지 않는 것은 스칸디나비아의 전통이 되어버렸다. 내가 태어난 이래 지금까지 그들은 나에게 노벨상을 주지 않고 있다."

그들은 결코 보르헤스에게 노벨상을 주지 않았다. 해마다 유력한 수상 후보로 거론되었지만 스웨덴 학술원은 그에게 노벨상을 주기를 거부했다. 이러한 결과를 두고 많은 논란이 있었다. 혹자들은 보르헤스가 노벨상을 수상하기에 1970년은 시기상조였고, 그 이후 학술원 회원들 중에 그를 숭배하는 지원세력이 생겨났지만 불행하게도 1976년의 칠레 여행으로 마땅히 그가 받아야하던 노벨상의 가능성은 영영 사라지고 말았다고 본다. 그 해에 보르헤스는 베르나르도 오이긴스[37] 십자대훈장을 받기 위해 산티아고를 방문했다. 그는 독재자 아우구스토 피노체트와 포옹했다. 그것은 문학작품의 진정한 가치보다 사회적·정치적 측면에 더 주목하는 스웨덴 학술원 회원들이 그에게서 영영 등을 돌리는 결정적 계기가 되었다.

그러나 이러한 해석이 보르헤스와 노벨상을 둘러싸고 제기된 유일한 해석은 아니다. 스웨덴 학술원의 거부가 사적인 이유에서 비롯되었다고 지적하는 사람들도 있다. 보르헤스는 충분한 호감을 얻지 못했고, 또 호감을 사려고 애쓰지도 않았다. 그는 오직 글 쓰는 일에만 전념했다. 시대 풍조를 좇는 약삭빠른 문학 패거리의 소란에 휩쓸리지 않고 자신의 문학적 우주를 구축하는 일에 힘을 쏟았다. 그는 노벨의nobelesco —동음이의어인 novelesco(소설적인)와 혼동하지 않으려면 nobelar로 적어야 한다— 문단에 손쉽게 접근할 수 있는 길을 열어줄 일체의 발판과 거리를 두었으며 권력의 사당들과 떨어져 지냈다. 여기에 스톡홀름에서 일어난 하나의 우발적 사건(혹은 뜻밖의 사고, 기막힌 우연)을 보태면 의혹은 말끔히 사라질 것이다. 어느 작가들의 모임에서, 명성과 천재성에서 독보적이던 보르헤스는 한 시인의 시 낭송을 주의 깊게 들었다. 주제는 북유럽의 바다를 떠다니는 빙산에 관한 것이었다. 보르헤스는 시가 마음에 들지 않았다. 그때 그는 사람들 앞에서 독특한 아이러니와 특유의 빈정거림으로 자신의 느낌을 공표하고 말았다. 그 시인은 보르헤스의 지적을 받아들였다. 불운이었다. 그가 바로 훗날 스웨덴 학술원의 사무총장이 되는 아르투르 룬크비스트였다. 누가 상상이나 했겠는가!

1976년에는 비센테 알레익산드레와 노벨상을 공동수상하기 직전까지

37 Bernardo O'Higgins(1778~1842). 1818년 칠레를 스페인으로부터 독립시킨 칠레의 군인·정치가.

갔다. 공동수상은 마치 손가락의 가락지처럼 그에게 잘 맞아떨어질 것 같았다. 그는 이미 베케트와 국제문학상을 그리고 헤라르도 디에고[38]와 세르반테스상을 공동수상한 바 있다. 틀림없이 보르헤스는 천국에서 그의 신화들 중의 누군가와 노벨상을 함께 나누었을 것이다. 미래는 그에게 노벨상이 주어지지 않은 이유를 공정하게 밝혀줄 것이다. 스웨덴 학술원은 노벨상을 수여하고 나서 50년이 경과하면 선정 과정에서 있던 토론과 심의 기록을 공개한다고 한다. 이제 남은 시간이 점차 줄어들고 있다.

차분함과 평정, 혹은 유머. 왜냐하면 유머 역시 보르헤스가 수상하지 못한 상들과 관련이 있기 때문이다. 보르헤스에게 사후에 노벨문학상을 수여할 것을 스웨덴 학술원에 간청한 부에노스아이레스 국립도서관장 오스카르 이바라 미트레의 제안을 하나의 유머로 이해할 필요가 있다. 가능성은 희박하다. 풍성한 다작의 작가나 소설가가 아니라면 수상 가능성이 희박한 것이 현실이다. 특히 소설가는 노벨상을 수상할 가능성이 더 크다. 보르헤스는 소설을 멀리했다. 그는 정치적 시류에 편승하지 않은 것이다.

숱한 추종자들을 거느렸지만 보르헤스는 노벨상 수상의 은전을 받지 못했다. 그러나 우리가 보르헤스에 대해 품고 있는 열정이 우리를 눈멀게 하지 않기를 바란다. 이미 우리는 그의 적들 역시 그 수가 많다는 것을 지적했다. 혹자들은 그의 숭배자들을 폄훼하기까지 했다. 가령, 카브레라 인판테[39]는 보르헤스를 '교양 없는 자들의 숭배를 받는 작가, 가련한 자들의 호메로스'라고 불렀다. 부분적으로 맞는 얘기일 수도 있다. 앞에서 이미 말했듯이, 보르헤스는 그야말로 덧없는 모방자들의 유파를 만들었다. 왜냐하면 거장들을 모방하고 베끼고 참조하는 것은 영원히 불가능하기 때문

38 Gerardo Diego(1896~1987). 산탄데르 출신의 스페인 27세대 시인.
39 Guillermo Cabrera Infante(1929~). 히바라 출신의 쿠바 작가로 1997년 세르반테스상을 수상했으며 『트레스 트리스테스 티그레스』(1967)가 대표작이다.

이다. 그러나 그의 잘못이 아니라 그의 에피고넨들의 탓이다. 보르헤스는 그저 자신의 문학적 우주를 세웠을 뿐이다. 그게 전부다. 그리고 그에게는 비방자들 또한 없지 않았다. 두 가지 예를 들어보자. 이탈리아의 비평가 지오반니 라보니는 1988년의 텍스트에서 이렇게 말한다. "나는 줄곧 미래의 문학연구자들이 놀란 표정으로 우리 시대를 기억할 것이라고 생각해왔다. 우리가 어떻게 보르헤스를 위대한 작가로 여기게 되었는지 그저 관대한 이해를 바랄 뿐이다……. 이 가공할 이야기꾼이 점차(반면에 멋없고 서투른 베끼기에 불과한『픽션들』의 단편들, 냉정하고 최면적인 수백 편의 시들과 함께 그의 작품은 무의미하고 지나치게 반복적으로 늘어갔다) 20세기 문학의 주인공으로, 우리 시대의 의식과 감수성의 최고의 해석자 중의 한 사람으로 그리고 에누리 없이, 가장 위대한 생존 작가로 탈바꿈하는 일이 어떻게 일어날 수 있었을까? …… 자그마하고 예쁜 빨간색 공을 기구氣球로, 몽골피에의[40] 열기구로, 하늘을 나는 고래로 탈바꿈시킨 이 거대한 쇼는 어디서 시작되었는가?"

또 다른 노벨상 수상작가인 헤밍웨이는 보르헤스를 혐오했다. 1950년 3월 13일에 그는 보르헤스에게 모욕적인 내용이 담긴 엽서를 보냈다. 엽서의 내용을 옮기면 대충 이렇다. "친애하는 호르헤스(보르헤스가 아닌 호르헤스)여, 다이키리[41]의 대성당인 이곳 엘 플로리디타[42]에서 쿠바 친구 리노 칼보가 나에게『알레프』를 건네주었네. 분명 지랄같이 좋은 책일세. 여기서는 자네가 스페인어권 최고의 작가라고들 한다네. 그러나 엿 먹으시라(용서하시라). 그대는 평생 운동장 밖으로 공을 차내지 못할 걸세(대체 무슨 의미

---

40 Joseph Michel Montgolfier(1740~1810). 프랑스의 열기구 발명가.
41 럼을 사용한 대표적인 칵테일의 하나로 19세기 후반 쿠바의 다이키리 광산에서 광부들이 더위를 피하기 위해 럼에다 라임을 짜 넣고 설탕을 첨가해 마시던 것이 시초라고 한다.
42 아바나 오비스포 거리 557번지에 위치한 유서 깊은 바로 헤밍웨이가 다이키리를 마시기 위해 즐겨 찾던 곳으로 유명하다.

로 이런 말을 했을까?). 자네는 문학을 너무 엄숙하게 다뤘고 삶은 너무 늦게 발견했어. 이리로 내려와서 나이 50에 몸무게가 209(파운드일 것으로 생각된다) 나가는 이 늙은이와 사소한 일로 싸워보시지. 난 호르헤스 자네를 똥으로 생각하고(다시 한 번 용서하시라), 자네 꽁무니를 사정없이 걷어찰 걸세. 여러분, 그럼 이건 어떻소? 엘 토레 블랑코 만세. 마음으로부터. 아빠가.” 헤밍웨이는 그런 사람이었다. 다이키리인들은 용서하지 않았다.

『노인과 바다』의 작가가 자살했을 때, 보르헤스는 묘비명의 형식으로 이렇게 썼다. “다소 허세를 부리던 헤밍웨이는 자신이 위대한 작가가 아니라는 사실을 깨닫고 나서 마침내 자살했다. 어느 정도 자업자득인 셈이다.” 그의 말에는 빈정거림과 잔혹하기 짝이 없는 기지가 넘쳤다. 그러나 보르헤스가 남에게 상처를 줄 목적으로 기지를 사용하는 일은 드물었다. 정말로 모욕을 당했다고 느꼈을 때만 그렇게 했다. 그는 사형집행인의 역할을 달가워하지 않았으며, 차라리 희생자가 되는 길을 택했다. 아마도 그것이 그에게 더 창조적이었을 것이다. 언제나 그가 실패한 자리인 사랑에서처럼 말이다.

보르헤스는 엘사 아스테테 미얀을 쉽게 잊었다. 그는 짧은 결혼생활과 부인의 붙임성 없는 성격 때문에 다소 소원해진 친구들 곁으로 돌아간다. 마리아 에스테르 바스케스, 실비나 오캄포, 비오이 카사레스 그리고 블라디 코시안시치. 보르헤스는 코시안시치와 더불어 그의 마음을 사로잡은 앵글로색슨어를 오랫동안 연구하고 사색했다. 흥미롭게도 그의 인생의 한 장을 닫는 해인 1970년에 노먼 토머스 디 지오반니가 다양한 출처의 글들(인터뷰, 서문, 대담……)을 토대로 작성한 「자전적 에세이」가 나온다. 이 글은 권위 있는 주간지 『더 뉴요커』에 발표되었으며, 후에 E. P. 더튼이 출간한 선집 『알레프』에 묶인다. 텍스트의 편집에 협조하기는 했지만, 보르헤스는 살아생전에 그 자서전이 고스란히 스페인어로 옮겨지는 것을 극

구 거부했다. 틀림없이 원본 텍스트의 수많은 '해적판' 번역이 존재할 것
이다.

 이제 그의 명성은 모든 장애물을 뛰어넘는다. 노벨상을 수상하지 못한
것이 오히려 그에게 득이 되었다. 많은 사람들이 열렬한 신봉자의 행렬에
가담했다. 그들은 공공집회에서 그의 시를 낭송하였고, 전혀 엉뚱한 장소
에 그의 텍스트를 옮겨놓았으며, 그와 관련된 신문기사와 그의 강연에 촉
각을 곤두세웠다. 그는 전 세계적으로 전방위적인 정신적·문학적 통솔력
을 발휘했다. 물론, 찬동의 주된 이유는 그의 작품이었다. 그러나 그의 목
소리와 용모 그리고 그의 가벼움 또한 추종의 이유가 되었다. 그는 많은
사람들이 가지고 싶어 하는 할아버지상 그 자체였다. 훤칠한 키에 살집 없
는 몸, 눈썹까지 흰 백발, 무한을 향해 우뚝 솟은 이마, 지팡이에 의지한 연
약한 풍채, 끝없는 단편과 이야기의 창안자, 현자. 분명 매력적인 할아버지
상이었다. 물론 혹자들에게는 매혹적이었지만, 혹자들에게는 반감을 불러
일으켰다. 그의 애호와 혐오감, 특히 그의 정치적 혐오감이 이를 부채질했
다. 그는 보수당에 입당했었다. 아마도 그의 충실한 호세 에드문도 클레멘
테가 다리를 놓았을 것이다. 그러나 결코 보수당을 전적으로 신뢰하지는
않았다. 그 스스로 이렇게 천명했다. "정치적 문제와 관련해 나의 신념은
충분히 알려져 있다. 내가 보수당에 가담한 것은 회의주의의 한 방식이었
다. …… 나는 시간이 흐르면 정부는 없어져야 마땅하다고 믿는다." 이 말
은 다시 한 번 열정의 산물이었다. 정부는 과거에도 있었고 지금도 있으며
미래에도 있을 것이다.

13 불행히도 그는 보르헤스였다

보르헤스는 새로운 미국 여행으로 1970년대를 시작한다. 노먼 토머스 디 지오반니가 그를 수행했다. 보르헤스는 그와 특이한 관계를 유지했다. 그는 보르헤스의 번역자이자 문학 에이전트, 상담자, 친구였으며, 때로는 그의 가장 격렬한 적수였다. 1975년 혹은 1976년까지 그가 보르헤스 곁에 머물기는 했지만 보르헤스와 그의 사이는 갈수록 벌어졌다. 그 무렵 보르헤스의 젊은 '대리인' 이던 그의 교양과 수완, 보르헤스적 우주에 대한 그의 열정은 숱한 여행과 출판, 훈장, 강연에 매여 살던 보르헤스의 직업적 활동에 충분한 활력소가 되었다.

여행의 주된 목적은 명예박사 학위를 받는 것이었다. 보르헤스는 평생을 통해 수많은 명예박사 학위를 받았다. 이번에는 뉴욕에 소재한 컬럼비아 대학이었다. 그의 작품에 관한 심포지엄이 개최된다. 수많은 학생들이 행사에 참석했는데, 그 중 일부는 조직화된 학생들로 순수한 문학적 동기가 아닌 다양한 사회적 동기에 이끌려 참석한 일종의 정치집단이었다. 보르헤스는 좌파 사이에서 많은 추종자를 거느리지 못했다. 공산주의와 피델 카스트로, 마오이즘에 대한 그의 격렬한 비판은 위태롭게도 보수주의자이자 케케묵은 우파로서의 이미지를 굳히는 데 일조했다. 푸에르토리코 학생 대표가 특정한 배신행위를 비판하기 위해 발언한다. 보르헤스는 그가 개입한 목적이 무엇인지 알지 못한다. 그러나 청년은 멈추지 않는다. 청년은 보르헤스를 부패하고 반인도적이고 억압적이고 광적인 가치체계의 전형으로 몰아붙이며 그와 맞선다. 그는 보르헤스를 심하게 모욕한다. 학생의 입에서 쌍소리가 튀어나올 정도였다. 보르헤스의 얼굴이 창백해진다. 그는 자리에서 일어나 지팡이로 테이블을 거칠게 내리친다. 그는 72세의 나이로 20대의 학생과 언쟁을 벌인다. 그는 몸을 부르르 떤다. 분을 가라앉히지 못한다. 그는 도대체 영문을 알 수 없었다. 모든 것이 정치 탓이었다. 시력을 상실한 그의 두 눈 사이에 휘감긴 정치라는 집요한 맹수. 자신의 생각을 표현한 것이 심각한 결과를 가져왔다. 시류에 편승해 강연하는 편이 더 나았을 것이다. 그러나 그는 정반대의 길을 택했다. 보수적인 지식인들이 활보하던 시대에 미학적인 면은 물론이고 심지어 정치적인 면에서도 그는 전위였다. 당당하게 옹호한 울트라이스모, 『붉은 찬가』[43], 고립과 주변부의 여명에 대한 애착, 밤과 마테차와 달로 불탄 거리의 악마주의. 이제 지식인들이 아스팔트 아래서 해변을 찾고 불가능한 것을 소리쳐 요구하는 젊은이들과 꿈의 배로 이타카를 여행하는 유토피아주의자들의 지원세력으로 탈바꿈한 1970년대에 보르헤스는 또다시 맞은편에 서 있었다. 시대의 흐름에 부응하지 못하는 작가의 성향은 흥미롭다. 흥미롭고도 경탄스럽다. 그는 자신에게 충실했다.

43 보르헤스가 젊은 시절에 쓴 러시아혁명을 찬양하는 시로 출판되지 않았다.

보르헤스는 컬럼비아에서 뉴헤븐의 예일대학으로 여행한다. 그는 1832년부터 예일대학에 르네상스 이전까지의 이탈리아 미술품과 현대 미술품의 풍부한 컬렉션을 소장한, 매우 중요한 미술관이 있다는 사실을 알고 있었다. 보르헤스는 마술적인 공간으로 간다는 기대감과, 반항적인 청년이 불러일으킨 분노의 앙금을 여전히 가슴에 안은 채 뉴헤븐으로 향한다.

예일에서는 많은 작가들과 비평가들이 그의 작품에 대해 대화를 나눈다. 의심의 여지없는 대성공이었다. 수용인원이 그리 많지 않은 한 홀에 500명이 넘는 청중이 들어찼을 정도였다. 모두 보르헤스의 기지와 유머에 사로잡혔다. 그의 정치적 성향은 청중의 감수성에 부정적인 영향을 끼치지 않았으며, 그의 언어, 그의 작품, 그의 뜨거운 목소리는 문학과 동떨어진 문제들을 초월해 있었다. 더욱이 그의 정치적 견해는 변방으로 물러나 고립되기 위한 하나의 방식이 아닌가? 그는 지식인의 규범이 진보를 향할 때는 보수주의자였고, 그 규범이 쇠퇴해 반동으로 기울 때는 진보주의자였다. 그리고 그 모든 것을 초월한 곳에 그의 작품이 있다. 엄밀한 의미에서 그는 전위주의자였지만, 결코 반동주의자는 아니었다. 오히려 그 반대였다. 보르헤스를 반유대주의자로 비난하던 사람들은 그가 청년기에 두 명의 절친한 유대인 친구가 있었고, 「나, 유대인」이라는 아주 대담한 기사를 썼으며, 페론의 1차 집권기(1946~1955)에 비오이 카사레스와 함께 「괴물의 축제」로 이름 붙여진 인종주의에 반대하는 변론을 쓴 적이 있다는 사실을 상기해야 할 것이다. 그러나 보르헤스는 너무 쉽게 극우파 작가로 낙인 찍혔다. 또 숱한 명예박사 학위를 받았으니 그를 명예박사 작가로 깎아내릴 수도 있었고, 분명 앞을 보지 못하는 장님이었으니 사상의 어둠에 박해받은 사람으로 여길 수도 있었다.

보르헤스가 처한 역경은 홀로코스트를 가장 극심하게 겪은 사람들에 의해 이해되고 널리 알려졌다. 미국 방문 후에 그는 예루살렘상을 받기 위해

이스라엘로 향한다. 그리고 잇따라 아이슬란드, 영국 그리고 스코틀랜드를 여행한다. 그는 자신을 그토록 사로잡던 잃어버린 언어의 뿌리를 재발견하며 기쁨을 맛본다. 옥스퍼드에서 다시 한 번 명예박사 학위를 받는다. 도처에 우글거리는 그의 적들은 끊임없이 그를 비판한다. 그러나 보르헤스주의 역시 확산되어간다. 그의 작품에 관한 수많은 연구서들이 서점에 등장한다. 박사학위논문, 분석서, 다소 광범한 소논문들. 이때가 바로 그가 가장 뛰어난 단편을 쓴 시기다. 보르헤스는 이렇게 말한다. "만약 내 작품 중에서 한 편만 선택하라고 한다면 아마도 나는 「의회」를 고를 것이다. 이 작품은 가장 자전적이면서도(추억이 가장 많이 배어있는 작품이다) 동시에 가장 환상적이다." 이 작품은 1971년에 비매품으로 발간되었으며, 1975년에 『모래의 책』에 수록된다. 이 텍스트는 세상에 나와 있는 보르헤스 전기를 다 합친 것보다 그에 대해 더 많은 것을 말해 준다.

「의회」의 주제는 「틀뢴, 우크바르, 오르비스 테르티우스」 같은 유명한 단편들에서 이미 다루어진 비밀결사에 관한 것이다. 행위는 과거 시점에서 전개된다. 이야기는 1899년에 산타페로부터 부에노스아이레스에 도착한 알레한드로 페리에 의해 서술되었다. 페리는 20세기 초의 한 시기에 일어난 일을 이야기하는데, 그때 그는 보르헤스처럼 이미 일흔의 나이였다("나는 이제 곧 일흔의 나이를 훌쩍 뛰어넘을 것이다. 그러나 나는 여전히 몇 안되는 학생들에게 영어를 가르치고 있다. 우유부단하거나 게을러서, 또는 다른 이유로, 나는 결혼하지 않았고 지금도 혼자 살고 있다. 나는 외로움이 고통스럽지 않다. 나 자신과 나 자신의 병적인 집착을 견디는 것만으로도 버겁다. 나는 늙어가고 있음을 느낀다. …… 젊은 시절 나는 해질녘과 도시의 변두리와 불행에 마음이 끌렸다. 그런데 지금은 아침과 도심과 고즈넉함에 마음이 간다."). 이야기는 우루과이 의회에서 국회의원이 되는 길을 거부당한 알레한드로 글렌코에가 창설한 기구인 세계의회에 집중되어 있다. 그의 복수는 우루과이 의회와 견줄만한 비밀의회를 만들어 매우 다채

롭고 아름다운 문제들을 다루는 것이다. "페루, 덴마크, 힌두스탄이 가입 의사를 밝혀왔다. 한 볼리비아인은 그의 조국에는 바다와 연결되는 통로가 전혀 없는데 이 안타까운 상황이 의회의 첫 번째 토론 주제가 되어야 한다고 주장했다." 그러나 여기에는 언제나 그렇듯 수수께끼와 음모, 미스터리와 보편성, 전체와 미로들 또한 존재한다. "지금 여러분에게 말씀드리는 것을 깨닫는 데 꼬박 4년이 걸렸습니다. 우리의 기획은 전 세계를 아우를 만큼 방대합니다. 이제는 그걸 알겠습니다. 그것은 쓰러져가는 농장의 오두막에 모여 수다나 떠는 몇 사람의 떠버리 집단이 아닙니다. 세계의회는 태초에 시작되었고, 우리 몸이 먼지가 돼도 계속될 것입니다. 세계의회에 속해 있지 않은 곳은 아무 데도 없습니다. 의회는 바로 우리가 태워버린 책들입니다……."

구체적인 내용은 따로 언급하지 않겠지만, 「의회」에서 보르헤스는 자신이 누구인지 밝히고 싶어 안달이 난 사람처럼 자신을 드러낸다. 자기 자신을 비웃는 보르헤스를 그리고 자기 자신을 드러내기 위해 픽션의 색깔로 덧칠한 보르헤스를 보여준다. 「의회」를 읽어야 한다. 보르헤스를 아래로부터 읽어야 한다. (그토록 실망스럽고 환멸적이고 비인간화된) 교육의 세계가 매력을 되찾고, 다시 꿈을 꾸고, 다시 인간다워지려면 그것은 좋은 출발점이다.

이제 보르헤스 전기에서 빠져서는 안 될 이 필수적인 단편에 대한 얘기를 끝마치기 전에 작가 스스로 선호하는 단편에 대해 털어놓은 말을 옮겨보자. "감히 쓸 엄두도 내지 못한 채 오랫동안 몸에 지니고 다닌 텍스트다. 이렇게 혼잣말을 중얼거리게 될 때까지 나는 늘 그 작품을 생각했다. '좋아. 나는 이미 나의 목소리, 쓰여진 나의 목소리를 찾은 거야. 눈에 띄게 좋아질 것도, 그렇다고 눈에 띄게 나빠질 것도 없을 테지. 그냥 단순히 그것을 쓸 거야.' 그러나 나의 친구들은 마음에 들어 하지 않았다. 그들은 내가 이 작품에서 말하고 있는 모든 것은 이전의 책들에서 더 잘 다루어졌으며, 나의 전 작품을 요약하고 있다는 것이 그 유일한 가치라고 말한다. 나는 그렇게 보지 않는다. 왜냐하면 비록 내가 가지지는 못했지만 상상하려고 애쓰던 신비적인 경험에 대한 묘사가 들어있기 때문이다. 우주와 일치할 정도의 무한한 작업에 착수하지만, 카프카의 작품에서처럼 그것을 속임수로 느끼지 않고 오히려 반대로 만족을 느끼는 사람들에 대한 착상을 말한다. 그들이 하고자 하는 일은 이미 이루어져 있다. 신에 의한 것인지, 아니면 우주의 섭리에 의한 것인지 나는 모른다. 그러나 이미 이루어져 있고 그들은 행복해한다. 나는 그들이 도시를 거닐면서 한 마지막 산보와 그 순간의 흥분을 되찾지 못할 것이기 때문에 더 이상 서로 만나지 않기로 결정하는 부분이 썩 잘 되었다고 생각한다. 이 작품을 쓸 때 나는 개인적으로 감격해했고 인물들이 마음에 들었다. 그리고 나는 인물들을 살과 뼈가 있는 진짜 인간으로 느꼈다." 의심의 여지없이 보르헤스가 결코 쓰고 싶어한 적이 없는 소설의 스케치요 개요임이 틀림없다. 그는 시간이 없었다. 시인으로 거의 90년을 살아온 그에게 매순간은 사라져갔다. 그는 자신의 존재를 문학화하고 그것을 서정적 대상(?)으로 변모시킬 수 있는 특별한 부류의 인간이었다. "진정한 시인이 되려면, 매순간의 삶과 각각의 행위는 시적이 되어야 할 것이다. 왜냐하면 진정 심오하게 그러하기 때문이다. 내가 알기로 오늘날까지 그러한 극도의 경계심에 이른 사람은 아무도 없다." 그는 1972년에 출간된 산문과 시의 모음집인 『호랑이들의 황금』에서 이렇게 썼다. 같은 해에 그는 미국을 재차 방문한다. 미시간에서 또다시 명예박사 학위를 받고 더럼에 위치한 뉴햄프셔 대학에서 라틴아메리카 문학에 대한 강좌를 열기 위해서였다.

『호랑이들의 황금』은 과거의 보르헤스를 요약하는 무질서하고 신비로운 책이다. 그는 죽음이 임박했음을 느꼈고, 이제부터는 자신의 모든 책들을 함축할 수 있는 책을 원한다. 그의 모든 책들을 포함하고 그의 시학의 정수를 보여주는 책. 검, 호랑이, 거울, 미로, 선조들, 차가운 북유럽. 그리고 언제나 또다시 운명으로서의 문학.

> …… 내 혈통의 다른 이들처럼,
> 전쟁터에서
> 쓰러지지 않았음.
> 공허한 밤에
> 음절들을 이야기하는 사람임.

음절들을 이야기하는 사람. 존재를 이야기하는 사람. 언어로부터 존재를 이야기하는 것은 아마도 유일하게 확실한 작가의 일일 것이다. 어두운 것을 보이게 하는 것. 쓰인 것(엄밀한 것)의 의미를 무한히 확장시키는 것. "이름 뒤에는 이름 붙여지지 않은 것이 있다."는 말로 작가는 자신의 작품을 신비화하고 상징화하면서 독자의 공모를 요구한다. 해답을 제시하기보다는 물음을 던지고자 한 보르헤스는 새로운 서사문학의 근본적 성격을 완벽하게 이해한 철학자의 색깔을 지닌 작가다. 작가는 이제 이야기하거나 서술하거나 주장하지 않는다. 작가는 언어로부터 세상에 물음을 던지고 동시에 의심이 자유롭게 오갈 수 있는 길을 제시하도록 허락받은 예술가다. 미를 창출해야 하는 기호의 언어로부터 인간조건을 탐구하는 것을 말한다. 보르헤스는 지식의 세계성을 아우르고 자신의 산문을 통해 그 지식을 전달할 수 있는 새로운 유형의 화자를 창조함으로써 자신의 시대를 앞서 갔다. 많은 사람들이 제기하는 철학자 보르헤스/작가 보르헤스의 딜레마는 바로 여기에서 비롯된다. 보르헤스의 가장 사색적인 단편인 「바벨의 도서관」에 대해 얘기하면서 이미 이 딜레마를 언급한 바 있다. 어쩌면 철학자 보르헤스와 작가 보르헤스는 동일자가 아닐까?

보르헤스에게 철학은 하나의 이야기요 문학이었다. 그래서 그는 철학에 흥미를 느꼈다. 그러나 모든 사람이 그렇게 본 것은 아니다. 가령, 안토니오 타부키는 다른 견해를 보인다. "나는 보르헤스가 진정한 작가인지, 아니면 문학을 이용한 철학자인지 모르겠다. 그러나 이것은 분명 사소한 문제이며 어쩌면 하나의 궤변일지도 모른다. 사실 빛나는 바로크적 상징, 진짜이거나 혹은 가상적인 신비론, 가죽으로 제본된 오래된 위작본과 일그러진 거울들로 가득 찬 그의 몇몇 단편은 오늘날 지나치게 학구적이고 현학적으로 보일 수 있다. 물론 그의 작품을 지탱하는 불안하고 모호한 힘은 유지된다(아니 오히려 갈수록 더 큰 힘을 얻는다). 가령 「알레프」를 생각해보자. 우주(우리 자신일 수 있다) 전체를 포괄할 수 있는 우주의 한 지점이 존재할까? 터무니없는 수학자들, 형이상학자들, 기만적인 사상가들 그리고 이단 신학자들이 병적인 열성과 눈물나는 추론으로 창안해낸 인간의 미신이다." 인간존재의 실존을 이해하기 위한 포괄적 형식이자 여흥으로서의 문학. 철학과 유희주의. 사상과 미학. 나는 지적인 사색이 순수한 문학창작과 대립한다고 생각하지 않는다. 더욱이 문학에서 사상과 계시와 의혹과 확신을 빼고 나면 무엇이 남겠는가? 아무 것도 남지 않는다. 문학예술은 규범과 명료함의 합을 훨씬 뛰어넘는 어떤 것이다. 이러한 법칙으로부터의 탈주는 시야와 지평의 확대를 가능하게 해 준다. 오늘날 대부분의 문학이 필요로 하는 것은 바로 새로운 지평이다. 왜냐하면 터무니없는 수학자들, 형이상학자들, 기만적인 사상가들 그리고 이단 신학자들은 때때로 전횡적이고 공허하고 쓸모없는 사이비문학, 다시 말해 평범하고 진부한 데다 우스꽝스럽게도 거만하기까지 한 사이비문학의 불모지를 변화시키고 혁신하고 환기시킬 수 있는 유일한 사람들이기 때문이다.

1973년에 보르헤스는 자신을 불행한 존재로 느낀다. 아니 불행한 인물로 느낀다. 언제나 그렇듯이 모두 책 때문이었다. 그 해에 그는 국립도서관장 직에서 물러난다. 다른 선택이 있을 수 없었다. 1973년 3월 선거에서 엑토르 캄포라가 주도하는 정의주의해방전선이 승리한 후에 아르헨티나에서 페론주의가 다시 고개를 든다. 페론은 1973년 6월에 결정적으로 망명에서 돌아오며, 9월에 실시된 몇 차례의 새로운 선거를 통해 대통령직에 오른다. 보르헤스는 분명 국립도서관의 수장 자리에 계속 머물러 있을 수 없었다. 오랜 고심 끝에 그해 10월 8일에 사직서를 제출했다. 국립도서관의 2인자이자 훗날 도서관 총국의 책임자를 역임하게 되는 그의 충실한 동료 호세 에드문도 클레멘테가 8월에 자리를 떠나야했다는 사실도 그의 결정에 영향을 미쳤을 것이다. 페론주의는 비방자들을 잊지 않았다. 그러나 보르헤스에게는 감히 손을 대지 못했다. 아마도 통치자들은 그를 도서관장직에서 경솔하게 내치면 나쁜 이미지를 주게 될 것이라는 것을 직관했을 것이다. 이미 보르헤스는 보르헤스인 것이다. 그들은 기다리기로 했다. 그리고 보르헤스의 퇴직 청구서가 날아들었다. 보르헤스가 사임했다고 생각하는 사람들이 있는데, 실제로는 사임한 것이 아니라 퇴직한 것이다. 그러나 후에 그는 국립도서관의 몇몇 동료들이 연대감이나 페론의 복귀에 대한 항의의 표시로 사직하지 않은 것을 못마땅해 했다. 세월이 흐른 뒤에야 그는 무슨 일이 있었는지 전부 이해하게 되었다. 세월의 흐름 속에서 미로를 떠나야한 그 고통 또한 잊었는지는 알 길이 없다. 그의 미로. 그가 그토록 즐기던 공간. 그의 도서관.

1973년에 보르헤스는 또다시 스페인을 방문해 마드리드의 히스패닉 문화원에서 강연을 한다. 그는 공개강연에서 여전히 환술사이자 유혹자요, 마법사로 군림한다. 그는 여러 차례 강연을 하였는데, 훌리안 마리아스[44]는 한 강연에서 이런 말을 한다. "이번에 산 마르틴 궁에서 보르헤스를 다

44 Julián Marías(1914~). 스페인 바야돌리드 출신의 철학자.

시 만나는 데 10년의 시간이 걸렸습니다. 그의 목소리에서는 예의 그 소심함이 묻어났고, 스페인어로 흔히 '가버린 사람'ido이라고 불리곤 하는, 거의 부재하는 사람의 분위기를 풍기고 있었습니다. 그러나 '가는 사람' yente이라고 부르는 편이 더 정확할 것입니다. 왜냐하면 보르헤스는 결코 떠나지 않았고, 언제나 떠나고 있는 것처럼 보이기 때문입니다. 그는 아직 이곳에 있습니다. 그러나 우리가 알지 못하는 어딘가를 향해 비상하고 있습니다. 절대 이 세상의 어느 곳이 아닙니다. 바로 거기에 그의 마력과 그의 기품이 있습니다. 바로 그 때문에 보르헤스는 엄밀함을 상상력과 결합시킬 줄 아는 극소수의 현대 작가들 중의 한사람입니다. 엄밀함과 상상력이 서로 대립한다고 믿는 사람들이 많지만 오히려 정반대입니다. 둘 다 있든지 아니면 아무 것도 없습니다. 둘 중의 하나가 불완전할 때, 끝내 다른 하나를 침해하고 파괴하게 됩니다. 보르헤스는 천명을 완수한 행복한 사례입니다. 먼 훗날 그도 우리도 더 이상 이 세상 사람이 아닌 순간이 오더라도, 다른 눈들이 똑같은 글자들 위를 거닐 것이고 예의 그 잔잔한 전율과 경탄의 감사를 느낄 것입니다. 그의 많은 페이지들을 마주할 때마다 이를 확신합니다." 훌리안 마리아스는 틀리지 않았다. 예의 그 잔잔한 전율과 경탄의 감사.

1973년은 보르헤스에게 좋지 않은 해였다. 퇴직의 슬픔이 최소한의 기쁨마저 앗아간다. 다시 훈장을 받기 위해 멕시코를 여행하지만 그조차 위로가 되지 못한다. 그는 멕시코 여행에 여자친구인 클라우데 오르노스 데 아세베도와 동행한다. 그에게 권위 있는 알폰소 레예스상이 수여되었다. 또한 아르헨티나의 심의위원회가 그를 부에노스아이레스의 저명 시민으로 선정한다. 승인과 예찬과 훈장이 줄을 이었지만 그의 기분은 여전히 푹 가라앉아 있었다. 보이지 않는 그의 눈앞에서는 그의 고통을 덜어주던 숱한 책들이 활짝 열린 모든 찬란한 비밀과 함께, 천천히, 줄지어 지나간다. 그를 설레게 하던 도서관. 도서관의 종이 냄새.

　일년 뒤인 1974년에 또 한 번 그의 『전집』이 나온다. 이번에는 성경 종이로 제본된 두툼한 책이었다. 동시에 권위 있는 편집자인 프랑코 마리아 리치가 초호화판 장정에 고급 취향의 저명 총서인 '이 세니 델루오모'에서 이탈리아어 판 『의회』를 펴낸다. 이 책에는 인터뷰와 연보 그리고 마리아 에스테르 바스케스가 집필한 전기가 들어있다. 리치는 흡족해한다. 그는 하나의 꿈을 이루었다. 리치는 몇 해 전에 부에노스아이레스로 달려간 적이 있는데, 보르헤스와 안면을 트고 사소한 일부나마 그의 작품을 출판하는 것이 여행의 유일한 목적이었다. 그의 의도는 가능하다면 보르헤스가 쓴 모든 것을 출판하는 것이었으리라. 그러나 몬다도리, 지울리오 에이나우디, 리졸리 그리고 펠트리넬리가 그보다 한발 앞섰다. 그러나 그에게는 흩어져 있는 어떤 텍스트의 세심한 출판과 거장의 귀를 솔깃하게 할 새로운 제안이라는 다른 가능성이 남아있었다. 새로운 제안이란 보르헤스가 편집을 맡고 짤막한 서문을 붙인 환상단편 총서 『바벨의 도서관』을 말한다. 리치는 『의회』의 일러두기에서 독자들에게 이렇게 말한다. "세상에는 서로 다른 많은 것들이 공생한다. 나는 이 책에서 보르헤스의 긴 한편의 이야기와 일련의 힌두교의 우주론이 공생하도록 애썼다." 실비나 오캄포의 지적에 따르면, 보르헤스가 탐탁하게 여기지 않은 것은 이 책에 들어있는 50컷의 세밀화였다. 보르헤스의 말을 빌리자면, 어떤 것은 외설에 가까웠다.

　이제 1975년이 된다. 또 한 번의 결정적인 해였다. 그 해에 보르헤스는 시집 『심원한 장미』와 불완전한 서문 모음집인 『서문들』 그리고 특히, 그의 항상적인 주제에 대한 변주를 모아놓은 환상단편집 『모래의 책』을 펴낸다. 『심원한 장미』는 레오노르 아세베도가 사망하고 한 달이 지난 시점인 그해 8월에 출간된다. 이 책에는 「흰 암사슴」 같은 기억할 만한 시가 들어있다. 이 시는 보르헤스로 하여금 '대다수의 사람들은 한없이 어리석다'는 기억할 만한 한 마디 말을 내뱉게 만든 텍스트다. 보르헤스는 비평가들과 기자들이 그에게 집요하게 제기한, 혹은 자기들끼리 서로 제기한 문제들에 대해 그렇게 말했다. '흰 암사슴'은 뭘 의미합니까? 수수께끼 같은 네 음절 안에 무슨 상징이 들어있습니까? 그것은 또 하나의 꿈이라고, 그의 작품에 빈번하게 등장하는 예의 그 문제라고 보르헤스는 수없이 되풀이했다. 아무도 그의 말을 믿지 않았다.

보르헤스는 꿈꾸는 일에 몰두했다. 나는 이 책을 통해 다양한 방법으로 그 점을 지적했다. 단편들 사이에서, 그가 수상한 상들 사이에서, 단검과 광란이 난무하는 부에노스아이레스의 야간 산보 사이에서. 그 감춰진 의미에 대해서는 더 이상 파고들지 말자. 보르헤스는 완고한 몽상가였다. 더욱이 그의 실명은 그러한 성향을 심화시켰다. 그는 무한의 어떤 곳을 응시하며, 행복한 미래와 하나의 모래알 속에 응축된 우주, 실패失敗의 배로 체현된 심원한 장미, 복수심에 불타는 눈을 발톱으로 낚아채기 위해 온 천지를 날아다니는 호랑이, 그리고 삶을 상상하는 데 몰두했다. 한마디로, 하나의 꿈. 이 시집에는 또한 그의 조카 루이스의 딸인 앙헬리카에게 바쳐진 아름다운 소네트 「앙헬리카를 기리며」가 들어있는데, 그녀는 네 살의 어린 나이에 물에 빠져 죽었다. 오직 천재작가의 감수성과 재능만이 그러한 경이를 글로 옮길 수 있었다. 시를 보자.

이 가련하고 작디작은 죽음에서

얼마나 많은 삶의 가능성이 스러졌는가!

운명이 기억이나 망각에 주었을

얼마나 많은 삶의 가능성이!

내가 죽으면 과거도 죽으리라.

이 꽃과 함께 미래는 죽었다.

무심한 물 속에서,

별들에 의해 편평해진 탁 트인 미래가.

나도, 그녀처럼, 우연하게 내게

건네지지 않은 무한한 운명들로 죽으리라.

나의 그림자는 언제나 꿋꿋한 모습을 보인

조국의 닳아빠진 신화를 찾는다.

좁은 대리석이 그녀에 대한 기억을 보살핀다.

우리들 위로, 지독한, 역사가 자란다.

앙헬리카의 죽음은 온 가족을 슬픔으로 몰아넣었다. 레오노르는 앙헬리카의 죽음을 예감하지만 아무도 그 사실을 말해주지 않는다. 그녀는 자꾸 희미해지는 정신을 추스르며 일년이 넘도록, 불안하게, 병상을 지켰다. 그녀는 96세까지 강인한 정신력을 유지했으며, 연로한 나이에도 여전히 아들의 책을 읽고나서 조언을 해줄 수 있었다. 그러나 오랜 세월 누려온 건강의 특권도 영원할 수는 없었다. 그녀는 99세를 두 달 앞둔 1975년 7월 8일에 마침내 숨을 거두었다. 보르헤스는 외로웠다. 시간이 흐를수록 더욱 더 외로웠다. 어머니는 그가 크고 성장할 수 있도록 지켜준 충실한 버팀목이었다. 그러나 그에게는 아직 문학이 남아있었다. 문학은 그와 더불어 11년의 세월을 더 머물게 될 것이다. 풍요롭고 강렬하며 심오하게 농익은 세월, 아름다움과 말들로 충만한 세월이었다. 아마도 그에게는 아름다움이나 말들이나 똑같이 비현실이었을 것이다. 부질없이 수많은 존재로 산 보르헤스는 어머니 레오노르를 잃었다. 충직하고 유능하던 파니는 그녀의 죽음을 문학적으로 매우 정확하게 묘사한다. "새벽 4시 20분에 운명하셨어요. 그는 잠들어 있었지요. 나는 부인이 코를 곤다고 생각하고 그녀를 일으켰어요. 그 순간 그녀의 몸에서 무시무시한 소리가 났어요. 나중에 의사들 말을 들으니 죽을 때 신체 조직이 떨어져나간다고 하더군요. 보르헤스는 침대에서 그녀의 발목을 움켜잡고 몸을 잡아당겨 흔들었어요. 그러나 이미 그녀는 죽어있었지요. 그 날은 보르헤스가 삶에서 가장 큰 고통을 맛본 날이었어요. 그는 울먹이며 우왕좌왕 어쩔 줄 몰라 했지요. 침대 기둥을 붙잡고 그녀에게 말했어요. '어머니, 제가 왔어요. 제가 여기에 있어요.' 둘이서 그녀에게 수의를 입혔고, 눈이 감기도록 동전을 올려놓았어요. 맨 먼저 달려온 이는 아돌포 씨와 실비나 부인이었어요. 부인의 침대는 늘 계속해서 변화를 주었고, 매주 자수 삼베 침대보를 갈아주었지요. 어느 날부터인가 나는 꾀를 부려 단지 이불깃을 다림질하기만 했어요."

　어머니의 죽음을 계기로 보르헤스는 고해성사를 본다. 레오노르가 평소에 바라던 일이다. 사망하기 전 성탄절에 그녀는 아들에게 하느님과 화해하고 믿음을 가지라고 간청했다. 보르헤스는 어머니의 청을 받아들였다. 그가 고해성사를 본 것이 진심이었는지는 알 길이 없다. 보르헤스의 내면 깊은 곳에 어떤 믿음이 자리 잡고 있는지 아무도 몰랐다. 이와 관련해, 파니는 이렇게 덧붙인다. "그는 아무 것도 믿지 않는다고 당당하게 말했어요. 그러나 매주 레콜레타 공동묘지로 어머니의 무덤을 찾아가 무릎을 꿇고 성호를 그었지요. 공개적으로 기도를 할 줄 모른다고 말했지만 그는 기도를 했어요." 그의 작품에서 인간은 초월적인 것을 인식할 수 없으며 단지 그것을 직관할 뿐이라는 그의 불가지론을 추정할 수 있다. 그의 많은 시들은 그렇게 말한다. 그의 단편과 상당수의 에세이도 마찬가지다. 특히 존재의 근본적 양상을 부정하는 에세이들이 그렇다. 보르헤스가 자신을 형이상학 속에서 길을 잃은 아르헨티나인으로 정의하고 있는 「시간에 대한 새로운 반론」이 좋은 예다. 그의 창작이 펼쳐지는 곳은 바로 가상의 세계다. 보르헤스는 세상을 외관으로 본다. 따라서 그에게 외형적인 것의 창조자로서의 신의 개념은 불가능하고 실현될 수 없는 것으로 보인다. 어쨌든 우리의 천재작가가 철학과 신학을 문학적 이야기로 이용했다는 점은 인정해야 하며, 피해자들(보르헤스를 사기꾼으로 보는 형이상학의 숭배자들) 역시 그래야 한다. 그는 자신의 우주를 세우기 위해 철학과 신학을 이용했다. 그 이상을 생각하는 것은 허세다. 비록 그가 무릎을 꿇고 어머니의 무덤에서 기도를 했다고 해도 그가 고백한 불가지론을 부인하는 것 역시 허세다. 보르헤스는 보르헤스였다. 그는 "불행하게도 세상은 현실이고, 불행하게도 나는 보르헤스다." 하고 여러 차례 천명했다. 불행하게도 그는 보르헤스였다.

14 시대와의 불화

이제 『모래의 책』에 대해 얘기해 보자. 보르헤스는 이 책을 매우 높게 평가했다. 그는 이 책에 실린 단편들에 대해 이렇게 말한다. "앞을 못 보는 상태에서 쓴 이 작품들에서 나는 때때로 거의 구어적인 소탈한 문체와 불가능한 이야기의 결합이라는 웰스의 전범에 충실하고 싶었다." 허버트 조지 웰스에 대한 언급은 괜한 것이 아니다. 보르헤스는 이 영국 작가를 존경했다. 그러나 단순히 『타임머신』, 『투명인간』, 『우주전쟁』 같은 그의 사이언스 픽션 때문만이 아니라 현실과 대면하는 그의 방식 때문이었다. 보르헤스와 마찬가지로 웰스가 기독교적 윤리와 그가 산 부르주아 사회의 지배적 규범과 빚은 끝없는 갈등을 떠올릴 수 있다. 그러나 웰스가 인간존재에 투영한 희망에 맞서 보르헤스는 혹독한 회의주의를 제기했다. 이러한 대립은 보르헤스가 동료 작가의 작품에 품고 있던 존경심을 결코 가로막지 않았다. 보르헤스는 『타임머신』과 『투명인간』의 서문에서 그에 대해 이렇게 말한다. "웰스는 우리가 살고 있는 이 시대(19세기 말, 20세기 초)가 마법과 부적, 장려한 수사와 역설力說을 믿지 않는다는 것을 이미 알아챘다. 지금도 그렇지만 그때도 이미 상상력은 그 근원이 초자연적이 아니라 과학적일 때에 한해 경이로움을 받아들였다. 그의 각각의 텍스트에는 그것을 둘러싸고 있는 환경이 구석구석 을씨년스럽고 일상적이라는 단 하나의 경이로움이 있을 뿐이다. 웰스의 작업에서 정서적인 요소는 이야기 못지않게 중요하다. 그의 투명인간은 오랫동안 지속될 우리 사회의 상징이다. …… 웰스가 천재작가였다는 사실은 그가 언제나 겸양(때때로 반어적이었다.)의 자세로 글을 썼다는 사실 못지않게 감탄할 만하다. …… 웰스의 픽션은 내가 읽은 최초의 책들이었다. 어쩌면 마지막 책들이 될지도 모른다." 내가 보기에 『모래의 책』은 보르헤스가 애호하는 작가의 한 사람인 웰스에게 바친 오마주다.

『모래의 책』이 보르헤스의 마지막 창작단편집이었다는 사실을 기억해야 한다. 이 책은 13개의 단편과 에필로그로 구성되어 있다. 에필로그에서 작가는 그의 몇몇 신화를 인용한다. 카프카, 체스터턴, 에드거 앨런 포(보르헤스는 러브크래프트를 포의 무의식적 패러디로 간주한다), '언제나 어김없는 스티븐슨의 필치', 존 버니언과 그의 신비주의. 그는 행간에 단편들에 대한 자신의 의견을 흩뿌린다. 단편들 중에서 그는 이미 논평한 바 있는 「의회」와 원래 프랑코 마리아 리치에게 바쳐진 「지친 남자의 유토피아」를 부각시킨다. 뒤의 단편은 '단편집에서 가장 솔직하고 우울한 작품' 이다.

이 단편집에서 보르헤스는 언제나 그를 특징지은 많은 법칙들을 축약하기에 이른다. 가령, 간결함을 들 수 있다. 가장 긴 「의회」를 제외하면, 나머지 작품들은 10쪽을 넘지 않는다. 심지어 「음반」과 같은 작품은 두 페이지에 응축되어 있다. 또한 텍스트 인용, 작가들에 대한 언급, 다양한 문학이론에 대한 변론, 형이상학적 성찰은 매우 드물게 등장한다. 보르헤스는 가능한 한 독자에게 가까이 다가가기 위해 일체의 바로크주의를 버린다. 그는 인간적이 된다. 『모래의 책』에서 보르헤스의 또 다른 얼굴을 보는 어떤 비방자가 그런 말을 했다. 나는 그렇게 생각하지 않는다. 그는 변함없이 그대로다. 단지 산문이 긴장된 어조를 완화시키고 몇몇 표현수단이 과도함을 억제할 뿐이다. 「타인」이라고 이름 붙여진 첫 번째 단편이 이를 잘 보여준다. 그의 작품에 빈번하게 등장하는 알터 에고의 주제를 다룬다. 그는 에필로그에서 우리의 추측을 뒷받침하면서 이렇게 말한다. "이 소름끼치는 유령은 금속거울이나 물거울, 아니면 단순히 각각의 거울에서 한 명의 관객과 한 명의 배우를 만들어내는 기억의 거울에서 생겨났을 것이다. 나의 책무는 대담자들이 두 사람이 될 만큼 충분히 다르면서도 동시에 한 사람이 될 만큼 충분히 닮도록 만드는 것이었다." 보르헤스 자신일까? 아닐까? 답은 자명하다. 그 자신이 이야기의 주인공으로 등장한다는 점을 고려하면 더욱 그렇다. 70세의 보르헤스가 1918년에 제네바에 살고 있는 보르헤스를 만난다. 한 사람은 현재에 살고, 다른 한 사람은 과거 속에 산다. 노인은 젊은이가 자신과 동일인임을 믿을 수 있게 그에게 시시콜콜한 세부를 말해준다. 꿈은 70년 동안 지속되었다("나는 이미 70년 동안이나 꿈을 꾸어 왔소. 결국, 자신의 과거를 기억할 때, 누구나 자기 자신과 마주치는 법이라오."). 보르헤스는 심판 받기 위해 그의 평생과 마주한다. 그는 18세에 소련에 경의를 표하는 시집을 준비하였으나, 알려진 대로, 결코 출간하지 않았다. 일흔의 나이에는 '민주주의의 망령에 사로잡힌' 미국이 제국의 길을 가지 않는 사이에 소련이 지구를 손아귀에 넣을까 봐 노심초사한다. 「타인」은 자기 자신에 대한 긍정이자 반론이다. 또 다른 보르헤스. 자신에 대해 성찰하는 보르헤스. 수많은 존재이지만 한시도 자기 자신이기를 멈추지 않은 보르헤스.

이를 입증하려면 그의 대표적인 단편인 「바벨의 도서관」과 견주어 보는 것이 가장 좋을 것이다. 그것이 바로 그가 『모래의 책』의 표제작이자 마지막을 장식하는 단편에서 행하고 있는 것이다. 그것은 헤아릴 수 없이 많은 쪽수로 이루어진 책이다. 「바벨의 도서관」이 무한하고 순환적인 우주의 상징이라면 『모래의 책』은 시작도 끝도 없는 작자 미상의 책이다. 아마도 마지막 단편집에서 보르헤스는 자신의 작품이 바로 「모래의 책」이라는 메시지를 남기고 싶었을 것이다. 그의 작품은 시작하지도 끝나지도 않는다. 보르헤스는 그가 쓴 행마다에서 자신의 선구자가 된다. 그러나 단지 그것만이 아니다. 그는 또한 인간의 상상력이 구축해 온 가장 숭고한 불후의 문학의 원천이자 수단이다. 이쯤에서 이 말을 하는 게 좋겠다. 우리가 사춘기의 벤치에서 곁에 앉아 있는 그의 또 다른 얼굴을 만난 것은 1975년이었다. 새벽마다 미래의 멈추어진 보랏빛 지평선에서 오렌지색 태양이 그 당당한 표면을 가리켰다.

미래. 그것은 천재작가의 작품에 남겨진 것이다. 갈수록 더 그렇다. 우리는 세월이 흐르면서 그의 인기가 더욱 거세게 타오르는 것을 본다. 단어가 가진 충만한 의미에서의 인기를 말한다. 보르헤스는 새로운 독자들에게 다가가며 정복한 독자들을 결코 잃지 않는다. 그는 공간과 추종자와 숭배자들을 얻는다. 모든 고전들이 그렇듯, 그의 작품은 새로운 해석의 대상이 되며 그 주변에는 열광적인 찬동자들이 끊임없이 늘어간다. 천재작가의 위대함은 여기에 있다. 지금까지 그의 말들은 단지 최소한으로 검토되고 향유되고 확산되었을 뿐이다. 보르헤스와 그의 작품은 영원이라는 광대한 영역을 기다리고 있다. 그와 그의 작품은 영원을 위해 창조되었다. 우리는 그것을 알고 있다. 특히 보르헤스의 유산 상속자이자 거장의 생의 말년을 함께 한 여인 마리아 고다마는 그것을 누구보다 잘 알고 있다. 그녀에 대해 많은 글이 쓰였는데, 대부분은 우호적이지 않다.

마리아 고다마는 이 무렵에 처음으로 작가와 밀접하게 관련되어 나타난다. 그녀는 1975년 9월에 보르헤스와 함께 미시간 대학을 방문한다. 그러나 보르헤스의 미망인은 수많은 인터뷰를 통해 두 사람의 때늦은 관계를 부인한다. 그녀는 12살 때부터 보르헤스를 알았다고 말한다. 12살 나이에 보르헤스의 강연회에 참석했다가 아버지의 친구를 통해 그를 소개받았다는 것이다. 분명한 것은 고다마가 생의 마지막까지 보르헤스의 그림자였다는 사실이다. 그녀는 어디를 가든 그를 그림자처럼 수행했고, 결정적으로 천재작가의 문학적 유산과 그가 지금까지 받아왔고 앞으로 받을 숱한 오마주를 둘러싼 모든 것을 떠맡게 되었다.

가령, 1999년 5월 국립도서관이 작가에게 바친 기념행사에 참석하기 위해 칠레를 방문한 자리에서 마리아 고다마는 이렇게 말했다. "보르헤스는 불행한 장님이 아니었습니다." 나 역시 결코 그렇게 생각하지 않는다. 인물은 언제나 인물이다. 아마도 그에게 슬픔은 보르헤스로 살아가는 하나의 방식이었으리라. 매사에 만족하는 완벽하고 행복한 사람이라면 진정 어느 누구도 종잇장 사이에서 삶을 탕진하는 일에 헌신하지는 않을 것이다. 글쓰기, 그 불안한 작업. 분명 글쓰기는 또한 치명적인 해를 끼친다. 거듭 말하지만, 행복한 사람들은 이야기도 사랑의 시도 쓰지 않는다. 그들은 그저 행복할 뿐이다.

또한 그 기회에 칠레에서 고다마는 그녀가 보르헤스와 여행을 시작한 시기가 잘못 알려져 있다고 밝힌다. 그녀에 따르면, 보르헤스와의 여행은 60년대 말에 시작되었다. 수치는 중요하지 않다. 그러나 미망인이 천재작가의 성격과 습관과 기벽에 대해 내린 몇몇 평가는 우리의 관심사다. 갈리마르 출판사의 권위 있는 플레야드 총서에서 보르헤스 전집의 두 번째이자 마지막 권이 출간된 것을 기념해 프랑스 국제 라디오방송국을 위해 이본 산체스가 고다마와 행한 인터뷰는 명쾌하다. 인터뷰에서 마리아 고다마는 천재작가의 흥미로운 면면을 회고한다. 그녀는 그의 삶의 평범한 면모에 대해 밝히고 있다. 그는 아침 9시에 상쾌한 기분으로 일어나 그를 알고 싶어 하는 학생들, 기자들, 작가들을 맞았다. 글을 쓰고 있을 때는 몇 줄을 구술하고 나서 오후에 그녀와 함께 가다듬었다. 그건 그들이 여행중이 아닐 때의 얘기다. 쉴 없이 계속되는 여행은 그들의 습관을 바꿔놓았다. 미국이나 그리스에서는 깊은 새벽까지 음악(뉴올리언스의 재즈, 혹은 그리스의 어느 선술집에서나 쉽게 만날 수 있는 전통음악)을 들으며 깨어있었다. 음악은 그들이 애호하는 것의 하나였다. 밀롱가, (결코 노래로 불려지지 않는) 옛 탱고, 브람스…… 그리고 또한 비틀스와 롤링 스톤스.

"나는 열두 살 때부터 그를 알았어요. 물론 우리의 애정관계는 한참 뒤에 시작되었지요. 60년대 무렵, 아마 60년대 중반이었을 거예요. 그러나 나는 그를 평생 동안 알고 지냈습니다." 이 발언을 통해 고다마는 그들의 관계가 시기적으로 더 늦게 시작되었다고 보는 대다수 전기 작가들의 견해를 반박한다. 무슨 상관이랴. 보르헤스는 마리아를 사랑했다. 그리고 그녀는 아직도 그를 사랑한다고 말한다. 인터뷰에 응할 때마다 그녀는 두 사람을 하나로 결합시킨 언어에 대한 사랑과 유희한다. 그녀에 따르면, 보르헤스는 심지어 자신의 죽음이 임박했음을 알고 나서 아랍어 공부를 시작했다고 한다. 그는 죽음에 대한 두려움이 없었다. "그는 '그래, 분명, 무언가가 있다면 결국에는 알려질 테고, 무언가가 없다면 알려지지 않을 테니 대단한 호기심이지.'라고 말했어요. 그러나 말하자면 그는 그것을 금욕적이고 불가항력적이고 체념적인 시각에서 그리고 아주 특별하고 긍정적인 태도인 호기심의 시각에서 그렇게 받아들였지요."

"어떻게 당신은 보르헤스가 자신을 기억해 주길 바랐을 거라고 생각하나요?"라는 질문에 대해 마리아 고다마는 통찰력 있는 답변을 한다. "그는 입버릇처럼 잊혀지고 싶다고 했지요. 그러나 나는 엄살이라고 생각합니다. 그가 바보가 아닌 이상 그 대단한 작품들을 가지고 잊혀지기는 매우 어렵다는 것을 알았을 테니까요. 그러나 그는 잊혀지고 싶어 했어요. 그가 말했듯이 보이지 않는 사람이 되길 바랐어요……. 산더미 같은 공적인 삶에 지친 탓이었을 테지요. …… 그리고 그의 내밀한 성격도 작용했을 겁니다. 그가 제네바로 가서 죽음을 맞은 이유도 바로 그것 때문이었어요. 그곳에서는 은밀함과 타인의 사생활이 존중된다고 생각했지요.” 그가 제네바에서 죽은 또 다른 이유는 그 도시와, 다양한 언어가 함께 어우러지는 매혹적인 나라 스위스에 대해 애정을 품고 있었기 때문이다.

어쨌든 앞서 ‘명쾌하다’고 정의한 인터뷰의 백미는 그 마지막에 있다. 질문과 대답에 해당하는 단락을 그대로 옮겨보자.

―보르헤스는 당신에게 무엇을 남겼나요?

―수많은 것들을 남겼다고 할 수 있겠지요. 그는 비범한 삶이 줄 수 있는 모든 교훈을 남겼어요. 나에게 보르헤스가 어떤 존재였는지 말할 수 있습니다. 어느 정도는 그가 내게 남긴 것이 곧 그이니까요. 우리에게 남긴 것이 무엇인가를 보면 우리에게 그 사람이 무엇을 의미했는지 알 수 있잖아요. 그럼 내가 생각하는 가장 완벽한 사랑의 정의에 대해 말해보겠어요. 보르헤스가 죽은 뒤에 그가 내게 무엇이었는지를 묻는 기자에게 그렇게 말한 적이 있습니다. 그때 나는 문학적으로 답했습니다. 아킬레스와 싸우기 위해 죽음의 길을 떠나는 헥토르를 가로막고 싶어 하는 안드로마케의 입을 통해 호메로스가 말한 그것이 바로 사랑에 대한 가장 완벽한 정의라고 믿습니다. 안드로마케는 헥토르에게 말합니다. “헥토르, 당신은 저에게 아버지와 어머니 그리고 형제들입니다. 그러나 그 무엇보다 당신은 꽃피는 사랑입니다. 제게 당신은 모든 것입니다.”

―그를 무척 사랑하셨나요?

―그를 뜨겁게 사랑합니다.

－현재형으로 말씀하시는군요.

－그래요.

천재작가의 미망인인 마리아 고다마의 말을 곧이곧대로 믿는다. 인터뷰의 마지막이 달랐다면 곧이곧대로 믿지 않았을 것이다. 그러나 나는 결국 문학의 한 구성요소인 직관에 몸을 맡긴다. 1976년. 그는 자신의 글과 남의 글이 뒤섞인『꿈의 책』, 알리시아 후라도와 함께 쓴 에세이『불교란 무엇인가?』그리고 아름다운 시집『동전』을 펴낸다. 그리고 언제나 마리아 고다마와 함께 여행한다. 그에 대한 오마주, 훈장, 박사학위, 강좌, 강연, 충만한 삶. 그에게는 죽기까지 10년의 세월이 남아있었다. 아니, 낙천주의자들이 말하듯, 앞으로 살아갈 10년의 세월이 남아있었다. 나는『동전』을 아름다운 시집이라고 했다.

　보르헤스의 모든 서문이 그렇듯이 이 시집의 서문 역시 창의성, 명쾌함, 서정성, 발견, 정의 그 자체다. "…… 나는 더불어 이야기하는 것은 잘 못했지만 남의 얘기는 즐겨 들었다. 나는 아버지, 마세도니오 페르난데스, 알폰소 레예스 그리고 라파엘 칸시노스 아센스와 주고받던 대화를 잊지 못할 것이다. 정치적인 문제에 대해서는 전혀 논평할 가치가 없다는 것을 알고 있다. 그러나 내가 민주주의라는 흥미로운 통계학의 남용을 믿지 않는다고 덧붙이는 걸 용서하시라." 발견, 정의. 그는 이 시집에 1976년 7월 27일자로 서명한다. 서문에서 밝히고 있듯이, 그는 성령이 권고하는 일흔의 나이를 나무랄 데 없이 채웠다.

　시집『동전』의 페이지들에서 우리는「후회」라는 시를 만나게 된다. 보르헤스가 남긴 가장 내밀하고 강렬한 시의 하나라고 생각된다. 대체로 이 시집 전체가 그런 성격을 지니고 있다. 죽는 날까지 보르헤스가 쓰게 될 시는 모두 자신의 작품과 속마음 그리고 그가 시행들 사이에서 그리고자 하

는 탐사되지 않은 자신의 내면에 대한 반성과 성찰이다. 「불가능한 기억의
엘레지」라는 제목의 권두시가 이 점을 확인해준다. 일종의 회상, 혹은 자
기반성. 우수로부터 자신의 과거의 푸른 길을 발견하기 위해 내면으로 침
잠하고자 하는 욕망.

낮은 토담들이 있는 흙길 거리의

기억을 위해서라면 내 무엇인들 못하리.

평원에서의 나날들, 날짜도 모르는 그 어느 날엔가

새벽을 가득 채우던 (닳아빠진 긴 폰초를 입은)

키 큰 기수의 기억을 위해서라면.

아들의 이름이 보르헤스가 될 것임을 알지 못한 채,

산타 이레네 농장에서

아침을 바라보는 어머니의

기억을 위해서라면 내 무엇인들 못하리.

세페다에서 격투를 벌이던

기억을 위해서라면 내 무엇인들 못하리.

……

당신이 내게 사랑한다고 말하던 순간의

기억을 위해서라면 내 무엇인들 못하리.

염치없게도 행복에 겨워

먼동이 트도록 잠을 이루지 못한 기억을 위해서라면.

시의 마지막 부분은 기억할 만하다. 사랑과 사랑의 소문에서 물러난 보
르헤스가 다시 등장한다. 분명한 것은 그가 어떤 사랑, 아니 숱한 짝사랑
을 탄식하며 삶의 대부분을 보냈다는 사실이다. 이것은 세상을 살아가는

하나의 방식, 자신을 의지할 데 없는 슬픈 시인, 불행한 사랑의 시인으로 느끼는 하나의 방식이었을 것이다. 마리아 고다마는 그렇게 믿는다. 그녀는 많은 사람들이 생각하는 것과 달리 보르헤스가 불행한 장님이 아니었다고 믿는다. 맞는 말이기도 하고, 동시에 틀린 말이기도 하다. 부인할 수 없는 것은 상당수의 그의 서정시들이 풍기는 분위기다. 특히 말년에 쓰인 많은 시들은 기억과 과거, 고통으로 가득 차 있다(「요하네스 브람스에게」: …… 당신을 존경하려면 / 사람들이 공허하게 예술에 부과하곤 하는 / 그 궁핍함만으로는 충분치 않다. / 당신을 존경하는 사람은 투명하고 용기 있어야 할 것이다. / 나는 겁쟁이다. 나는 한심한 사람이다. 그 무엇도 / 우수와 그리움의 환희, 사랑에 빠진 당신 영혼의 장대한 환희 / ─불과 수정─ 를 노래하는 / 이 무모함을 정당화하지 못하리라; 「나의 아버지에게」: 당신은 온전히 죽기를 원하셨습니다. / 육신과 위대한 영혼. 당신은 원하셨습니다. / 겁쟁이와 환자의 슬픈 / 신음소리 없이 다른 그림자 속에 들어가기를). 그러나 『동전』에는 삶의 환희를 찬미하는 시들도 있다. 나는 특히 「순진한 사람」이라는 제목의 시가 마음에 와 닿는다. 이 시에서 보르헤스는 자신이 사랑하는 휘트먼을 닮았다.

…… 지구상의 어떤 사물도 다르지 않거나,

상반되지 않거나, 아무 것도 아닌 것이 없다.

내 마음을 산란하게 하는 것은 오직 소박한 놀람뿐이다.

나는 열쇠로 문을 열 수 있다는 게 놀랍다.

내 손이 틀림없이 존재한다는 게 놀랍다.

엘레아의 그리스인[45]의 순간적인 화살이

도달할 수 없는 과녁에 영원히 닿지 못한다는 게 놀랍다.

잔혹한 검이 아름다울 수 있다는 게,

그리고 장미가 장미의 향을 지녔다는 게 놀랍다.

장미는 그의 작품이 지니고 있는 수많은 매혹들 중의 하나다. 특히 노란 장미는 언제나 내 마음을 흔들어놓았다. 그 이유를 모르겠다. 보르헤스의 장미는 문학에 등장하는 여느 장미들과는 사뭇 다르다. 똑같이 느껴지지 않는다. 좀 과장하자면, 그 향기도 다르다고 할 수 있을 것이다. 호랑이들, 검, 거울, 미로처럼. 보르헤스의 텍스트에서 '장미'를 읽는 것은 다른 어떤 텍스트에서 '장미'를 읽는 것과는 다르다. 호랑이들, 검, 거울, 미로, 장미. 그리고 달. 보르헤스가 이제 그의 동반자가 된 여인에게 바친, 『동전』에서 가장 아름다운 시가 그렇게 이름 붙여졌다.

그 황금빛에는 숱한 고독이 있네.

밤의 달은 최초의 아담이 보던

그 달이 아니라네. 인간들이 잠 못 이루던

기나긴 세월은 달을 오랜 탄식으로

가득 채웠네. 달을 보라. 그대의 거울이다.

이 시집에는 군더더기가 없다. 아마도 보르헤스가 쓴 어떤 글에도 군더더기가 없을 것이다. 오늘날 그의 작품세계를 다루는 학술회의에서 그 점이 확인되고 있다. 그리고 이미 그렇게 확인되었다. 1976년에 마이네 대학이 보르헤스에 관한 심포지엄을 개최하였는데, 참석자들은 그의 작품의 높은 질적 수준에 한 목소리로 뜨거운 찬사를 보낸다. 그리고 이러한 반응은 그가 죽을 때까지 쉼 없이 되풀이된다. 그는 언제나 충실한 동반자 마리아 고다마와 함께 세계 곳곳을 여행한다. 고다마는 보르헤스가 되풀이해서 듣고 싶어 하는 시구들로 집요하게 그의 귀를 어루만지는 낭독자

---

45 나는 화살은 과녁에 도달할 수 없다는 역설의 논리를 펼친 제논을 말함.

였다. 또다시 명예박사 학위. 헤아릴 수 없이 많으니 박사학위에 대해선 언급하지 않는 편이 낫겠다. 이번에는 신시내티 대학이었다. 같은 해에 그는 워싱턴에 있는 국회의사당의 폴거 셰익스피어 도서관에서 개최된 제1회 셰익스피어 국제학술대회에 기조연설자로 초청되었다. 그리고 바로 그곳에서 인구에 회자되어 온 천재작가에 관한 아주 유명한 일화가 탄생한다. 보르헤스가 강연을 했지만 마이크가 너무 멀어 청중은 그의 말을 한마디도 알아들을 수 없었다. 그러나 한 시간 동안 아무도 자리에서 움직이지 않았다. 침묵과 집중. 작은 웅성거림조차 없었다. 마침내 모든 참석자들은 강연자에게 열렬한 갈채를 보냈다. 그는 이미 신화였다. 그가 어떤 말을 하고 어떤 행동을 하든, 또 어떤 고백을 하든 그는 이미 그 모든 것을 초월한 곳에 있었다. 대중을 사로잡은 것은 바로 그였다. 그의 말도, 그의 작품도, 사상의 지적인 엄밀성도 아니었다. 그는 이미 보르헤스가 되어 있었다.

그러한 변모 과정에서 숱한 오마주와 환희와 아우성이 있었다. 그러나 또한 고독과 권태, 무분별도 적지 않았다. 보르헤스는 자신의 작품이 보잘 것 없다는 말을 몇 번이고 되풀이했다. 아마도 일종의 수사적 표현이거나, 혹은 자신의 문학 텍스트의 독창성과 진정한 가치를 정확히 꿰뚫고 있는 사람의 반어법일 것이다. 이제 보르헤스는 전보다 눈에 띄게 옷차림이 좋아졌다. 옷을 챙기는 일은 마리아 고다마의 몫이었다. 그녀의 보살핌은 남달랐다. 항상 그의 건강과 입맛, 그의 영감에 마음을 썼다. 비록 숱한 비난의 대상이 되기도 했지만 마리아 고다마는 보르헤스의 말년을 위한 이상적인 반려자였다. 사람들은 보르헤스가 그녀와 동행함으로써 많은 절친한 친구들에게 적대감을 초래했다고 말한다. 그러나 그걸 어찌 알겠는가? 이미 지적했듯이, 보르헤스는 오랜 세월 변함없이 그의 곁을 지킨 네 명의 벗들로부터 점차 멀어져갔다. 마리아 에스테르 바스케스, 실비나 오캄포,

비오이 카사레스 그리고 블라디 코시안시치. 에스테르 바스케스가 쓴 전기는 친구들이 멀어진 이유에 대해 분명한 태도를 보인다. 그녀는 유일한 이유로 마리아 고다마를 든다. 그리고 일말의 신중함도 없이 단정적으로 말한다. "사실 그는 아주 외롭게 살았다. 그의 많은 친구들은 이미 죽었고 그나마 그에게 남아있던 몇 안 되는 친구들도 이사를 가버리고 없었다. 보르헤스는 아돌포를 통해(보르헤스는 차마 직접 그 말을 하지 못했다) 자신의 둘도 없는 여자친구이자 앵글로색슨어를 논하던 즐거운 오후에 숱하게 그와 동행하던 블라디 코시안시치에게 집에 오지 말아달라고 부탁했다. 어쩔 수 없이 그런 선택을 할 수밖에 없었다. 비오이와는 전화로 통화는 했지만 평소처럼 그의 집에 가서 식사를 하는 일은 없었다. 실비나는 달갑지 않은 사람이 되어버렸다. 보르헤스가 친구들을 떠난 것처럼, 점차 그의 친구들도 그를 떠나갔다. 그러자 고독을 달래기 위해 보르헤스는 모든 형태의 오마주를 받아들이며 끊임없이 여행을 했다." 그러나 보르헤스는 외롭지 않았다. 사랑하는 마리아 고다마가 언제나 그와 동행한 것이다. 역시 그림자처럼 그를 수행한 사람으로 그와 떼어놓을 수 없는 파니는 이렇게 말한다. "그는 결코 마리아 고다마를 본 적이 없어요. 이미 시력을 잃었으니까요. 그는 나에게 물었지요. '파니, 마리아가 어떤 모습인지 말해줄래요?' 나는 그에게 말했어요. '추하지도 않고, 그렇다고 예쁘지도 않아요.' 그녀는 결코 집에서 살지 않았어요. 내가 문을 열어줘야 들어왔지요." 파니의 말에는 다소 빈정거림이 섞여있지만 보르헤스가 죽을 때까지 그녀는 마리아와 우호적인 관계를 유지했다. 두 사람 다 보르헤스를 사랑했다. 그리고 어린아이처럼 그의 응석을 받아주었다. "마리아 고다마는 그와 함께 상점에 가서 옷을 골랐어요. 그러나 그를 꾸며주는 건 내 몫이었습니다. 그는 아이처럼 내가 머리끝에서 발끝까지 옷을 입혀주는 데 익숙해져 있었어요. 엘사 부인과 사는 동안에는 제대로 보살핌을 받지 못했지요. 그녀는 아주 좋은 사람이었지만 그를 돌볼 줄 몰랐어요. 앞도 보지 못하는 그가 혼자서 옷을 입고 벗어야 했답니다. 하루는 그가 신발을 거꾸로 신고 돌아왔지 뭐예요. 내가 신발을 똑바로 신겨주자 그는 '이런, 어쩐지 불편하더라니!' 라고 말하며 한숨을 내쉬었어요." 두 사람은 그를 사랑했다. 그리고 그의 응석을 받아주었다고 한다. 한 사람은 그를 보살피는 게 늘 해오던 일이었고, 또 한 사람은 천재작가 뒤에서 사랑이라는 보상을 찾았기 때문이다. 나는 그렇게 믿는다. 보르헤스처럼, 맹목적으로.

이 무렵, 구체적으로 1976년에, 몇몇 비평가들은 『알레프』를 보르헤스의 최고작으로 평가한다. 그들 중에는 하이메 레스트도 있는데, 그는 아주 오래 전인 1956년에 보르헤스가 부에노스아이레스 대학교의 철문대학에 영문학 교수로 임용되었을 때 그의 보조교수였다. 보르헤스와 별로 관계가 원만하지 않던 레스트는 『알레프』를 작가의 '명목론' 과 '반리얼리즘' 사상을 이해하기 위한 핵심 텍스트로 간주한다. 그 해에 레스트 교수는 『우주의 미로』라는 제목의 연구서를 발간하는데, 이 책에서 그는 보르헤스에 대한 찬사를 쏟아놓는다. 세월의 흐름 속에서 천재작가에 대한 그의 견해가 눈에 띄게 바뀐 것이다.

보르헤스의 문학은 포괄적 개념과 영원을 위해 글을 쓰겠다는 바람에서 배태되었기 때문에 그 높이는 엄밀성을 초월한다. 이러한 작업에서 수많은 독서와 그의 장서들이 그를 인도했다. 이제 곧 얘기하게 될 『밤의 역사』 서문에서 보르헤스는 이렇게 밝힌다. "어떤 도시나 어떤 사람들처럼, 책은 내 운명의 매우 유쾌한 부분이다. 내 아버지의 서재가 내 삶의 가장 중요한 사건이었음을 되풀이 말해도 될까? 사실 나는 한 번도 그곳에서 나간 적이 없다. 아버지가 결코 그의 알론소 키하노[46]에서 나가지 않은 것처럼." 책들의 미로에서 길을 잃은 사람. 보르헤스는 그런 사람이었다.

읽혀진 책들. 이미 말했듯이, 포괄적인 의도로 창작된 책들. 언제나 그는 똑같은 매크로 텍스트를 쓰고 있었다. 『알레프』의 작가는 양도할 수도 흉내 낼 수도 없는 진기한 세계를 빚어낼 수 있었다. 그의 문학을 정의하는 좌표들이 용암이 분출하듯 페이지마다에서 뻗어나가는 독특한 공간. 그 중에서 상당수의 페이지들은 권위 있고 전범적이며 기억에서 지워지지 않을 것이다. 정치적·사회적 시류나 시대적 격변과 관련한 그의 고상하지 못한 처신은 잊혀질 것이다. 그러나 그의 작품은 남을 것이다. 심지어 그의 신화도 대부분 사라질 것이다. 그의 텍스트들은 신화를 필요로 하지 않는다. 그러나 인간 보르헤스와 그의 작품을 혼동하는 사람들은 오래도록 남을 것이다. 보르헤스에게 앙심을 품은 사람들의 적대적 견해를 들먹이며 그를 인물로 재단하는 자들. 가령, 1976년에 아르헨티나 정부청사에서 쿠데타를 일으킨 장본인인 호르헤 라파엘 비델라와 오찬을 함께 한 보르헤스. 독재자를 비판하지 않은 바로 그 보르헤스. 그는 정치를 믿지 않는다고 했다. 그는 많은 인터뷰에서 다양한 방식으로 이 말을 되풀이했다. 때로는 시나 에세이, 아름다움과 명징함이 두드러지는 서문들에서 이러한 생각을 밝혔다. 나는 다시 그의 목소리를 반복한다. "나는 시간이 흐르면 정부는 없어져야 마땅하다고 믿는다." 그의 경솔한 믿음은 아직도 나를 감동시킨다. 게다가 그가 의심이 많은 사람이었음을 생각하면 더욱 그렇다. 물론 치욕의 세월 속에 몸을 맡겨버린 그의 무기력이 정말 가슴 아프다. 피노체트, 비델라. 그러나 그러한 태도가 그의 위대한 시구들에 조금이라도 손상을 입힐까?

그렇다. 그렇게 말하는 사람은 바로 그다. 그는 평소처럼 1미터 가량 떨어진 뒤쪽에 서서 그렇다고 말하며 고개를 떨구었다. 그리고는 잠이 든다. 그는 마리아와 노라와 레오노르를 그리워한다. 그리고 역시 그 존재를 믿

---

46 기사소설에 심취해 광기를 드러내기 전의 돈키호테의 본래 이름.

지 않던 천국에서 그가 만나지 못한 죽은 모든 이들의 부재를 아쉬워한다. 그 사이 세월이 흐른다. 그는 나에게 세상의 비난을 불러일으킨 또 다른 일화를 들려준다. 그는 여동생과 조카들이 집에 출입하는 것을 금했다. 조카인 루이스가 급전이 필요해서 은행 계좌(보르헤스, 레오노르 그리고 노라와 그의 두 아들 명의로 되어 있었다)에서 일정액의 돈을 인출했고, 은행이 보르헤스에게 그 금액을 청구한 것이 화근이었다. 갈리시아 은행이었다. 보르헤스는 분을 삭이지 못하고 여동생과 조카들과의 관계를 끊었다. 여동생과의 관계는 나중에 회복된다. 그러나 조카들과의 관계는 영영 끝이었다. 또 한 번 앙심이 그를 굴복시킨 것이다. 분명 마리아 고다마는 이 일과 전혀 관련이 없었지만, 혹자들은 보르헤스의 모든 흠과 실수, 원망, 오만의 책임이 그녀에게 있다고 믿고 싶어 한다. 분노의 실수는 인간존재를 잘못된 길로 밀어붙이는 어두운 면이다. 그러한 보르헤스에 대해 전적으로 마리아 고다마에게 책임을 전가하는 것은 비난받아 마땅하다. 조지 역시 많은 사람들이 묘사하는 것처럼 그렇게 순수하고 신성한 영혼이 아니었음을 인정하는 편이 나을 것이다. 그 역시 한사람의 인간이었다. 이루 다 헤아릴 수 없는 무한한 재능을 지닌 인간. 그러한 은총을 받은 소수의 사람들 중의 한 사람. 그렇지만 그는 세상의 모든 곳을 신성화하기 위해 지상에 추락한 날개 달린 천사와는 사뭇 거리가 멀었다. 상관없다. 그의 어떤 결점도, 피노체트도, 비델라도, 원한도 그의 작품의 숭고함을 훼손하지 못한다. 혹자들이 가령 로르카의 시구 하나가 보르헤스의 전작품보다 더 중요하다고 강변하는 것이 시류인 지금, 다시 한 번 그 말을 반복하는 게 좋겠다. 열정의 과장.

15 완벽한 인물

1977년에 보르헤스의 새로운 책 두 권이 나온다. 한 권은 시집 『밤의 역사』(몇몇 작품은 '산문시'로 명명되는 고명한 장르에 속한다)이며, 다른 한 권은 그가 유년기와 사춘기에 방학을 보낸 장소에 바쳐진 운문과 전기의 집성인 『아드로게』다. 노라 보르헤스의 아름다운 삽화가 실려 있는 이 책은 재래의 수공방식으로 제본되었으며, 특정 구독자만을 대상으로 1,300부 한정판으로 출간되었다. 보르헤스는 가장 행복하던 시간의 대부분을 아드로게에서 보냈다. 그곳에서 그는 처음으로 작가임을 느꼈다. 그곳 유카리나무 그늘 아래서, 혹은 고독한 호텔 방에서 보르헤스는 평생 그를 동반하게 될 몇 권의 책을 읽었고 여러 편의 불안정한 시를 썼다. 아드로게는 또한 보르헤스의 일부다.

『밤의 역사』는 보르헤스가 죽는 날까지 쓴 내밀한 책들 중의 한 권이다. 그는 독자를 그의 감정의 모험에 동참하게 하면서 다시 미지의 내면 깊은 곳으로부터 비밀스럽게 말한다. 언제나 정감 있고 매혹적인 연인이던 마리아 고다마에게서 영감을 받았다. 책의 서문에 나오는 반려자에게 바쳐진 말에서 이를 확인할 수 있다. "지도상의 푸른 바다들과 세상의 드넓은 바다들을 위해. 템스 강을 위해, 론 강[47]을 위해, 아르노 강[48]을 위해. 강철 같은 언어의 뿌리를 위해. 발트 해에 있는 곳, 헬룸 베혼겐 위의 화형장을 위해. 문장을 높이 들고 맑은 강을 건너는 노르웨이인들을 위해. 내 눈이 보지 못한 노르웨이의 배를 위해. 알팅[49]의 유서 깊은 돌을 위해. 진기한 백조들의 섬을 위해. 맨해튼의 고양이를 위해. 킴[50]과 산자락을 기어오르는 그의 라마승을 위해. 거만함이라는 사무라이의 죄를 위해. 성벽에 둘러싸인 천국을 위해. 우리가 듣지 못한 화음을 위해. 우리가 만나지 못한 시편들(그 수는 모래알만큼 무수하다)을 위해. 전인미답의 우주를 위해. 레오노르 아세베도의 추억을 위해. 수정과 황혼의 베네치아를 위해. 아마도 내가 이해하지 못할 당신이라는 여자를 위해. 스피노자가 예견한 것처럼, 무한하고 유일한 실체의 단순한 형상과 면들에 지나지 않을 상이한 이 모든 것들을 위해, 당신에게 이 책을 바칩니다, 마리아 고다마여." 1977년 8월 23일이었다. 그의 생일을 하루 앞두고 있었다.

『밤의 역사』는 보르헤스에 대해 좀더 많은 것을 설명해 줄 몇 편의 시를 포함하고 있다. 「나는 티끌조차 아니네」라는 제목의 감동적인 시는 보르헤스가 자신이 친애하는 알론소 키하노로 탈바꿈하는 것을 보여준다. 텍스트의 마지막은 기억할 만하다.

47 프랑스 남동부를 지나 지중해로 흘러드는 강.
48 이탈리아 중부 토스카나 주를 흐르는 강.
49 천 년이 넘는 역사를 지닌 아이슬란드 의회.
50 키플링의 동명 소설에서 라마승과 함께 방랑의 길을 떠나는 소년.

나는 티끌조차 아니네. 나는

형제이자 아버지인 세르반테스 함장이

밤낮없이 섞어 짜는 하나의 꿈이네.

그 분은 레판토의 바다에 출정했고

몇몇 라틴어구와 약간의 아랍어를 아셨지…….

인간의 나날들의 일부를

이룰 초록빛 기억의 다른 사람을

꿈꿀 수 있도록 당신에게 간청하네.

나의 신이여, 나의 몽상가여, 계속해서 나를 꿈꾸라.

언제나 그에게 문학은 하나의 꿈이자 하나의 유희였다. 그러나 그 유희는 직접적으로 미의 탐색을 겨냥했다. 단지 그것만이 아니다. 또한 각각의 시는 자신을 탐색하고 자신을 밝히고 자신을 나타내는 하나의 방식이었다.

여기에서 우리는 「나라는 존재」를 발견한다. 이것은 또 하나의 보르헤스 전기다. 시를 다 읽고 났을 때 그 작가를 알았다는 막연한 느낌을 갖게 될 것이다. 그의 선조, 그의 열정, 그의 행복과 불행, 그의 실명, 그의 욕망. 일생의 시놉시스. 그러나 시구들 사이에서 그것은 그의 위대함이다.

보르헤스는 자신을 매우 엄정하게 정의한다. 그는 중대한 사실들을 고백한다. 사랑과 실연. 주변 환경. 낙원을 꿈꾸는 눈먼 자의 상황. 단지 시집 한 권의 독서만이 제공할 수 있는 그런 마술적인 낙원. 우리가 다룬 책의 에필로그에서 보르헤스가 총괄적으로 정의하고 있는 그 '대상들'. "한 권의 시집은 일련의 마술적인 연습에 다름 아니다." 이보다 더 명쾌한 정의가 있을까? 보르헤스 자신이 지적했듯이, '설명하기란 불가능하지만, 그렇다고 이해할 수 없는 것은 아닌' 시는 다음의 여덟 개 낱말로 정의될 필요가 있었다. 한 권의 시집은 일련의 마술적인 연습에 다름 아니다. 보르헤스는 그렇게 말했다.

1977년에 보르헤스는 『부스토스 도메크의 새로운 단편들』을 출간하고 소르본 대학에서 명예박사 학위를 받기 위해 유럽을 여행한다. 시간은 빠르게 흐른다. 그는 가장 좋아하는 취미와 더불어 시간을 향유하고자 한다. 그는 음악을 듣거나, 혹은 마리아가 낭송해주는 시를 듣거나, 아니면 그의 기억 속에 살고 있는 새들의 노래를 듣는다. 과거의 새들. 언제나 같은 방향으로 날면서 그에게 걸어온 길을 보여주는 새들. 앵글로색슨어, 신비주의자들, 북유럽의 신화, 스페인의 바로크. 마리아 고다마는 1978년에 출간된 『간략한 앵글로색슨 선집』을 보르헤스와 공역했다. 멕시코의 대중적인 텔레비전 방송이 인터뷰를 요청한다. 후에 보고타에서 그 도시의 열쇠를 받고 콜롬비아 정부로부터는 훈장을 받는다. 또 라틴아메리카 문학학술대회에 참석하기 위해 키토를 여행한다. 그리고 재미 삼아 『플레이보이』지가 주최한 단편 콩쿠르에 응모해 2등상을 획득한다. 상품은 500달러와 토끼 마스코트였다. 작가를 둘러싸고 유포된 괴소문이 아닐까? 설마 보르헤스 같은 거장이 그런 콩쿠르에 참가했을까? 내가 실없는 사람인지, 아니면 그런 불확실한 사실을 퍼뜨리는 실없는 자들이 있는 건지 모르겠다.

1979년에 출간된 『보르헤스 강연집』은 그의 몇몇 강연문을 모아놓은 책이다. 이 독특하고 전범적인 책이 망각 속에 묻혀있는 것은 부당하다고 생각한다. 이 책은 그 본질적 내용에 있어 독특하며, 언제나 천재작가의 개성을 고양시키는 출발점이 된 많은 토대와 주춧돌을 놓았다는 점에서 전범적이다. 평소와 마찬가지로 보르헤스는 프롤로그에서 간결하게 이 책을 정의한다. "벨그라노 대학이 다섯 번의 강연을 제안했을 때 나는 시간을 공통분모로 하는 주제들을 선택했다. 첫 번째 주제는 그것 없이는 내 삶을 상상할 수도 없고 손이나 눈 못지않게 내게 친밀한 도구인 '책'이었다. 두 번째 주제는 수많은 세대들이 꿈꾸었고 상당수의 시가 가정하는 '불멸성'

이라는 위협 또는 희망이었다. 세 번째 주제는 죽은 자들은 자유의지에 따라 지옥이나 천국을 선택한다고 쓴 몽상가 '스베덴보리'였다. 네 번째 주제는 에드거 앨런 포가 우리에게 남긴 정밀한 장난감인 '탐정단편'이었다. 다섯 번째 주제는 '시간'이었는데, 내게는 여전히 형이상학의 본질적인 문제다. 청중의 너그러운 환대 덕분에, 강연은 뜻하지 않은 분에 넘치는 성공을 거두었다. 독서와 마찬가지로 강연도 합작품이며, 청중도 강연자 못지않은 중요성을 지닌다. 이 책에는 그 강연회의 개인적인 부분이 담겨있다. 청중이 강연을 살찌운 것처럼 독자들이 그것을 풍요롭게 만들어가길 바란다."

보르헤스의 정중한 예의는 언제나 가라앉히고, 진정시키고, 완화시킨다 (이 페이지들의 편집자가 빠른 호흡으로 쓰기를 원해 구두점 없이 '가라앉히고 진정시키고 완화시킨다'라고 적는다면 보르헤스 특유의 차분한 마음 상태를 리듬으로 나타내지 못할 것이다). 보르헤스의 정중한 예의는 오만과 허영이 지배하는 이 시대에 거의 하나의 진통제다. 훌륭한 예절과 유머는 그의 성격의 일부를 이룬다. 성격의 나머지 부분은 서로 뒤섞인 채 강하게 그의 관심을 끄는 문제들에 집중되어 있었다. 그 중에서 시간, 불멸성, 책과 같은 문제들이 벨그라노 대학에서의 강연에 포함되어 있다. 그의 강연은 인용으로 가득 차 있다. 그러나 전혀 독자의 주의를 흩뜨리거나 산만하게 하지 않는다. 독서를 통해 축적된 일체의 확실성에 대해 보르헤스 이상으로 의문을 제기하고, 도발하고, 불안하게 하고, 위반하는 작가는 존재하지 않는다. 그러나 보르헤스는 가라앉히고, 진정시키고, 완화시킨다고 결론짓지 않았나? 그렇다면 보르헤스는 불안하게 하고 위반하고 어지럽히고 동요시키고 긴장시키고 충격을 준다고 써야 할 것인가? 보르헤스는 현대적인 작가이며 오랫동안 그런 작가로 남을 것이다. 때로는 우리 자신(끊임없이 희극적인 동시에 비극적인 인간존재)에 대한 견해를 우리 스스로 훼손하게 할 만큼 당돌하고 어지러운 불확실성의 세계에서 보르헤스를 읽는 것은 우리 자신에 대한, 과도기적이고 불안정한 개인으로서의 우리의 조건에 대한 신뢰의 행위다. 그러나 동시에 생존에 대한 불굴의 열망과 불멸의 힘을 향한 믿음의 행위이기도 하다. 보르헤스는 '존재하며', 우리가 '존재하도록' 도와준다. 아마도 그것은 손에 들고 있는 표시된 카드일 것이다. 그가 카드게임에서 이길 수 있게 하는 구원의 에이스. 고전적인 것의 극단적인 충만을 자신의 말로 새기는 끝.

나는 앞에서 "독자가 되기 위해서는 보르헤스를 읽어야 한다."고 말했다. 그는 독자를 변화시키는 유형의 작가다. 결코 똑같은 방식으로 보르헤스를 드나들 수 없다. 그의 텍스트를 향유할 수 있는 사람은 그의 지각 방식을 잡아 늘이고, 증식시키고, 퍼뜨린다. 심지어 그의 몸뚱이조차도. 보르헤스를 읽는 것은 오랫동안 문학의 죽음을 예언해 온 그 모든 사람들과 논쟁을 벌여 그렇지 않음을 납득시키는 것이다.

만일 보르헤스를 읽는다면 그러한 예언이 단순하고 염치없는 억측임을 알게 될 것이다. "나는 눈멀지 않은 사람처럼 계속 유희를 벌인다. 계속해서 책을 사고, 계속해서 나의 집을 책으로 채워간다. 어느 날엔가 1966년 판 『브록하우스 백과사전』 한 질을 선물 받았다. 나는 집에서 그 책의 존재를 느꼈다. 그 존재감은 일종의 행복으로 다가왔다. 내 눈으로 직접 볼 수는 없었지만 거기에는 고딕체로 인쇄되고 지도와 삽화들이 수록된 20여 권의 책이 있었다. 책은 그곳에 있었다. 마치 책이 나를 친근하게 끌어당기는 것 같은 느낌이었다. 나는 책이 인간에게 행복을 줄 수 있는 것들 중의 하나라고 생각한다. 사람들은 책의 소멸에 대해 말하지만, 나는 있을 수 없는 일이라고 믿는다. 한 권의 책과 신문 한 장 그리고 한 장의 음반 사이에 무슨 차이가 있느냐고 물을 것이다. 차이를 말하자면, 신문은 망각을 위해 읽으며, 음반 역시 망각을 위해 듣는다. 이것들은 어딘가 기계적이며, 그래서 경박하다. 책은 기억하기 위해 읽는다.”

『보르헤스 강연집』이 출간된 1979년은 또한 『공동창작 전집』이 빛을 본 해이기도 하다. 제목에 들어있는 ‘전집’이란 말은 지나친 감이 없지 않다. 비오이 카사레스, 베티나 에델베르그, 마르가리타 게레로, 알리시아 후라도, 마리아 고다마 그리고 마리아 에스테르 바스케스와 함께 작업한 텍스트들만을 수록하고 있기 때문이다. 보르헤스가 그 밖의 다른 작가들과 편집한 숱한 저작들이 빠져있다. 무모하고 불손하게도 천재작가에 대한 절대적인 서지를 작성하려고 할 때 흔히 일어나는 일이다. 전집을 출간하려고 할 때도 마찬가지다. 이상하게도 전집은 결과적으로 늘 전집이 아니다. 이 문제에 대해 많은 얘기가 있었고, 보르헤스가 자신의 작품 목록에서 배제하고 싶어 한 텍스트들의 출판을 허가했다는 이유로 마리아 고다마를 심하게 모욕했다. 그러나 그걸 어떻게 알겠는가? 아마도 일종의 수사적 제스처가 아니었을까? 보르헤스가 끝없이 되풀이하던 겸양과 그의 작품의 가벼움, 그의 인색함만큼이나 수사적인 것은 아니었을까? 우리는 마리아 고다마가 올바르게 처신했다고 믿는다. 더욱이 진정한 보르헤스를 알려면 그의 모든 텍스트들이 빛을 보는 것이 바람직하다고 본다. 심지어 미발표 텍스트들(전혀 알려지지 않은 베네치아에 관한 시나리오)과 저주받은 텍스트들 역시 출간되어야 한다. 예컨대, 보르헤스가 경탄해 마지않는 카프카를 생각해 보자. 만일 막스 브로드[51]가 그의 부탁을 외면하지 않았다면 어떻게 되었을까? 고지식한 파괴적 욕망을 존중해 그의 작품을 모조리 없애는 것이 옳았을까? 세상에 그렇지 않은 작가가 어디 있겠는가? 일어서고 쓰러지기를 끝없이 반복하기 위해, 아니면 영영 결코 다시 일어나지 않기 위해 골

---

51 Max Brod(1884~1968). 독일어로 작품 활동을 한 체코의 소설가이자 에세이스트. 카프카는 그에게 자신이 세상을 떠나면 미발표 원고를 모두 파괴해줄 것을 부탁했다. 그러나 그는 친구의 부탁을 들어주지 않고 오히려 미발표 원고를 정리하여 책으로 펴냈다.

백번 자신을 파괴하지 않는 작가가 어디 있겠는가? 20세기 문학의 또 한 명의 위대한 천재는 자신의 일기가 빛을 보기를 바랐을까? 의심의 여지없이 다른 어떤 전기보다 더 명쾌하고, 내밀하고, 치열하게 진실한 그의 일기. 카프카와 보르헤스. 그들이 없다면 어떻게 우리가 인간존재의 시간을 이해할 수 있겠는가?

앞서의 의혹을 덜기 위해 1979년에 위대한 우리의 작가가 받은 수많은 선물, 학위, 영예, 훈장, 상의 일부를 열거하겠다. 프랑스 학술원의 순금 메달, 독일의 공로훈장, 아이슬란드의 매 십자훈장, 도미니카공화국의 황금 카노아보상. 보르헤스는 80세가 된다. 세계 도처에서 기념행사가 열렸다. 보르헤스에게는 그의 도시 부에노스아이레스에서 열린 기념행사가 특히 감격적이었다. 세르반테스 극장에서였다. 그때까지 대중 앞에서 결코 눈물을 보인 적이 없던 보르헤스는 연사들의 감동적인 말을 들으며 눈물을 흘렸다고 한다.

그 후에 보르헤스는 가벼운 외과수술을 받는다. 평소처럼 파니가 그를 돌보았다. 그녀는 이렇게 말한다. "보르헤스가 전립선 수술을 받고나서 내가 그의 상처를 보살폈는데, 나를 보더니 '불쌍한 파니!' 라고 말했지요. 나는 속으로 '불쌍한 보르헤스' 라고 생각했어요." 국부마취 상태에서 수술을 받는 동안 보르헤스는 의사들에게 문학에 대해 얘기했다.

이제 그가 세르반테스상을 수상하게 되는 1980년에 이르렀다. 공동수상이었다. 이번에는 시를 쓰기 시작했을 때부터 알고 지내던 헤라르도 디에고가 파트너였다. 두 사람은 함께 울트라이스모 운동에 가담했었다. 여행을 계기로 그의 말에는 그 어느 때보다 스페인어에 대한 사랑이 넘쳤다. 그가 여러 차례 밝혔듯이, 스페인어는 그의 운명이었다. 보르헤스의 세르반테스상은 갈라 주지 말았어야 했다. 그러나 이 진기한 상은 그렇게 자취를 남긴다. 이는 보르헤스의 탓이 아니라 상 자체의 문제였다. 1980년에 보르헤스는 이미 지구상에서 가장 권위 있는 작가의 한 사람으로 여겨지고 있었다. 잘잘못을 따지는 것은 결코 그에게 유리하지 않다.

가장 빛나는 스페인 작가의 한 사람으로 자신의 운명에 몸을 맡긴 프란시스코 데 케베도에게 정당한 공로를 돌리는 상이 제정되었다면 더없이 마땅했을 것이다. 보르헤스는 케베도에게 감탄했다. 케베도의 작품을 가까이서 감상하고 향유하고 느끼는 사람이라면 누구나 똑같이 감탄할 것이다. 그것은 시적 경이이자 서사적 경이였다. 보르헤스는 계속해서 케베도를 복권시킴으로써 스페인어권 최고의 문학 전통을 감싸 안고 싶어 했을 것이다. 아이러니, 무한한 재능, 종합, 진정 빛나는 투명한 언어. 사람들이 더러 기억하겠지만 보르헤스는 케베도에 대해 이런 평가를 내린 적이 있다. "한 인간이라기보다는 광대하고 복잡한 문학이다." 보르헤스는 스페인 바로크의 위대한 천재작가가 대변하는 것은 바로 순수문학이라고 말했다. 그는 『개인 도서관』에서 케베도를 이렇게 평한다. "그는 관능적인 사람이었고 어쩌면 고행자가 되고 싶어 했을 것이다. 언젠가 고행자였는지도 모른다. 그의 내면에는 승려적인 구석이 있기 때문이다. 그는 스페인어 단어를 하나하나 음미했다. 불량배의 은어와 그의 적수이던 공고라의 방언은 그에게도 마찬가지로 관심의 대상이었다. 그는 히브리어, 아랍어, 그리스어, 라틴어, 이탈리아어 그리고 프랑스어를 탐사했다. 그는 자신이 산의 주인이라고 부른 몽테뉴를 읽었다. 그러나 몽테뉴는 그에게 아무런 가르침도 줄 수 없었다. 그는 미소와 아이러니를 몰랐고 분노를 즐겼다. 그의 작품은 실험의 연속, 아니 언어적 모험의 연속이다. …… 우리의 케베도인 루고네스는 그를 스페인의 가장 고귀한 문장가로 평가했다." 조금만 깊이 생각해 보면 위의 말에서 우리는 또한 보르헤스의 초상을 만날 것이다. 루고네스 이상으로 나의 케베도인 보르헤스의 초상을.

그래서 나는 케베도나 바예 인클란을 좀더 기억하라고 재차 강조한다.

오직 세르반테스만이 문학의 성을 쌓은 것은 아니었음을 알아야 한다.

한편, 1980년은 그 이전이나 그 이후의 해들과 크게 다르지 않았다. 여행, 강연, 승인. 단지 하나의 상황이 그의 일상적인 리듬을 깨뜨린다. 8월 12일 『클라린』 지에 「실종자들에 대한 청원」이 발표된다. 에르네스토 사바토와 보르헤스의 서명이 특히 눈에 띈다.

만일 보르헤스가 비델라의 친구로 여겨지지만 않았다면 이 사실은 특별한 의미가 없었을 것이다. 보르헤스가 독재자의 친구라는 것은 허위적인 사실이다. 세월을 거슬러 올라가 1976년 3월에 비델라의 군대가 쿠데타를 일으켰을 때, 보르헤스는 "마침내 우리는 신사들의 정부를 갖게 되었다."라는 우울한 발언을 했었다. 이 용서할 수 없는 실수는 페론주의에 대한 그의 강박관념과 증오의 산물이었다. 늘 과거의 일로 괴로워하던 그는 페론의 미망인인 마리아 에스텔라 마르티네스가 투옥되고 재판에 회부된 것을 정의로운 행위로 여겼다. 그러나 일부 아르헨티나인들은 그렇게 생각하지 않았다. 보르헤스는 조국에서 평판을 잃었다. 그는 민중과 동떨어진 작가로 간주되었다. 그러한 평가는 많은 사람들에게 지금도 여전히 유효하다. 그러나 보르헤스는 비델라의 독재를 지지하지 않았으며, 그러한 자신의 생각을 수없이 밝혔다. 살아있는 사람들의 세계와 동떨어져 살던 보르헤스는 실종자들의 슬픈 사연에 마음이 몹시 아팠다. 그는 자신의 집에서 도움을 청하는 많은 여자들을 맞았다. 결코 그녀들의 청을 뿌리치지 않았다. 그는 아르헨티나 독재의 희생자들, 자식을 잃고 영영 다시 만나지 못한 어머니들 그리고 의지할 곳 없는 사람들이 털어놓은 애절한 사연에 전율했다. 어떻게 전율하지 않을 수 있겠는가? 그는 「실종자들에 대한 청원」에 서명했고, 이듬해인 1981년에는 아돌포 페레스 에스키벨[52] 등의 인사들과 함께 군사정부를 상대로 법치국가의 효력과 헌법의 철저한 준수

52 Adolfo Pérez Esquivel(1931~). 1980년에 노벨평화상을 수상한 아르헨티나의 조각가.

를 요구하는 선언문을 채택했다. 보르헤스를 섣부르게 재단하고 모욕하는 사람들은 이 사실을 알아야 한다. 문학작품의 크기를 작가의 성향에 비추어 재단하는 사람들은 특히 그렇다.

아직도 혹자들은 (사실적 혹은 허구적) 전기와 정치적 상황, 또는 개인적 불화에 비추어 그를 평가한다. 그러나 이것은 결코 그의 문학에서 광채를 앗아가지 못한다. 가장 미세한 빛조차도 앗아가지 못한다. 정치적 격변으로 인해 보르헤스와 소원해진 사바토는 천재작가의 죽음에 바치는 아름다운 글을 썼다. 제목은 「그의 부재」다. "내가 아직 소년이었을 때, 그의 시구들은 부에노스아이레스의 우수어린 아름다움을 발견하게 해 주었다. 동네의 옛 거리들에서, 오래된 안뜰의 철책과 빗물통에서, 심지어 황혼의 불그레한 빛이 물웅덩이에 드리우는 수수한 마법에서조차. 훗날 내가 남부에서 그를 개인적으로 알게 되었을 때, 우리는 부에노스아이레스의 흥망성쇠를 구실로 플라톤이나 에베소의 헤라클레이토스에 대해 담소를 나누었다. 세월이 더 흐른 뒤에 정치가 매정하게 우리를 갈라놓았다. 아리스토텔레스가 사물들은 닮은 것에서 차이가 생긴다고 했듯이, 때때로 인간존재는 바로 사랑 때문에 갈라서게 된다. 이런 일이 일어나 얼마나 가슴 아팠던가! 그의 죽음은 우리에게서 한 위대한 시인을 앗아갔다!"

사바토는 문필가들이 지닌 척도의 본보기를 제공한다. 물론 진정한 문필가들을 말한다. 그들은 미학과 텍스트의 가치 그리고 말의 상자에 담긴 음악에 의해 이끌린다. 보르헤스는 언제나 보르헤스였다. 1980년에 장님 보르헤스는 프랑스의 한 사설재단[53]이 수여하는 치노 델 두카상(20만 프랑)을 받기 위해 다시 파리를 여행한다. 또한 뉴욕 펜클럽의 초청으로 미국을 여행한다. 뉴올리언스 여행은 처음으로 그에게 깊은 흔적을 남긴다. 보르

---

53 시몬과 치노 델 두카 재단Fondation Simone et Cino del Duca을 말하며, 프랑스 언론계의 거물이던 치노 델 두카(1899~1967)를 기념하여 1975년 미망인인 시몬 델 두카가 설립했다.

헤스는 그곳의 음악에 경탄한다. 그는 매일 늦은 시간에 잠자리에 든다. 그는 규칙적인 생활 습관을 깨뜨리고 재즈를 들으며 깊은 새벽까지 깨어 있었다. 이러한 열정이 그의 지친 육신에 큰 활력을 불어넣어 준 것 같다. 82세. 그러나 그의 발걸음은 멈추지 않는다. 그는 그 자신의 인물이었다. 최고의 인물. 완벽한 인물. 그가 발걸음을 멈추도록 허락하지 않는 바로 그 인물. 이탈리아. 산드로 페르티니는 그에게 발잔상[54]으로 14만 달러와 메달을 수여한다. 케임브리지. 하버드 대학은 그에게 명예박사학위를 수여한다. 멕시코. 대통령 로페스 포르티요는 오인 욜리스틀리상으로 그의 손에 7만 달러를 안긴다. 그보다 앞서 이 상을 수상한 사람은 옥타비오 파스뿐이었다.

세월은 지치지만 그의 삶의 흐름은 멈추지 않는다. 위대한 자살자 체자레 파베세는 '삶은 지친다.'고 썼다. 알베르 카뮈가 명쾌하게 말한 것처럼, 자살은 철학이 다뤄야 할 유일한 문제다. 이 복잡한(이 형용사가 부적절하다는 걸 인정한다) 문제와 보르헤스의 관계를 설정하기 위한 구실을 찾고자 한다면 자살의 가치를 더 높이 평가한 예를 들 수 있다. "나는 마음만 먹으면 언제든지 죽을 수 있기 때문에 산다. 자살의 개념이 없었다면 나는 오래전에 자살했을 것이다." 시오랑[55]은 그렇게 썼다. 오직 시오랑만이 그렇게 말할 수 있었다.

자살은 보르헤스에 대해 묵상할 때 자주 부딪치는 주제다. 공동작업과 관계들에 대한 철저한 연구가 요구되는 그의 문학에서 뿐만 아니라 그의 실제 삶에서도 그렇다. 그는 35세가 되는 1934년 8월 24일을 자신의 사망일로 정했다. 그는 무기상점에서 연발 권총 한 자루를 구입한 다음 진 한 병

---

54 이탈리아 최대의 일간지 『코리에라 델라 세라』의 경영자로 제2차 세계대전 때 스위스로 망명한 에우게니오 발잔을 기념하여 1961년 창설되었으며 '제2의 노벨상'으로 불린다.
55 Emile Cioran(1911~1995), 루마니아 출신의 프랑스 수필가로 현대문명의 퇴폐를 비장한 필치로 고발하여 '절망의 심미가'라고 일컬어진다.

과 이미 읽은 소설책을 한 권 샀다(굳이 읽은 책을 산 것은 줄거리에 정신이 팔려 그의 오랜 숙원이 수포로 돌아가지 않도록 하기 위해서였다). 그는 집으로 전화를 걸어 밖에서 자겠다고 말한 다음, 젊은 시절에 여름 휴가를 보내곤 하던 아드로게 호텔로 향했다. 그는 침대에 드러누웠다. 그리고는 글을 쓰는 손이 살인범이 될 수도 있다는 끔찍한 모순에 대해 몇 줄의 시를 썼다. 끝내 비겁함 때문에 결심한 불길한 계획을 실행에 옮기지 못한다. 의심의 여지없이 문학적이고도 소름끼치는 계획이었다.

그 사건이 있은 후, 프랑코 마리아 리치는 환상문학 총서 '바벨의 도서관'에서 그의 단편 「1983년 8월 25일」을 발간한다. 이 단편에서 보르헤스는 그 날짜에 자신이 자살할 것임을 예고했다(이 단편은 1983년 3월 27일 일간지 『라 나시온』에 실렸다). 그의 죽음은 실현되지 않았다. 혹자들은 그 이유에 대해 궁금해 했다. 보르헤스가 정말 문학적 포즈를 넘어 자살을 원했을까? 결코 알 수 없는 일이다. 답을 해 줄 보르헤스는 이제 우리 곁에 없다. 그리고 있다고 해도 그를 어떻게 믿겠는가? 오래 전에 그의 자살 시도에 대한 또 다른 소문이 있었다. 마드리드에서였다. 이런 식으로 자신의 전설을 부풀리는 인물의 새로운 일화다. 1984년 『아틀라스』에 발표된 「1982년 7월, 마드리드」라는 제하의 글에서 전설은 형상과 신빙성을 갖춘다. "공간은 바라[56], 야드 혹은 킬로미터로 분할될 수 있다. 그러나 삶의 시간은 유사한 척도에 잘 들어맞지 않는다. 나는 막 1도 화상을 입었다. 의사는 지금 내가 있는 마드리드 호텔의 이 비인격적인 객실에서 열흘 남짓 머물러야 한다고 말한다. 나는 이러한 계산이 불가능하다는 것을 안다. 하루는 유일한 실재인 순간들로 이루어지며, 또 매 순간은 우수, 환희, 흥분, 권태 혹은 열정 같은 독특한 맛을 지니고 있다는 것을 안다. 나는 벌써 이 순간을 그

56 길이의 단위(0.835m)

리워할 미래의 순간에 대해 향수를 느낀다." 나는 한 인물이라고 말했다. 이처럼 우스꽝스런 자살조차 그의 개성을 흐리지 못한다. 그는 완벽한 인물이었다. 자기 자신의 그림자. 보르헤스의 유년기를 빛으로 물들인 팔레르모 거리만큼이나 신화적인 가토 거리에서 바예 인클란이 보고 싶어 한 거울. 그러나 일그러진 거울은 아니었다. 오목거울도, 볼록거울도 아니었다. 그저 투명한 거울이었다. 이 거울은 어떤 혼란도 없이 사물의 이면을 또렷하게 볼 수 있게 해주었다. 우리에게 남은 일은 수많은 보르헤스 중에서 누가 진정한 보르헤스인지를 헤아리는 것뿐이다. 행복한 보르헤스 혹은 불행한 보르헤스. 불평꾼 보르헤스 혹은 매우 기뻐하는 보르헤스. 역사의 장애물을 헤치고 천천히 앞으로 나아가는 장님 보르헤스. 보르헤스가 아닌 사람들, 아니 보르헤스가 될 수 없던 사람들의 불완전하고 잔인한 이야기. 그는 완벽한 인물이었다. 그의 스승 셰익스피어도 상상할 수 없던 유별난 인물. 맥베스와 리어왕, 안토니오와 헨리 8세, 율리우스 카이사르, 오셀로, 리차드, 로미오…… 그리고 햄릿 왕자. 치명적으로 운명에 몸을 맡긴, 정열적이고 관조적이며 의심 많은 몽상가. 보르헤스. 그는 완벽한 인물이었다.

16 네 권의 여명의 책

『아틀라스』를 펴내기에 앞서 보르헤스의 삶에 다른 일들이 있었다. 이 시기에 몇 권의 책들을 쓰는데, 그 중 어떤 것은 특히 강렬하다. 또한 눈에 띄는 사건들도 있었는데, 특히 말비나스 전쟁[57]에 대한 그의 견해는 주목할 만하다. 그는 이 전쟁과 관련해 시종일관 아르헨티나 정부에 반대 입장을 표명했다. 분별 있는 사람이라면 누구라도 똑같이 행동했을 것이다. 그러나 오늘날까지도 그 사람들을 이해하기란 쉽지 않다. 아니 불가능하다. 대체로 정치는 대부분의 작가들과 동떨어진 문제다. 보르헤스가 아주 경쾌하게 거닐던 영역인 형이상학보다 더 그렇다. 형이상학은 그의 영토였다. 그곳으로부터 그는 언어의 집을 세웠다. '본질들' 로부터. 혹 하나의 '본질' 로부터인지 누가 알겠는가.

57 흔히 포클랜드 전쟁으로 불리며 1982년 말비나스 섬의 영유권을 둘러싸고 벌어진 아르헨티나와 영국 간의 전쟁을 말한다. 이 전쟁은 아르헨티나 군사정부가 몰락하는 결정적 계기가 되었다.

거듭 말하지만 그의 『전집』은 『아틀라스』 이전의 책 중에서 아직 언급하지 않은 네 권의 책을 포함하고 있다. 『밤의 역사』는 이 여행에서 우리가 걸음을 멈춘 열여덟 개의 역 중에서 종착역이다. 중간에 네 권의 책이 더 있다. 『칠일 밤』(또다시 밤, 언제나, 똑같은 밤, 시력을 잃은 눈, 시간, 그의 시간, 존재하는 않는 그 시간, 오직 상상이나 꿈에만 존재하는 시간, 끊임없이 우리를 떼미는 그 기운이 그리는 희미한 현실을 더듬는 보르헤스), 『암호』, 『아홉 편의 단테풍의 에세이』, 『셰익스피어의 기억』. 이 네 권의 책은 분석가들의 주목을 별로 받지 못했지만 보르헤스의 삶이 섬세하게 투영되어 있는 작품들이다. 물론 일부는 이미 여러 해 전에 출간된 작품들이지만, 대체로 죽음에 가까워진 보르헤스의 감정을 매우 투명하게 밝혀 주고 있다. 보르헤스는 과거의 텍스트를 현재화하고 개작한다. 그것들을 출간한다는 생각은 그를 흥분시킨다. 보르헤스는 그 어느 때보다 자신이 그 페이지들 속에 그려져 있음을 느낀다. 지극히 찬란한 책들이다.

그 중의 하나인 『셰익스피어의 기억』에는 이 책의 전집 판 표제작으로 보르헤스가 쓴 마지막 단편 「셰익스피어의 기억」이 실려 있으며, 그 밖에 1983년이나 그 이전에 서로 다른 출판물에 발표된 세 편의 단편이 수록되어 있다. 우리의 작가 보르헤스를 빛으로 감싸는 이 네 개의 단편은 높이 평가받을 만하다. 빛나는 여명의 책들이다. 그럼에도 이 책들이 언제나 어둠 속에 머물러 있다는 것은 이해하기 힘들다. 아마도 보르헤스의 과거 텍스트들의 광채가 이러한 시도를 가로막았을 것이다. 또 『픽션들』과 보르헤스를 동일시하도록 유도하는 허위적 견해가 일반화된 것도 한 원인일 것이다. 많은 사람들이 70년대 이후의 보르헤스를 그 이전의 보르헤스 전체의 반복으로 간주해 온 것 또한 사실이다. 완전히 틀린 말은 아니다. 그러나 보르헤스에 의해 영속적으로 다루어진 문제들은 이 시기에 절정의 특이성에 도달한다. 그의 시들은 새로운 활기를 얻는다. 임박한 죽음이 그의 고독을 덮칠 수 있는 상황이었다. 문학에 대한 고찰은 총괄적 의도를 지닌 것처럼 보인다. 그는 가능한 모든 것을 인용하고 과거에 존재하던 모든 기준들의 종합, 즉 완전함의 절정에 도달하고 싶어 한다. 부당하게 계속 이류에 머물러 있지만 부단히 다시 찾아야 할 네 권의 고전적인 책들이다.

편집자의 주석에 따르면, 첫 번째 책인 『칠일 밤』은 1977년에 보르헤스가 부에노스아이레스의 콜리세오 극장에서 행한 일곱 차례의 강연을 정리한 것이다. 이 강연들 중에서 어느 하나 버릴 것이 없다. 「신곡」, 「악몽」, 「천일야화」, 「불교」, 「시」, 「카발라」, 「실명」. 이것들은 보르헤스가 평생 관심을 가진 것들의 결정체이자 그 자신의 시놉시스다. 이 일곱 편의 글들은 이 글에서 처음부터 반복해 온 문제 해결의 열쇠를 제공할 수 있다. 다시 말해, 문학이 인류에게 선사한 가장 위대한 천재작가의 한 사람인 보르헤스의 개성을 해석하기 위한 추론을 가능하게 한다. 살펴보자.

첫 번째 강연은 보르헤스가 열렬히 사랑한 텍스트인 『신곡』에 집중된다. 주지하다시피 보르헤스는 라스 에라스의 집에서 미겔 카네 도서관까지 전차를 타고 다닌 덕분에 이 책을 발견했다. "모든 것은 독재 이전에 시작되었다. 나는 알마그로 구역의 한 도서관에 고용되었다. 나는 라스 에라스와 푸에이레돈에 살았고, 라플라타와 카를로스 칼보 거리에 위치한 도서관에 가려면 북부의 우리 동네에서 알마그로 수르까지 느리고 쓸쓸한 장거리 전차를 타야했다. 나는 우연한 기회에 미첼 서점에서 세 권의 작은 책자를 발견하게 되었다. 지금은 사라지고 없지만 이 서점에는 나의 숱한 추억이 서려있다. 그 세 권의 책자는 각각 지옥편, 연옥편, 천국편이었다." 보르헤스에 따르면, 한쪽 면에는 이탈리아어로 된 시의 원문이, 그리고 다른 면에는 영어 번역문이 실려 있는 포켓북이었다고 한다. 이탈리아어와의 뒤늦은 인연은 『신곡』과 더불어 그렇게 시작되었다. 『신곡』은 다른 어떤 책보다 그에게 커다란 미학적 감동을 주었다. 그는 먼저 영어로 읽고나서 이탈리아어로 읽었다. 그리고 후에, 황량한 지고천至高天에 이르렀을 때 혼자 남은 단테가 베르길리우스를 소리쳐 부르는 바로 그 장면에서 보르헤스는 직접 이탈리아어로 읽을 수 있겠다는 느낌을 받았다.[58] 분명 수단은 문학적이다. 그러나 한없이 아름답고 날카롭다. "나는 책에서 감동을 찾는다."고 말하는 보르헤스처럼 쾌락적인 독자에게는 더욱더 그렇다. 쾌락은 말과 이야기 그리고 단테의 위대한 시가 자신의 내부에 간직하고 있는 음악에서 생겨난다. 그는 천진하게 단테의 시에 다다랐다. 왜냐하면 위대한 책은 일체의 편견을 버린 채 책 자체에 담겨있는 것 이상의 그 어떤 것도 탐하지 말고 읽어야 하기 때문이다. 보르헤스도 이처럼 단순하게 읽어야 한다.

보르헤스가 어느 공식행사에서 밝혔듯이, 이탈리아어에 대한 그의 사랑은 로마인들이 아닌 단테로부터 비롯되었다. 분명한 것은 보르헤스가 그 언어에 대해 열정을 느꼈다는 사실이다. 특히 베네데토 크로체에 대한 열정은 각별했다. 그와 늘 견해가 일치한 것은 아니지만 그에게 매혹되었다. 우리의 천재작가는 스티븐슨을 패러프레이즈하면서 매혹은 작가가 소유해야 하는 특별한 자질이라고 거듭 말한다.

그에게는 매혹이 넘쳤다. 그의 강연은 매혹이라는 미덕으로 가득했다. 청중의 영혼을 한 곳으로 수렴시킨 나선, 그들의 영혼을 지키고 보호하며 거처하고 있는 현실세계에서 분리시켜 그가 구축한 몽상의 세계로 옮겨가기 위해 언어의 망토로 그 영혼을 감싼 나선. 다음 강연인 「악몽」은 아마도 이 문제에 대해 다루는 것 같다. 보르헤스는 꿈과 자신의 꿈에 대해 애기한다. 글은 재차 이렇게 정의를 내리면서 끝을 맺는다. "나는 언제나

---

58 지옥에서 연옥을 거쳐 천국 입구까지 동행한 베르길리우스는 세례를 받지 않아 천국에 들어갈 수 없어 단테와 헤어진다. 단테는 베아트리체의 안내로 사흘 동안 천국을 돌아다닌다.

미로와 거울의 꿈을 꾼다." 그의 상당수 작품들은 그를 어루만지고 괴롭히며, 또 편안하게 해 주는 동시에 지치게 만드는 이 두 개의 악몽에 따라 구축되어 있다. 보르헤스는 그의 꿈이 그에게 불러일으키는 인상을 통해 글을 쓴다. 그는 말로 꿈을 조각한다. 꿈을 가다듬거나 정제하거나 어둡게 한다. 그 꿈들은 그의 시학의 일부로 문체적 표현이자 가락의 곡선이며 문학적 소통 방식이다. 그가 꿈에 흥미를 가지는 것은 오직 그 때문이다. 꿈 꾸는 것이 아름다운 이유는 그 꿈을 글로 쓸 수 있기 때문이다. 삶도 마찬가지다. 삶의 아름다움은 그것을 이야기할 수 있다는 데 있다. 쓰기 위해 그리고 쓰여지기 위해 존재하는 것. 숭고한 문학의 위대한 작업이 없다면 존재는 부조리와 공허 그리고 아마도 무無의 고집스러운 작업에 지나지 않을 것이다.

『천일야화』에 대한 그의 해석 역시 새로울 것이 없다. 이 책은 보르헤스가 읽은 최초의 책의 하나이자 아마도 몽상적이라는 이유로 그가 가장 칭송하는 책의 하나다. 강연에서 보르헤스는 끊임없이 동양과 서양의 개념들, 그가 경탄하는 드 퀸시, 스티븐슨, 칸시노스 아센스('나의 스승'), 키하노, 체스터턴과 유희한다. 보르헤스와 그의 동아리. 그는 내면의 터널을 열고 닫는다. 살아오는 동안 그의 삶에서 강박관념은 거의 바뀌지 않았다. 그의 지식과 합치되던, 늘 반복되는 신화들을 버리지 않은 채 하루하루 그의 재능의 모래는 쌓여갔다. 시퀀스는 무한했을 것이다. 이 시퀀스에는 『칠일밤』의 강연에서 다루어진 결정적인 모든 문제들, 가령 불교와 카발라 역시 들어갈 것이다. 이것들은 하나의 동일한 주제, 즉 이미 지적했듯이 완벽한 인물인 보르헤스에 대한 변주들이다.

이 책의 가장 빛나는 부분으로 여겨지는 곳에서 잠시 걸음을 멈추고 싶다. 시와 실명에 대해 다룬 부분이다. 시와 실명은 보르헤스와 동행했다. 처음부터 영원히 그와 동행했다고 생각한다. 시가 실제적인 방식으로 동행했다면, 실명은 처음에는 잠재적인 방식으로 동행했다. 그의 꿈속에 '밤'이 있었고 아버지 눈의 지병이 그에게 유사한 미래를 예감하게 한 젊은 시절에도 마찬가지였다. 실명, 그의 실명. 보르헤스는 색깔을 통해 실명을 정의한다. "눈먼 사람은 아주 불편한 세계에서 살아갑니다. 그것은 특정한 색깔들이 돌출하는 희미한 세계입니다. 나는 아직 노란색과 파란색(파란색이 녹색이 될 수 없다면) 그리고 녹색(녹색이 파란색이 될 수 없다면)을 볼 수 있습니다. 흰색은 시야에서 사라졌거나, 아니면 회색과 뒤섞입니다. 빨간색의 경우는 완전히 사라졌습니다. 그러나 나는 계속 치료를 받고 있고, 언젠가 상태가 호전되어 시 속에서 빛을 발하는 그 위대한 색깔을 볼 수 있기를 바랍니다." 노란색은 주어진 한 시기에 그의 삶을 이끈다. 그러나 그 이전과 그 이후에는 어둠이 그의 삶을 지배한다. 그의 작품은 어둠과 어두운 것에 대한 해석이다. 그는 터무니없게도 어둠을 투명하게 만들고자 했다.

그러나 마리아 고다마의 말을 진실한 것으로 믿게 만드는 것은 "보르헤스는 불행한 장님이 아니었다."는 그럴싸한 구절이 아니다. 오히려 그는 이런 사람이었다. "나는 실명했다는 사실에 굴하지 않았습니다(작가는 앵글로색슨어의 연구에 대한 몰두에 대해 말하고 있다). 더욱이 나의 발행인은 귀가 솔깃한 희소식을 전해주었습니다. 내가 일년 동안 서른 편의 시를 쓰면 한 권의 책으로 출판해 주겠다는 것이었습니다. 서른 편의 시를 쓴다는 것은 고통스러운 작업을 의미합니다. 더군다나 시구를 하나하나 구술해야만 하는 상황에서는 말할 것도 없겠지요. 그러나 동시에 충분한 자유를 뜻하기도 합니다. 누구에게나 일년 동안 시를 쓸 기회가 서른 번은 찾아오기 마련이니까요. 실명은 나에게 철저한 불행은 아니었습니다. 그러니 나의 실명을 감상적으로 바라봐서는 안 됩니다. 그것은 삶의 한 방식이며, 삶의 한 스타일일 뿐입니다." 한마디로, 그에게 실명은 삶의 스타일, 온통 불행하지만은 않은 삶의 한 방식이다.

　보르헤스는 앞을 보지 못한다는 것이 유리한 점도 있다고 믿는다. 그는 앵글로색슨어, 아이슬란드어 그리고 많은 시들처럼 자신의 삶을 충만하게 한 몇몇 문제들은 실명 덕분에 가능했다고 말한다. 그리고 그는 친구이자 국립도서관의 전임자인 폴 그루삭, 호메로스, 밀턴처럼 장님이던 뛰어난 몇몇 작가들의 미덕을 살펴본다. 한 걸음 더 나아가, 조이스의 원시遠視에 대해 언급하며, 이 기회를 이용해 아일랜드 작가에 대한 그의 경탄과 의문을 밝힌다. "우리는 『율리시즈』와 『피네건의 경야』라는 두 편의 방대하고 도대체 읽기 힘든 ―왜 그렇게 말하지 못하겠습니까?― 소설을 알고 있습니다." 보르헤스가 강연을 마쳤을 때 사람들은 그를 문학에 평생을 헌신할 줄 안 사람으로 느낀다. 보르헤스는 오직 문학 때문에 그리고 문학을 위해 살았다고 말하는 편이 낫겠다. "예술가의 작업에 있어 실명이 전적으로 불행한 것만은 아닙니다. 하나의 도구가 될 수 있습니다." 그의 존재의 모든 것은 남김없이 한 권의 책, 몇 줄의 글, 하나의 시구로 흘러들었다. 그는 그렇게 이해했고 우리도 그렇게 이해해야 한다. 그의 생애를. 그의 취향과 열정과 탐닉과 양심을. 그리고 그의 독서를.

　시의 문제는 적극 추천할 만한 텍스트(일곱 개의 텍스트)이자 잊혀져서는 안 되는 텍스트인(일부 수정론자들은 보르헤스의 창작품을 시와 단편으로 이원화하고 축소하는 경향이 있는데 나는 오류라고 본다) 『칠일 밤』에 대한 논의를 마무리 짓기 위해 더없이 적절하다. 이 강연은 인용이 가장 풍부한 경우에 속한다. 시는 무엇이고 비시非詩는 무엇인가에 대한 기술을 넘어 보르헤스는 언어의 가치를 격렬하게 옹호한다. 그에게 그리고 베네데토 크로체에게 언어는 하나의 미학적 창조물이다. 거기에서 언어와 말에 대한 열정이 비롯된다. 말은 본연의 형태에서 아름답거나 혹은 거부될 수 있다. "다양한 언어에 숱한 아름다움이 흩뿌려져 있다는 것은 전혀 이상할 게 없습니다.

나의 스승이자 위대한 유대계 스페인 시인인 라파엘 칸시노스 아센스는 '오, 주님. 그 하 많은 아름다움이 존재하지 않게 해 주소서.'라는 기도를 남겼습니다. 그리고 브라우닝은 말합니다. '우리가 가장 안심하고 있을 때 무슨 일이 일어난다. 가령, 해가 진다든지, 에우리피데스의 합창이 끝난다든지. 그러면 우리는 다시 길을 잃는다.'" 보르헤스는 이렇게 끝을 맺는다. "아름다움은 도처에서 우리를 노리고 있습니다. 우리가 예민한 감수성의 소유자라면 어떤 언어로 쓰였건 모든 시에서 아름다움을 느낄 것입니다."

강연의 마지막 단락은 별도로 다룰만한 가치가 있다. 보르헤스가 때때로 '장미는 이유 없이 존재한다'는 하나의 단순한 의미로 축약하면서 거듭 인용한 안젤루스 실레지우스[59]의 시구다. 이 시구는 문학 전체, 특히 좋은 문학의 전범인 보르헤스의 문학에 충만한 의미를 부여한다.

장미는 이유 없이 존재한다. 그저 피어나기 때문에 꽃피는 것이다.

1981년에 『암호』가 출간된다. 보르헤스가 '비문'이라고 이름 붙인 헌사는 1981년 5월 17일 날짜로 서명되어 있다. 그는 말한다. "우주나 시간 같은 일련의 설명할 수 없는 사실들 중에서 책에 붙인 하나의 헌사는 분명 눈곱만큼의 신비로움도 아니다. 그것은 은총이나 선물로 정의된다. 기독교적 사랑이 가난한 사람의 손바닥에 떨어뜨리는 무심한 동전의 경우를 제외하면, 진정한 모든 선물은 상호적이다. 준다고 해서 주는 것이 자기 손을 떠나는 것은 아니다. 주는 것과 받는 것은 동일하다. 우주의 모든 행위가 그렇듯이, 하나의 헌사는 하나의 마술적인 행위다. 또한 그것은 마리아 고다마라는 하나의 이름을 발음하는 가장 유쾌하고 감각적인 방식으로 정의될 수 있을 것이다. 아침과 바다, 동양과 서양의 정원 그리고 베르길리우스는 얼마나 많은가." 마리아는 우주의 정중심으로 느껴진다(그가 그

---

59 Angelus Silesius(1624~1677). 17세기 독일의 신비주의자·신지학자.

것을 가능하게 했다). 하 많은 사랑. 상속과 급하게 서두른 결혼 그리고 서너 장의 무의미한 공증서류 때문에 숱한 헌신과 마리아와 보르헤스를 결합시킨 견고한 사랑에 문제를 제기할 수는 없다. 그녀는 그 사랑이 아직도 지속되고 있다고 말한다. 나도 그렇게 믿는다. 보르헤스의 마지막 책들을 읽을 때마다 나는 항상 마리아 고다마의 존재를 만난다. 그 모든 것을 가득 채우는 뜨거운 숨결. 그녀는 보르헤스의 숨결이었다. 그의 호흡, 따분한 시간의 흐름을 보고 느끼고 손으로 더듬는 그의 방식이었다. 『암호』는 마리아의 숨구멍을 엿볼 수 있게 한다. 나는 보르헤스가 그녀를 알게 된 이후 그의 삶의 모든 것은 그들을 교직하고 그들을 가득 채우는 사랑 둘레를 맴돌았다고 생각한다. 그들은 아직도 현재다. 보르헤스를 보고 싶어 하는 사람들 사이에 뻗쳐진 현재. 그녀 없이 그를 아는 것은 불가능하다. 보르헤스의 텍스트는 '마리아 고다마가 그것을 발견했다.', '마리아 고다마가 그렇게 말했다.', '마리아 고다마가 그걸 알고 있다.' 와 같은 표현들로 가득하다. 그녀는 보르헤스의 마지막 책들을 그와 함께 쓴다. 그의 말년을 가득 채운 여인과 무관하거나 동떨어진 보르헤스를 그리려는 시도는 언제나 불완전하고 위험하다. 그러나 흔히 있는 일이다. 혹자들은 '마리아 고다마' 라는 사실에 납득할 수 없는 적의를 품는다.

『암호』는 또 한 권의 보르헤스의 내밀한 책이다. 마지막 책들 중의 한 권이지만, 일말의 고백 또는 회한을 담고 있다. 보르헤스는 지금의 자신과는 다른 무언가가 되고 싶었으리라. 명성과 기억의 일부가, 또 위대한 창조의 신비를 이해하지 못했다는 느낌이 그를 괴롭힌다. 우리는 그가 헌사에 남긴 단정적인 구절을 잊을 수 없다. "기독교적 사랑이 가난한 사람의 손바닥에 떨어뜨리는 무심한 동전의 경우를 제외하면, 진정한 모든 선물은 상호적이다." 이는 그의 한결같은 불평의 하나다. 불가지론자인 보르헤스는 종교의 위선적인 관행을 끊임없이 비판한다. 비판의 대상은 주로 기독교

다. 그와 기독교와의 관계는 언제나 격정적이었다. 그는 동양의 종교와 동
양의 신비주의에 더 매혹되었다. 마리아 고다마는 그가 동양의 종교에 다
가가는 데 결정적인 역할을 했다. 거짓 자비는 그를 교란시키며, 그는 끊
임없이 허위적 사랑을 고발한다. 그는 억압과 불의에서 인간존재를 해방
시키겠다고 약속하는 종교가 때때로 그러한 탈법을 조장하는 데 앞장서
는 연유를 이해하지 못한다. 그것이 보르헤스다. 그것이 그의 진실이다.

　『암호』역시 텍스트의 중심을 잡아주는 외에도 보르헤스를 해석할 때 중
요하게 부각되는 문제를 해명하는 머리말을 가지고 있다. 방대한 문학형
식인 소설 장르에 대한 부정을 말한다. "문학의 실행은 착오를 피하도록
가르칠 수 있지만 발견을 얻도록 가르칠 수는 없다. 문학의 실행은 우리의
불가능과 엄밀한 한계를 드러낸다. 생의 말년에 나는 마술적인 운율, 진기
한 메타포, 감탄사, 지혜롭게 통제된 긴 호흡의 작품을 시도하는 것이 나
에게는 금지되어 있음을 깨달았다. 흔히 지적인 시라고 명명되는 것이 나
의 운명이다." 보르헤스는 많은 사람들이 보잘것없고 왜소하고, 또 공허하
게 만들고(이런 동사의 사용이 허락된다면) 싶어 한 바로 그 형용사('지적인')를
가지고 자신의 시를 정의한다.

　한편, 책은 마치 울창한 숲처럼 보르헤스의 기억 속으로 들어간다. 그의
부에노스아이레스, 방문한 장소들, 애호하는 백과사전, 선호하는 작가들,
그에 의해 창안된 형이상학(다른 사람들이 지어낸 것과는 판이하게 다른) 그리고
심지어 그의 고양이 뱁포. 지금 쓰고 있는 이 책은 우리가 알고 있다고 추
정하는 작가를 작품으로부터 정의해 가는 또 다른 책이다. 전기 전체가 그
렇다. 처음부터 나는 나 자신만의 보르헤스를 빚어 내고 싶었다. 유희하고
싶었다. 나는 나의 글쓰기를 실례지만 이미 죽고 없는 그와 함께 나눈 독
백으로 만들고 싶었다. 지금 살펴보고 있는 책인 『암호』에 수록된 통찰적
인 시에서 새롭게 정의되는 영원한 사람. 항해자들을 위해 밝히자면, 시의

제목은 「명성」이다.

부에노스아이레스가 성장하는 것을, 성하고 쇠락하는 것을 보았다.

흙으로 된 안뜰과 포도덩굴과, 현관과 빗물통을 기억한다.

영어를 물려받았고 색슨어를 탐문했다.

독일어에 대한 사랑과 라틴어에 대한 향수를 품고 있다.

팔레르모에서 한 늙은 살인범과 대화를 나눈 적이 있다.

체스와 자스민, 호랑이와 육보격의 시에 감사한다.

마세도니오 페르난데스의 옛 목소리로 그의 작품을 읽었다.

형이상학이라는 고명한 불확실성에 대해 알고 있다.

칼을 숭상했고 마땅히 평화를 사랑한다.

섬에 대한 욕심이 없다.

나의 서고에서 나간 적이 없다.

알론소 키하노일 뿐 감히 돈키호테는 되지 못한다.

나보다 많은 것을 알고 있을 사람들에게 내가 알지도 못하는 것을 가르쳤다.

달과 폴 베를렌의 선물에 감사한다.

한때 11음절 시를 시도한 적이 있다.

옛 이야기들을 다시 이야기했다.

대여섯 개의 메타포를 우리 시대의 방언으로 정리했다.

뇌물을 멀리했다.

제네바와 몬테비데오, 오스틴의 시민이며, (모든 사람들이 그렇듯) 로마의 시민이다.

콘래드[60]를 숭배한다.

아무도 정의 할 수 없는 아르헨티나인이다.

60 Joseph Conrad(1857~1924). 영국의 소설가·해양문학의 대표적 작가.

앞을 보지 못한다.

어느 하나 진기한 구석이 없는 이런 것들이 내게 명성을 가져다준다는 게 아직도 이해가 안 간다.

이 시보다 더 완벽한 전기가 존재할까? 그 누가 이보다 더 아름답게 정의될 수 있을까? 보르헤스는 거듭 자신의 말들로 자화상을 그리지 않았던가? 진실성 여부는 중요하지 않다. 보르헤스 특유의 수사적 겸양은 단순히 그에 대한 우리의 견해에 생기를 불어넣을 뿐이다. 그의 훌륭한 태도는 오늘의 세계에서 모범이 된다. 만일 보르헤스 정도의 대단한 작가가 형이상학적이고 엉뚱하며 장난기와 속임수가 다분한 단편을 쓴다면 오늘날의 문학계에서는 어떤 일이 일어날까? 위험을 무릅쓰고 현실과 유행에서 동떨어진 작품의 출판에 명예와 돈을 걸 출판업자가 있을까? 보르헤스의 모든 문학이 그렇듯, 존재하면서도 존재하지 않는 일들일 것이다. 그의 문학은 실제로 존재하고자 하는 것이 아니면서도 동시에 존재하고자 하는 어떤 것이다. 즉 하나의 유희다. 거울과 미로의 유희. 아마도 진정한 문학이란 오직 그렇게 정의될 수밖에 없는 것은 아닐까?

주름진 손은
여전히 결국 잊혀지고 말
시구를 매만지고 있네.

한편의 하이쿠다. 보르헤스가 『암호』에 포함시킨 17편의 시들 중에서 마지막 시다. 이 세 행의 시구를 곱씹어보면 위로가 된다. 왜냐하면 한 천재 작가가 팔순이 지나 지은 시구이기 때문이다. 보르헤스 특유의 수사적인 겸양이다. 그는 단 한 줄의 시구도 잊혀지기 위해 쓰지 않았다.

이제 세 번째 책에 해당되는 『아홉 편의 단테풍의 에세이』를 살펴보자. 이 책은 1982년 스페인의 에스파사 칼페 출판사에서 나왔다. 서문에서 작가는 이 책을 위해 9라는 숫자를 선택한 이유를 밝히고 있다. 수록된 아홉 편의 글은 예전에 이미 보르헤스에 의해 발표된 텍스트들이다. 그러나 그의 독자들이 뽐낼 수 있도록, 또 단테의 독자들에게 즐거움을 선사하기 위해 이제 한자리에 모아놓았다. 보르헤스의 분석은 경쾌하고 권위 있는 산문을 통해 우리를 우골리노에서 베아트리체까지 이끈다. 그는 자기 집 드나들듯 『신곡』을 거닌다.

보르헤스는 문학의 최고봉이자 13세기의 기독교적 휴머니즘의 결정체 앞에 있다는 것을 알고 있었다. 그러나 또한 이 작품이 동시에 인간의 위대한 열정들의 집약이요, 자신이 향유하고 도약하고 유희하던 학문인 형이상학의 경이임을 알고 있었다. 단테는 환상적인 꿈의 세계를 거니는 실제 인물로 우주를 나타내고 싶어 한다. 일체의 타자성과 동떨어진 채 그 자체로 예술작품인 우주. 그것은 바로 보르헤스의 모든 작품의 출발점을 이루는 가정이 아닐까? 『신곡』을 보르헤스의 예술적 삶의 거부할 수 없는 참조로 간주하는 것은 괜한 것이 아니다. 더 나아가 단테의 텍스트에 비추어 보르헤스의 작품을 연구한다면 매혹적인 작업이 될 것이다. 보르헤스의 텍스트들 위로 전락하는 지옥, 연옥, 천국의 세 단계를 상상하는 것. 사후세계의 세 왕국에 대한 단테의 여행이 북반구에서 우주의 중심으로의 끝없는 하강으로 표현되어 있다고 생각해 보자. 그러나 그것은 다시 상승과 풍요와 이로움으로 되돌아갈 수 있는 하강이다. 앞으로 나아감에 따라 그의 영혼의 키가 자란다. 마치 가지에 자양분을 공급하기 위해, 완벽함의 상징인 태양을 향해 자라기 위해 땅속 깊이 뿌리를 뻗치는 나무들처럼. 결국 사랑과 신을 찾는 인간의 여행이다. 나는 창작에 임할 때 보르헤스의 목표가 이와 다르지 않았을 것이라고 생각한다. 나는 또한 『신곡』에 대한 그의 연구가 인식론의 산물이 아닌 열정의 산물이라고 믿는다. 이를 확인하려면『아홉 편의 단테풍의 에세이』의 페이지들을 훑어보는 것으로 족할 것이다(점점 확대되는 움직임과 궤도를 가지고 고정된 지구 둘레를 도는 프톨레마이오스 천체의 아홉 행성, 지옥의 아홉 개의 원, 로사의 아홉 개의 합창, 선회하는 아홉 하늘……). 보르헤스는 홀수를 특히 좋아했지만 8 역시 그가 선호하던 숫자다. 3의 배수인 9도 마찬가지였다. 사실, 그는 모든 3의 배수를 마음에 들어 했다. 18은 이 이야기가 거쳐 가는 역驛의 개수다. 이는 보르헤스의 3에 바치는 또 다른 경의다.

보르헤스의 책들 중에서 그 어느 것도 이처럼 많은 인용과 지식을 담고 있지 못하며, 또 이처럼『신곡』의 보여줄 수 없는 아름다움을 드러내 보이고자 하는 열정을 지니고 있지 못하다. 서문에서 그는 단테가 실현한 대로 그의 세계에 대한 지리적 묘사를 하고 싶어 한다. 그리고는 각각의 에세이에서 단테 시의 찬란함에 대한 견해를 펼쳐 보인다.

아홉 편의 짧은 에세이(단지 분량에서만 그럴 뿐 엄밀함과 예술적 수준에 있어서는 그렇지 않다)에서는 실제적 인물과 허구적 인물, 작가, 문학비평가, 자신의 신화와 남의 신화가 뒤섞인다. 목록은 방대하다. 대략적인 언급만으로도 이 페이지들에 담긴 내용을 헤아릴 수 있다. 스티븐슨, 체스터턴, 에드거 앨런 포, 멜빌, 윌리엄 벡퍼드[61], 보카치오, 호메로스, 호라티우스, 오비디우스, 루카누스[62], 베르길리우스, 카이사르, 라비니아[63], 베네데토 크로체, 베아트리체, 우골리노, 루지에리 델리 우발디니, 프란체스코 토라카, 귀도 비탈리, 톰마소 카시니, 햄릿, 로빈슨 크루스, 돈키호테, 엘리엇, 아합과 모비 딕, 후고 프리드리히, 율리시즈, 카를로 슈타이너, 테니슨, 융, 쇼펜하우

---

61 William Beckford(1760~1844). 고딕소설『바텍』(1786)을 남긴 영국의 작가.
62 Marco Anneo Lucano(39~65). 고대 로마의 시인으로 스페인 코르도바 출생.
63 그리스·로마 신화에 나오는 아이네아스의 아내.

어, 라스콜리니코프, 마담 드 스탈, 칼비노, 토마스 아퀴나스, 베다 존사尊師, 스노리 스툴루손[64], 에드워드 기번[65], 바이런, 브라우닝, 드 퀸시……, 그리고 언제나 등장하는 인물들과 그 밖의 수많은 인물들. 보르헤스의 지식은 경이롭다. 『신곡』과 이 작품에 대해 쓰인 모든 것에 대한 그의 방대한 지식은 독자를 압도한다. 그러나 이 아름다운 책이 지닌 최고의 미덕은 거기에 있지 않다. 이 책의 압권은 작가의 산문에 있다. 산문은 강물처럼 유려하게 흐른다. 계속되는 인용도 그 도도한 흐름을 막지 못한다. 그 강렬함과 음악성과 재능은 결코 줄어들지 않는다. "몽상가에게서 방금 풀려난, 단테의 막 시작한 꿈의 형식들이다. 끊임없이 문학에 대해 말한다(달리 무엇을 할 수 있겠는가?). 『일리아드』 또는 『파르살리아』를 읽었고, 혹은 『신곡』을 쓴다. 기교의 구사에 있어 탁월하다. 그러나 베아트리체가 잊었기 때문에 지옥에 있다."

아홉 편의 에세이 중에서 흥미롭게도 '마지막' 이라는 공통의 형용사를 포함하고 있는 두 편의 에세이가 특히 아름답다. 「율리시즈의 마지막 여행」과 「베아트리체의 마지막 미소」가 그것이다. 다시 한 번 나는 숨은 의미를 고려하지 않고 천진하게 읽어야한다고 생각한다. 그의 완만하고 찬란하며 율동적인 운문을 읽어야 한다. 확실성과 불확실성에 너무 얽매이지 말고 글이 이야기하는 것 속으로 들어가야 한다. 텍스트를 그 자체로 즐겨야 한다. 그 아름다움과 말의 조형성을, 각각의 쉼표나 구句걸치기의 엄밀함을, 깔끄럽고 매끄러운 시적 장치의 엄밀함을 즐겨야 한다.

보르헤스의 참고문헌에서 다소 잊혀지고 고립되고 한쪽으로 밀려난 이네 권의 책(반복하지만 나에게는 명쾌한 네 권의 여명의 책들이다)에 대한 논의를

---

64 Snorri Sturluson(1179~1241). 북유럽 신화와 영웅담을 기록한 『에다』를 남긴 아이슬란드의 시인·역사가·정치가.
65 Edward Gibbon(1737~1794). 『로마제국 쇠망사』(1788)를 쓴 영국의 역사가.

끝마치기 위해 우리는 『셰익스피어의 기억』과 마주한다. 1980년 5월 15일에 일간지 『클라린』에 발표된 「셰익스피어의 기억」은 보르헤스가 쓴 마지막 단편이며, 더욱이 전집판으로 출간된 책의 표제작이다. 전집판 『셰익스피어의 기억』에는 이외에도 다른 세 편의 작품(「1983년 8월 25일」, 「푸른 호랑이들」, 「파라셀소의 장미」)이 포함되어 있는데 모두 앞서 각기 다른 출판물에 발표된 것들이다. 이 단편은 우리의 천재작가가 가장 오랜 시간을 두고 완성한 작품으로 알려져 있다. 1978년에 더듬거리며 초안을 잡기 시작했다고 한다. 두 페이지를 구술하고 나서 단념하기로 했는데, 아마도 처음에 의도한 수준에 미치지 못했거나, 혹은 잦은 여행에 너무 많은 시간을 허비했기 때문이었을 것이다. 어쩌면 이처럼 완벽한 단편은 집필 기간 내내 절대적인 집중을 요하기 때문일지도 모른다. 분명한 것은 1980년까지 그가 이 작품을 탈고하지 못했다는 사실이다.

시작은 우리가 다루는 모든 텍스트들이 그렇듯 감동적이고 결정적이다. "괴테, 에다[66] 그리고 보다 후대에 나온 『니벨룽겐의 노래』를 예찬하는 사람들이 있다. 셰익스피어는 나의 운명이었다. 지금도 그렇다. 그러나 최근에 프레토리아에서 죽은 대니얼 소프라는 단 한 사람을 제외하고는 아무도 예감할 수 없던 그런 방식으로 그렇다. 한 사람이 더 있지만 나는 한 번도 그의 얼굴을 본 적이 없다." 대니얼 소프는 주인공의 한 사람으로 불행하다. "나이를 먹으면 사람들은 많은 것을 가장할 수 있지만 행복만은 그럴 수 없다." 다른 한 사람의 이름은 바클레이 선생이다. 그러나 이야기 전체를 떠받치는 인물은 셰익스피어를 전공한 석좌교수인 독일인 헤르만 쇠르겔이다. 그는 화자이자 셰익스피어에 심취한 보르헤스의 알터 에고다. 세 사람은 셰익스피어에 관한 학술회의에서 만난다("나는 그 장소와 날짜

66 고대 북유럽의 시가집.

를 밝히지 않을 것이다. 그 정확성이란 게 실은 모호함과 다름없음을 잘 알고 있다."). 대니얼 소프는 쇠르겔에게, '아주 오래전 철부지 어린시절부터 1616년 4월 초순 무렵까지의' 셰익스피어에 관한 기억을 제공한다. 그가 원하는 것은 보르헤스, 아니 쇠르겔이다. 그는 그것을 얻는다. "기억은 이미 당신의 의식 속에 들어갔지만 당신 스스로 그것을 발견해야만 합니다. 그것은 꿈속에서, 혹은 깨어 있을 때, 혹은 책장을 넘기거나 모퉁이를 돌 때 모습을 드러낼 것입니다. 조바심을 내서도, 억지로 기억을 꾸며내서도 안 됩니다." 결과는 예상과 달랐다. 보르헤스는 이러다 미칠지도 모른다고 생각한다. "세월이 흘러감에 따라, 누구나 점점 무거워지는 기억의 짐을 메고 다녀야 한다. 때로는 두 개의 기억, 즉 서로 소통할 수 없는 타인의 기억과 나의 기억이 뒤섞이면서 나를 괴롭혔다." 그는 셰익스피어에게서 해방된다. 그의 기억을 선사한다.

나는 『셰익스피어의 기억』이 한 작가에게 있어 지극히 고귀한 결말이라고 생각한다. 마지막 단편은 그 작가의 수준에 걸맞은 높이에 있다. 더 나아가 그를 더욱 기발한 작가로 만든다. 이 작품을 읽는 것은 최상의 보르헤스를 되찾는 것이다. 최상의 보르헤스를.

나머지 세 단편에 대해서는 깊이 다루지 않을 것이다. 단지 잘 알려진 「1983년 8월 25일」만을 언급하겠다. 이 작품은 1983년보다 훨씬 오래 전에 쓰였지만 정해진 그 날짜에 작가가 자살할 것임을 예고하고 있다. 문학이 제공할 수 있는 볼거리에 언제나 촉각을 곤두세우는 사람들과 독자들 사이에 이 놀라운 소식이 퍼져 나갔다. 결국 예언은 실현되지 않았다. 몇몇 사람들은 득달같이 그 이유를 알아내려고 달려갔다. 마치 죽은 이유와 죽지 않은 이유가 온 세상에 낱낱이 공개되어야 한다는 듯이. 보르헤스는 '비겁해서' 라고 간명하게 대답했다. 그는 그 해에 스페인의 메넨데스 펠라요 대학에서 열린 강좌에서 그렇게 말했다. 한편, 이미 12개월마다 그를 자살로 내모는 일을 맡은 사람들도 있었다. 또다시 유력한 수상 후보에게 스웨덴 신드롬이 닥친다. 노벨상은 그에게 주어지지 않았다. 윌리엄 골딩의 몫이었다. 이번에는 경악이 극에 달했다. 다행히 그에게 주어진 상이 없던 것은 아니다. 스페인에서 현왕 알폰소 10세 대십자장을, 매디슨과 팔레르모에서 명예박사 학위를 그리고 시카고에서 국제 잉게솔상을 받는다. 보르헤스는 패배자가 아니었다. 패배한 것은 스웨덴 학술원이었다.

17 「골렘」, 또 하나의 상징

마지막 두 해 동안에도 상은 쉴 새 없이 보르헤스의 삶을 장식한다. 그를 숭배하고 그에게 경탄하는 사람들이 갖가지 선물과 상을 제공한다. 충실한 프랑코 마리아 리치는 보르헤스의 84회 생일에 맞춰 기발하게도 84개의 금화를 선물한다. 장소는 뉴욕 공공도서관이었는데, 400명이 넘게 참석한 만찬이 행사의 규모를 말해준다.

10월에는 그가 그토록 사랑한 도시의 로마대학이 또 한 번 명예박사 학위를 수여했고, 산드로 페르티니 대통령이 이탈리아 공화국 대십자훈장을 수여했다. 그러나 그것이 그 달에 받은 유일한 훈장은 아니었다. 리스본에서는 마리우 소아레스 수상이 산티아고 대십자훈장을 수여한다. 달마다 그리고 때로는 매주 수상 소식이 전해졌다. 그러나 보르헤스는 이미 기력이 쇠약해져 간다. 하루가 다르게 몸이 허약해짐을 느꼈고 그의 건강이 좋지 않다는 소식이 전세계에 타전된다. 그럼에도 불구하고 그의 활동은 조금도 위축되지 않는다. 그 시기에 그는 계속해서 세계 곳곳을 여행하면서 —마치 장소의 이동이 건강을 해치지 않는다는 듯이— 강연을 하고 새로운 텍스트를 구술했다. 기껏해야 인터뷰 요청에 응하는 횟수를 줄였을 뿐이다. 그러나 신문기자나 작가들과의 제한적인 대담은 여전히 의미 있고 결정적이었다.

그의 드문 인터뷰 중에서 어떤 것은 아주 흥미롭다. 예컨대, 부에노스아이레스에서 훌리오 세사르 칼리스트로와 한 인터뷰가 그렇다. 1983년이었다. 흥미롭다고 하는 이유는 인터뷰 내용이 10년 동안 공개되지 않았고, 그의 의문과 두려움, 단념할 수 없는 확신과 희망 그리고 그의 매력에 대한 기억할 만한 구절들을 담고 있기 때문이다. 한마디로 여기에는 보르헤스의 진면목이 드러나 있다. 인터뷰어도 이렇게 회고한다. "고백하건대, 나는 작가로서 그를 찬양하지만, 그밖에도 대화의 미로 속으로 나를 끌어들이는 솜씨에 홀딱 반하지 않을 수 없었다. 만일 말할 기회가 주어지면 그는 허공에 글을 쓰며 즐길 것이라고 생각하게 되었다. 그는 말하고 그의 말의 호흡은 글의 리듬을 지닌다. 분명 보르헤스는 언제나 보르헤스다⋯⋯." 이에 못지않게 아름다운 대화를 시작하기 위한 아름다운 말들. 나는 이 책에 뒤늦게 공개된 훌리오 세사르 칼리스트로의 인터뷰의 일부를 포함시키고 싶은 유혹을 뿌리칠 수 없다. 가령, "보르헤스, 당신은 뭘 기다립니까?"라는 질문에 작가는 이렇게 답한다. "모르겠어요. 내 운명은 여전히 하나의 미스터리입니다. 나는 눈이 멀었고, 나의 동시대인들은 대부분 죽었습니다. 나는 소심한 사람이고 1955년 이후로는 읽을 수가 없습니다. 나는 머리에 떠오르는 대로 구술해야만 합니다⋯⋯. 왜 브라유[67]가 고안한 맹인용 점자법을 익히지 않았는지 모르겠어요! 그랬다면 아마도

67 Louis Braille(1809~1852). 맹인용 점자법을 고안한 프랑스의 교육자.

삶 전체가 달라졌겠지요. 읽을 수 있다면 쓸 수도 있을 테니까요……. 그러나 이미 너무 늦었고 이젠 손가락의 감각조차 무뎌졌어요. 맞아요. 내 인생 전체가 달라질 수도 있었을 테지요!" 앞을 보지 못하는 것의 '이점'에도 불구하고 보르헤스는 자신에게 화가 났다. 그는 수없이 그 이점들에 대해 말했다. 그러나 현실은 별개였다. 구술하는 것은 힘겨운 일이었다. 혼자 힘으로 읽을 수 없다는 것은 커다란 고통이었다. 그는 어둠의 한복판에서, 혹은 끊임없이 그의 두 눈앞에 어른거린다고 한 그 노란색의 한복판에서 길을 잃은 것만 같았다.

인터뷰어와 보르헤스 사이의 대화는 효과적이게도 친밀한 고백의 분위기로 흐른다. 칼리스트로는 우리와 같은 생각으로 질문을 던진다. "당신의 일생은 반항 그 자체였습니다. 왜죠?" 보르헤스가 답한다. "그래요. 젊었을 때는 그랬지요. 나는 세상과 불화하는 게 좋았어요. 지금은 아닙니다. 의견을 일치시키려고 애쓰지요. 체스터턴은 인생이 다 지나간 뒤에야 비로소 타인들이 옳다는 것을 알게 되었다고 말했습니다. 나에게도 똑 같은 일이 일어났어요." 답변에는 분명 보르헤스 특유의 반어법이 숨겨져 있다. 그에게는 동의하는 것이 힘들 뿐더러 그의 문학은 언제나 관행적이고 규범적인 정통 담론과의 영원한 불화의 본보기인 것이다.

보르헤스는 또한 그의 말을 가지고 혼을 빼앗았다. 그러나 작가의 목표는 그의 공개적인 진술과 개입에서 그리고 세계화된 현실을 가득 채우는 수많은 인쇄물에 나타난 그의 미소에서 매혹적이 되는 것이 아니다. 작가의 매력은 다른 기회에 쓰기 위해, 쓰인 페이지들을 위해 아껴둘 필요가 있다. 그렇다. 일정한 만큼의 매혹이 불가결하고 꼭 필요한 곳은 바로 그곳이다. 아마도 그것은 보르헤스에 의해 충분히 입증된 미덕이 아니던가? 그는 성령의 세계가 우리에게 선사한 최고의 언어 마술사가 아니던가? 그는 가장 열정적인 마술사가 아니던가?

그는 수사적인 겸양에 심취했다. 나는 사람들이 그것을 잊었기를 바랍니다! 또 그는 열정적으로 헌신했다. 문학과 더불어, 그의 고독 속에서 엮은 꿈들과 더불어 극한까지 열정적이었다. 그는 매우 고독했다. 그렇다고 흔히 말하듯이 그의 말년이 쓸쓸했다는 얘기는 아니다. 확실한 것은 그의 말년이 80세를 넘긴 대부분의 사람들보다 훨씬 좋았다는 사실이다. 오직 그만이 글을 쓰고 꿈을 꾸며 80대의 말년을 보낼 수 있었다. 천재작가 보르헤스는 노년에 특권을 누린 사람이었다. 이를 달리 바라본다면 현실을 오독하는 것이다. 마리아 고다마는 언제나 그의 곁에서 투정을 받아주었으며, 그의 지혜와 재능을 존경했다. 그녀는 끊임없이 구석구석 그의 문학을 향유했고 그가 계속 글을 쓸 수 있도록 힘을 북돋아 주었다. "이 삶을 망각하지 않을 수만 있다면 나는 굳이 더 오래 살고 싶은 생각이 없다. 그래서 나는 개인의 정체성이란 바로 결코 잊혀지지 않는 어떤 기억들을 소유함으로써 성립되는 것은 아닐까 자문해본다." 그는 종종 "우리는 기억이다." 하고 말했다.

기억들 중에는 책과 단편과 가장 애호하는 시들이 있다. 보르헤스는 가장 호평을 받는 자신의 작품들이나 그의 가슴에 가장 와 닿는 작품들에 대한 평가를 습관적으로 바꿨다. 대부분의 위대한 작가들에게 흔히 있는 일이다. 그런데도 언제나 되풀이 언급되는 작품이 있다. 『모래의 책』(1975)에 수록된 단편 「울리카」가 그 중의 하나다. 그리고 시 가운데서는 「골렘」과 「한계」를 들 수 있다. 이 두 편의 시는 1964년에 출간된 책 『타자, 동일자』에 실려 있다.

나는 「골렘」이 더 마음에 든다. 보르헤스여 나의 무모함을 용서하라. 이 시는 한동안 함께 머물며 즐기고 사색하고 해석하고 싶을 만큼, 또 보르헤스의 다양한 독서와 관심을 통해 그의 인격을 엿보고 싶을 만큼 충분한 유혹을 제공한다. 물론 모든 해석에는 오류의 가능성이 있다는 것을 알지만 감히 나름의 해석을 해보겠다(순전한 균형의 문제다. 우리가 『알레프』에 대해 고찰했으니 한편의 시에도 동일한 예의를 표하는 게 공평해 보인다).

　주제는 격정적이다. 그리고 예로부터 있어 온 주제다. 오스트리아 작가 구스타프 마이링크의 소설 『골렘』을 읽은 후에 보르헤스는 태어나지 않은 사람의 창조에 사로잡힘을 느꼈다. 1868년 빈에서 태어난 마이링크는 기묘하고 신비한 현상의 연구에 일생을 바쳤다. 1932년 나치에 의해 이단 혹은 그 유사한 어떤 것으로 단죄되어 죽었다. 소설의 주인공 아타나시우스 페르나트는 기억을 잃고 자신의 존재의 비밀을 알려 줄 흔적을 찾아 프라하의 거리를 배회한다. 보르헤스는 이 줄거리에 논문, 시, 에세이 등 다양한 성격의 텍스트를 바친다. 소설의 제5장에서 마이링크는 인조인간인 골렘의 기원이 멀리 고대시대까지 거슬러 올라간다고 적고 있다. 책에 따르면, 그 시대에 랍비 유다 로예브 벤 베자벨(표현법은 다양하게 변해 예후다 벤 벳자벨 뢰베 같은 형태를 띨 수 있으며, 보르헤스는 그를 유다 레온으로 부른다)이 카발라의 처방에 따라 인간의 형상을 지닌 존재를 만들었다. 교회당 타종이나 청소 같은 매우 고된 일을 시키기 위해서였다. 그러나 언제나 그렇듯이 피조물은 그의 창조자에 맞서 반란을 일으킨다.

　분명한 것은 골렘이 중세 때부터 프라하에 정착한 유대인 공동체에 전해 오는 전설의 하나라는 사실이다. 전설은 랍비 유다가 13세기에 하느님에 의해 계시된 처방 덕분에 몰다브 강의 진흙으로 유사인간을 창조했을 것이라고 전한다. 나는 골렘의 전설이 보르헤스가 추론할 수 없던 하느님의 창조 행위의 거울이라고 믿는다. 보르헤스는 그러한 맥락에서 1958년에 그의 시 「골렘」을 쓴다.

　시는 유명론이 소개되는 플라톤의 『크라틸로스』에서 출발해 유대의 율법학자인 랍비의 작품을 명상하면서 끝난다. 교양시라는 사실을 부인할 수 없다. 그러나 그 의미를 모른다해도 시의 아름다움은 전혀 퇴색되지 않는다. 단언하지만, 카발라, 게르숌 숄렘[68], 유다 레온, 원형은 사실 텍스트를 위대하게 만드는 무한한 음악을 가득 채우는 이름들일 뿐이다. 이 문제들은 보르헤스에 의해 이미 다양한 방식으로 다루어진 바 있다. 심지어 그는 『타자, 동일자』의 서문에서 이렇게 말하기에 이른다. "…… 사막의 가장자리에 있는 러벅에서 한 키 큰 소녀가 「골렘」을 쓸 때 「원형의 폐허」의 변주를 시도하지 않았느냐고 물었다. 나는 그 진정한 계시를 받기 위해 온 대륙을 가로질러야 했다고 대답했다." 보르헤스는 이 시가 『끝없이 두 갈래로 갈라지는 길들이 있는 정원』(주지하는 바와 같이 이 책은 나중에 『픽션들』에 묶인다)에 실려 있는 단편과 관련이 있음을 인정한다. 「원형의 폐허」에서 보르헤스는 인간을 창조하기 위한 한 마법사의 노력에 대해 얘기했다. 그는 인간을 창조하기 위해 꿈꾸는 일에 매달린다. 그의 미완성 작품은 불에 닿아도 상처을 입지 않는다는 신비한 점을 지니고 있다. 화재로 마법사가 살고 있는 유적이 파괴되는 단편의 마지막 장면 역시 여전히 보르헤스의 세계를 분명하게 드러내 준다. "불의 신의 신전의 유적은 불에 의해 파괴되었다. 새들도 날지 않는 새벽녘에 마법사는 무서운 불길이 넘실대며 담벼락을 타고 오르는 것을 보았다. 한순간 그는 물 속으로 피할 생각을 했다. 그러나 이내 그는 죽음이 그의 노년을 완성하고 그를 일에서 해방시키러 왔다는 것을 깨달았다. 그는 불길이 치솟는 쪽을 향해 걸어갔다. 불길은 그의 육신을 덮치지 않았다. 불길은 그의 몸뚱이를 어루만졌다. 뜨거움도 불태움도 없이 그의 육신을 가득 채웠다. 부끄러움 속에 안도의 한숨을 내쉬며, 또 두려움에 몸을 떨며 그는 자신 역시 하나의 형상이며 다른 누군가가 그를 꿈꾸고 있다는 것을 깨달았다." 꿈속의 꿈. 아마도 이것이 그의 작품에 대한 유효한 정의일 것이다.

<hr>

68 Gershom Scholem(1897~1982). 독일 베를린 출신의 유대학자.

보르헤스는 창조의 기원에 마음을 빼앗긴다. 「원형의 폐허」에서는 창조자가 창조되었다면, 「골렘」에서 텍스트의 의미를 불가사의하게 만드는 존재는 바로 창조자 자신이다. 그러나 이미 지적했듯이 시를 위대하게 하는 것은 그러한 불가사의가 아니다. 「골렘」은 읽으면 읽을수록 더 큰 다양한 감동을 선사하는 고전적인 작품의 하나다. 그 미학적 장치들은 다시 읽을 때마다 힘과 활력을 얻으며 거대해진다. 그리고 그 소리를 들을 때면 마치 자신의 목소리 위로 미끄러지는 것만 같다(우쭐한 권고를 하나 하자면, 무엇이건 보르헤스의 위대한 시를 큰 소리로 읽어 보라).

시는 언어와 말의 중요성에 바치는 아름답고 열렬한 찬가다. 세계, 아름다움 그리고 현실의 생산자는 바로 말이다. 말이라는 '그 낭랑한 그물에 걸린' 현실. 나는 보르헤스가 말 그리고 세계와 인간존재의 생산자로서의 말의 중요성에 바친 열정, 바로 그것이 시의 본질이라고 믿는다. 나머지는 서술된 문제인 '골렘'과 상호 관련된 그의 해박한 지식 본연의 문제들, 즉 하느님과 창조의 미스터리와 유희하기 위한 구실이다. 이를 위해 보르헤스는 수없이 언급된 그의 원형들에 대해, (피조물과 관련하여) 아담과 에덴동산에 대해, 유다 레온과 카발라(카발라는 성서를 해석하기 위한 특정한 방법과 하느님을 지칭하기 위한 64개의 이름의 존재를 지적한다)와 숄렘(히브리 신비주의에 해박한 학자로 보르헤스는 『알레프』를 쓰기 위해 그를 읽었다)에 대해 말한다. 구실. 결국 모든 것은 그의 아이러니와 말의 순결함 그리고 현실의 창조자인 조물주를 포착할 수 없다는 사실로 귀결된다.

보르헤스는 그에게 주어진 운명, 즉 타인들 사이에서 그를 정의하고 그의 형상을 그리는 운명을 저버리지 않는다. 글을 쓸 때 작가는 동시에 위대한 창조자가 된다. 말은 거듭 그를 어지럽히고 덮치고 감동시킨다. 때로는 그에 맞서 반란을 일으킨다. 말은 스스로 자신의 길을 갈 뿐 만지고 조작하고 개작하도록 허락하지 않는다. 우리는 소설 속에서 작가(창조자)의

의지와 무관하게 스스로 생명을 얻어 살아가는 인물들에 대해 말하는 것을 숱하게 들었다. 말에 대해서도 똑같이 가정할 수 있다. 말은 문장과 문맥 속에서 자기 자리를 선택하며, 때때로 작가의 개입을 허락하지 않는다.

나는 이렇게 단정하는 것이 위험하다는 것을 인정한다. 그리고 내가 뜬구름을 잡는다거나 가당치 않다고 비난받을 수도 있다고 생각한다. 그러나 나는 이 일이 실제로 일어났음을 안다. 나는 보르헤스의 말들이, 심지어 그의 작품 전체가 창조자와 무관하게 태어나는 것을 보았다.

글을 쓰는 존재(솔직히 필경하는 존재라는 표현은 덧없다)의 창조 행위는 또한 글을 읽는 존재의 재창조 행위를 가능하게 한다. 독자는 자신이 포착하는 단어들을 새롭게 창조한다. 좋은 독자는 작가가 의도한 것을 재정의하는 일을 맡는다(작가들은 자신들이 쓰는 세계를 정의하려고 시도할까?). 지금 다루고 있는 시 「골렘」에서 그러한 시도는 분명해진다. 각각의 독서는 새로운 기발한 해석을 제공한다. 단지 각각의 개인적인 독서뿐만이 아니다. 집단적인 독서도 마찬가지다. 나는 체험을 통해 그걸 확인했다. 나는 한 대학의 강의에서 학생들에게 보르헤스의 시를 읽어보라고 제안했다. 고백하건대 상보적인 동시에 때로는 모순적인 답변을 그렇게 많이 들어본 텍스트는 거의 없다. 「골렘」의 행간에서 작가의 개성을 짚어내려는 학생에서 '랍비는 고뇌와 덧없는 빛의 시간에서, / 그의 골렘에서 눈을 떼지 못했다' 는 시구에서 자신의 유산을 맡길 상속자들, 자식들을 가지지 못한 데서 오는 보르헤스의 좌절을 읽어내는 학생에 이르기까지 해석은 각양각색이었다. 때때로 나는 이 한편의 시와 더불어 숱한 시간을 허비했다. 아니 벌었다. 그리고 언제나 그럴 만한 가치가 있었다. 이 시는 읽으면 읽을수록 위대해진다. 심지어 느끼거나 예감한 각각의 이미지와 함께, 감추어진 각각의 음악과 함께, 허공에 정복당한 각각의 감동적인 공간과 함께 학생들의 눈도 반짝인다. 「골렘」을 사랑하는 최선의 방법, 고전적인 시를 사랑하는 최선의 방법은 그 시구를 몇 번이고 되풀이 읽는 것이다.

「골렘」은 많은 의미를 내포한 시다. 열린 시. 변화무쌍한 시. 해석의 가능성이 무한히 열려있고, 마찬가지로 끝없이 질문을 쏟아낼 수 있는 시다. 「원형의 폐허」에서와 마찬가지로, 독자는 시가 얘기하는 모든 것이 단순히 유일한 창조자의 개념에 대한 문제제기라는 느낌을 받을 수 있다. 모든 결과에는 언제나 무한한 원인이 존재한다는 느낌. 그러한 이유로 많은 이들은 내용을 과장해 「골렘」에서 하나의 신학 전체의 원리를 보았다. 보르헤스의 신학. 심지어 그의 불가지론이 재확인되고 있음을 보았다. 인간의 제한적 이성으로부터 우월적 존재의 개념을 포착해내는 것이 가능할까? 보르헤스는 한결같이 아니라고 답한다. 그러나 그의 작품은 그러한 의미에 문제를 제기한다. 그가 여러 번 되풀이 말했듯이 꿈으로부터 글을 쓰기 때문이다. 그것이 「골렘」이다. 작가, 랍비, 하느님, 피조물, 창조, 시적 창조. 이 모든 것은 동일한 것이다. 나는 모든 의미에서 초자연적인 이 시를 통해 보르헤스가 우리에게 말하고 싶어 한 것은 바로 그것이라고 생각한다.

생의 말년에 그의 고통은 깊어진다. 음험한 고통. 그러나 그는 시간을 내서 파리의 보부르(퐁피두)센터에서 열린 프란츠 카프카 추모 전시회의 개막식에 참석한다. 카프카는 늘 보르헤스와 동행했고 두 사람은 함께 인접한 오솔길을 거닌 것으로 보인다. 그래서 나는 체코의 마법사를 이 책의 맨 앞에 놓았다. 나는 그의 『일기』의 말들을 가져와 나의 보르헤스와 동행하게 했다. 누구에게도 양도할 수 없는 나만의 개인적인 보르헤스. 이 밤들에 창문 앞에서 내가 창조한 보르헤스. 보르헤스는 그의 실루엣, 그의 지팡이, 그의 투명한 얼굴이 어슴푸레 비치는 푸른 의자에 등을 돌리고 앉아 있다. 고통. 또다시 고통. 1986년. 암은 그의 장에서 간으로 전이된다. 그러나 그는 여행을 계속한다. 그는 어떤 친구에게도 나쁜 소식을 알리지 않는다. 그는 마리아와 더불어 홀로 고통을 겪을 것이다. 그는 그의 전집 판본을 다시 검토할 생각으로 제네바로 간다. 그는 돌아오길 원치 않는다. 그는 사랑하는 도시에서 죽을 생각이었다. 그곳의 라르발레트 호텔 308호실에 거처를 정한다. 그는 두 차례 병원에 입원한다. 그 뒤에 한 아파트로 이사한다. 병세가 호전되지 않는다. 4월에 말년의 사랑인 마리아 고다마와 결혼한다. 그녀는 모든 여인들을 함축하는 여인이었으며 그의 모든 유산의 상속자였다. 이제 남은 이야기는 아주 짧다. 6월 14일 아르헨티나 유엔 대사는 보르헤스가 오전 8시 30분에 간암으로 타계했다고 발표한다. 그의 삶의 이야기는 끝났다. 그러나 숱한 논쟁은 열려 있었다. 그의 주변에 밀접하게 얽힌 숱한 운명 역시 열려 있었다. 그러나 천재작가 보르헤스는 이미 죽고 없었다.

18 푸른 의자 그리고 이별

이제 이야기는 끝났다. 보르헤스는 제네바의 플렝 팔레 공동묘지에 묻혔다. 그의 무덤임을 알려 주는 돌은 일명 라 푸니야[69]의 회색 돌로 불리는 은청색 대리석이다. 중량이 1톤이나 되는 원석 덩어리는 아르헨티나의 코르도바 산맥에서 가져온 것이다. 조각가인 에두아르도 롱가토가 비석 제작을 맡았다. 비석은 높이가 120cm이며, 폭은 80cm, 두께는 25cm이다. 북유럽의 예술에서 영감을 얻은 이 작품은 마리아 고다마에 의해 발주되었고 1987년 5월과 7월 사이에 제작되었다.

비석의 한쪽 면은 991년 영국의 해안을 영웅적으로 방어한 말돈 전투에 참전한 여러 전사들의 모습을 보여 준다. 비석에 새겨진 약 3cm 깊이의 부조에는 한 척의 바이킹 배에 타고 있는 선원들의 모습이 그려져 있다. 그

69 La Punilla아르헨티나의 코르도바에 있는 계곡.

리고 '그램이 자신의 검을 집어들고 번뜩이는 쇠붙이를 두 사람 사이에 놓았다' Hann tekr sverthit Gram ok / leggr i methal theira bert는 구절이 새겨져 있다. 그는 그램의 검을 집어 들고 칼집에서 검을 뽑아 그들 사이에 놓는다. 자구대로 번역해도 본래의 의미는 훼손되지 않는다. 새겨진 글은 영웅이 사랑하는 사람과 사흘 밤을 동침한 사실을 언급한다. 그는 그녀를 범하지 않으려고 검을 뽑아 둘 사이에 놓는다. 아랫부분에는 '울리카가 하비에르 오타롤라에게' 라는 글귀가 적혀 있다. 울리카. 이야기다. 또다시 이야기다. 보르헤스와 마리아 고다마를 엮어 준 사랑의 증거가 더 필요한 걸까? 아니면 전기(내가 지어낸 이 픽션)가 꼭 사랑과 이별의 자료와 기록과 흔적을 수집해야만 할까? 보르헤스의 꿈과 작품, 시구들이 '시간 위에' 나선으로 그려간 흔적들로 충분하지 않을까? '시간 위에' 가 아니라 '영원 위에' 라고 말하고 싶다. 그의 작품은 영원하다. 마치 대지의 일부요 대지의 무한한 돌들의 일부인 듯 땅속 35cm에 박혀 있는 플렝 팔레의 비석처럼 그렇게 영원하다.

보르헤스 역시 그렇게 무한하다. 영원한 작가. 그의 작품은 그렇게 영원을 갈망했다. 그의 애정과 혐오, 그의 편집증, 존경, 원한은 영원하지 않다. 그 모든 허섭스레기는 세월의 흐름 속에서 잊혀질 것이다. 그러나 작품은 영원히 남을 것이다. 꼭 살아남아야 하는 것은 언제나 살아남기 마련이다. 시간이 지날수록 보르헤스의 명성은 높아 간다. 그의 말에 귀를 기울이는 사람들의 수가 점점 많아진다. 그의 텍스트의 매력에 매료된 사람들. 그의 계략의 매력. 그의 유희. 그런데 유희가 늘 유쾌한 것만은 아니다. 글쓰기 작업이 영원히 행복하다고 생각한다면 착각이다. 때로는 고통을 수반한다. 그는 즉각적인 쾌락을 주지 못하는 일체의 독서와 힘겨운 일체의 창작을 싫어한다고 밝힌 바 있다. 그는 영혼으로부터, 꿈과 죄악과 뮤즈 그리고 좌절로부터 위대한 글줄들을 쥐어짜는 것의 어려움을 어느 누구보다 잘 알고 있었다. 보르헤스처럼 글을 쓰기란 쉽지 않다. 그의 자유분방한 유희조차도 마술사의 모자에서 꺼낸 것처럼 황홀하다.

이 글을 끝내기 전에 마지막으로 아직 한 권의 책이 남아 있다. 이 책은 이미 앞에서 여러 번 언급되었지만 자세히 살펴보지 못한 다른 어떤 책에서 출발한다. 그 중 하나가 1984년에 출간된 『아틀라스』이고, 다른 한 권은 1985년에 출간된 『음모자들』이다. 1985년은 이탈리아에서 그의 『전집』 첫 번째 권의 출간으로 에트루리아 문학상을 수상한 해이기도 하다.

『아틀라스』는 텍스트와 사진을 모아놓은 책이다. 그러나 서문에서 보르헤스는 이렇게 말한다. "사진이 곁들여진 일련의 텍스트, 혹은 에피그래프에 의해 설명된 일련의 사진들로 구성되어 있지 않다. 각각의 타이틀은 이미지와 말로 빚어진 통일성을 아우른다." 시편들, 짤막한 산문들 그리고 무엇보다 (그의 『전집』에 나타나는) 에필로그. M. K.로 서명된 에필로그는 결과적으로 두 사람 사이의 관계를 심오하게 드러낸다. 은유들 틈새로 보르헤스와 마리아의 영혼을 드러내는 아름다운 페이지다.

보르헤스, 우리에게 지도는 무엇이었을까요?

시간의 날실과 세상의 영혼으로 빚어진 우리의 꿈들을 얽기 위한 구실.

여행을 떠나기 전에, 우리는 눈을 감고 손을 모은 채 아무렇게나 지도를 펼치고는 손가락 끝이 불가능한 것, 산들의 사나움, 바다의 매끄러움, 불가사의한 섬들의 보호를 헤아리도록 가만히 있었지요. 현실은 문학과 예술 그리고 고독에 있어 너무도 흡사한 우리의 유년기 추억의 팔림세스트입니다.

내게 로마는 괴테의 『엘레지』를 읊조리는 당신의 목소리입니다. 베네치아는 당신에게 어느 해질녘 산 마르코스에서 음악회에 귀 기울이며 당신에게 전해 준 것입니다. 파리는 호텔 방에 틀어박혀 위고를 읽으며 초콜릿을 먹고 있는 고집 센 철부지 당신일 테지요. 내게 있어 파리를 발견하는 당신의 방식은 내가 루브르의 돌계단 높은 곳에서 〈사모트라치아의 승리〉[70]를 보았을 때 우리가 흘리던 눈물입니다. 그 조각상을 내려다보며 아버지는 내게 아름다움을 가르쳐 주셨지요. 아름다움은 실체화된 조화요, 불가능한 것을 성취한 것이며, 바다의 미풍을 도포 주름의 움직임 속에 영원토록 가두는 것입니다…….

우리에게 시간은 오목하게 패인 보호물이었습니다. 우리는 우리의 고양이들인 오딘과 벱포가 고리짝이나 벽장 속에 들어가듯 그렇게 신비를 발견하기 위해 천진함과 목마른 호기심으로 시간 속에 들어가곤 했습니다.

당신이 별들을 거닐고 우주의 언어를 배우는 곳인 시간 너머의 시간을 벼리며 나 지금 여기에 있어요. 당신은 시와 아름다움과 사랑이 그곳에서 맹렬하게 불타오른다는 것을 이미 알고 있지요. 그 사이 나는 시간과 나라들과 사람들을 부지런히 거닐고, 매순간 나는 당신에게 더 가까이 다가갑니다. 또다시 우리가 손을 맞잡기 위해 필요한 그 모든 것들이 채워질 때까지. 모든 것이 채워지는 날 우리는 또다시 파올로와 프란체스카[71], 헨지스트와 호르사[72], 울리카와 하비에르 오타롤라, 보르헤스와 마리아, 프로스페로와 아리엘[73]이 될 테지요. 마침내 그들처럼 오직 영원을 향한 빛으로 하나가 되겠지요.

친애하는 보르헤스여, 평화와 나의 사랑이 당신 곁에 머물길. 안녕.

『아틀라스』의 이 아름다운 에필로그는 『음모자들』의 맨 앞에 놓인 「비문」으로 완성되어야 한다. 『암호』의 서문보다 더 아름다운 「비문」은 마리아 고다마에게 바쳐졌다. 아마도 이것은 완벽한 사랑이리라. 여러 차례 언

---

70 자연과 인간의 조화를 보여주는 헬레니즘 시대의 조각상.
71 단테의 『신곡』 지옥편에 나오는 비련의 남녀.
72 주트족(5~6세기에 영국에 침입한 게르만족)의 지도자들.
73 셰익스피어의 『템페스트』에 나오는 인물들.

급한 인물의 높이에 걸맞은 완벽한 사랑.

　시를 쓰는 것은 하나의 작은 마술을 시도하는 것과 같습니다. 마술의 도구인 언어는 매우 신비롭지요. 우리는 그 기원에 대해 전혀 알지 못합니다. 아는 것이라고는 그것이 여러 언어로 갈라지며 각각의 언어는 불확정적이고 변화무쌍한 어휘들과 무한한 구문적 가능성으로 이루어진다는 사실뿐입니다. 나는 그 손에 잡히지 않는 요소들을 가지고 이 책을 꾸몄습니다(시에서는, 운율과 시어의 분위기가 의미보다 많은 것을 표현할 수 있습니다.).

　마리아 고다마여, 이 책은 당신의 것입니다. 이 비문이 황혼과 나라 공원[74]의 사슴, 당신이 홀로 있는 밤, 번잡한 아침, 함께 거닐던 섬, 바다, 사막, 정원, 망각이 잃어버리는 것과 기억이 변화시키는 것, 회교 교회당의 기도 시각을 알리는 승려의 높은 목소리, 호크우드의 죽음, 책 그리고 삽화를 포함하고 있다는 것을 굳이 말할 필요가 있을까요?

　단지 우리가 이미 준 것을 줄 수 있을 뿐입니다. 이미 타인의 것이 되어버린 것을 줄 수 있을 뿐이지요. 이 책에는 언제나 당신의 것이던 것들이 있습니다. 하나의 헌사, 상징들의 건넴은 얼마나 신비로운가!

　단지 우리가 이미 준 것을 줄 수 있을 뿐이다. 이미 타인의 것이 되어버린 것을 줄 수 있을 뿐이다. 『아틀라스』의 에필로그와 『음모자들』의 「비문」은 살아서 혹은 죽어서 두 사람이 서로에게 선사한 선물이었다. 수천 번, 아니 끝없이. 아침햇살이 그들을 놀라게 할 때 오렌지 빛 새벽을 바라보며. 아마도 이 책의 마지막에서 나를 괴롭히는 새벽과 똑같으리라. 늙은 보르헤스여, 우리가 함께 한 숱한 시간들과 더불어 몸은 지쳤다. 당신은

74 일본의 나라현에 있는 공원으로 흔히 사슴공원으로 불린다.

그 자리에 있다. 요 몇 달 동안 당신은 단 한 순간도 나를 떠나있지 않았다. 우리는 꼭 붙어 지냈기에 이따금씩 눈을 뜨면 난 당신이었고, 사춘기 소년이던 때의 기억을 되살리며 난 당신의 책들 사이에서 한 줄 한 줄 당신을 읽었다. 좌절한 젊은이. 마치 쓰인 것이 삶보다 더 중요하다는 듯이 이 책 저 책을 오갔다. 운명, 운명을 거부하는 것은 부질없다. 보르헤스, 당신은 단 한 순간도 결코 운명을 거부하지 않았다. 나는 보르헤스가 의자에서 일어나 내 손을 잡는 꿈을 꾸었다. 그의 눈은 모든 형태와 모든 색깔을 완벽하게 식별했다. 노란색은 새벽녘의 보잘것없는 원고 사이로, 잊고 내버려 둔 컵들의 안개 속으로 천천히 사라졌다. 테이블. 모든 것이 고갈되었다. 최근 몇 달을 장식한 수십 권의 책들. 당신의 경쾌한 손가락들이 나를 올려다보는 회색빛 자판에 천천히 그 정교함을 내려놓는다. 그리고는 썼다. "지칠 줄 모르는 시간이 내게 이 페이지들을 연장하는 불행을 허락했다. 이 보르헤스는 내가 아니다." 그리고는 심연을 은빛으로 장식하는 지팡이를 들고 다시 자리에 앉았다. 나의 책은 두 줄의 서문을 가지고 있다. 말하자면, 그걸 꿈꾸었다. 그건 거짓이다. 그러나 그토록 애쓰고 추구하고 매달린 진실이 무슨 소용이란 말인가. 확신하건대 당신은 친애하는 체스터턴의 빛나는 구절을 기억할 것이다. "진실은 허구보다 더 생소할 수밖에 없다. 왜냐하면 허구는 우리가 나름의 방식으로 지어내기 때문이다." 나에게도 그런 일이 일어났다. 당신은 꿈의 길을 좇았다고 거듭 말했다. 나도 오직 그 점에서만 당신을 흉내 내려고 했다. 나는 잊지 않고 플로베르의 경고를 다시 떠올렸다. "영혼의 사이렌인 꿈을 조심하라. 꿈은 노래하며 우리를 부르고, 우리는 꿈을 좇아가 결코 돌아오지 못하리라". 아마도 문학은 언제나 돌아올 수 없는 여행이리라. 니체와 헤라클레이토스는 거짓말을 했다. 그 무엇도 돌아오지 못한다. 우리는 쓰인 것이며, 각각의 단어를 재창조하는 사람들의 눈길 사이로 사라진다. 거장이여, 이제 마지막이다. 제발 꿈들이 미래의 눈꺼풀 위에 날개를 펼치길. 영원토록. 그리고 지칠 줄 모르는 시간이 우리에게 관대하길(단수, 복수, 침묵의 신비, 그 심연 속에서 공범자를 찾는 막연한 일인칭). 고집스럽게 문학을 건네길. 직접 심장을 겨냥하는 빛과 어둠의 총을. 예술, 알록달록한 그 도마뱀. 보르헤스를 읽는 것은 여전히 내 삶의 가장 아름다운 습관 중의 하나다. 언제나 불충분하고 불완전한 이 페이지들의 말미에서 다시 한 번 그것을 인정하고 나니 유망하고 빛나는 오렌지빛 새벽이 미덕으로 채워진다. 우리는 정확히 열여덟 개의 역을 지나왔다. 울리카의 꿈을 알았을 때 그의 나이 열여덟이었다. 울리카의 이야기. 이야기.

......

푸른 의자가 나의 발걸음을 지켜본다. 거실은 달의 가락으로 바흐의 마지막 소나타를 슬프게 구술하는 5선지를 그린다. 이 긴 여행에서 우리의 동행이 되어 주었다. 이제 쓰인 것이 되돌아올 차례다. 꿈을 덜 꿀 차례다. 천재작가 보르헤스는 계속해서 영원을 걸어간다.

보르헤스 연보

1899년 호르헤 프란시스코 이시도로 루이스 보르헤스는 8월 24일 부에노스아이레스의 투쿠만 거리에 있는 외조부모 집에서 태어났다. 그의 아버지는 변호사이자 심리학 교수인 호르헤 기예르모 보르헤스였고, 어머니는 레오노르 아세베도였다. 친조부인 프란시스코 보르헤스 대령과 볼리바르와 함께 후닌 전투에 참전한 외증조부 이시도로 수아레스 대령이 그의 선조다.

1901년 훗날 노라로 불리게 되는 여동생 레오노르 파니가 태어난다. 가족이 팔레르모 구역의 세라노 거리로 이사한다. 아홉 살이 될 때까지 학교에 가지 않고, 대신 여동생과 함께 가정교사의 개인교습을 받는다.

1914년 부친의 실명이 임박하자 해결책을 찾아 미망인이 된 외조모 레오노르를 포함한 전 가족이 유럽으로 이주한다. 밀라노와 베네치아, 파리를 방문한 뒤에 제1차 세계대전이 발발해 제네바까지 가게 된다. 고등학교 교육을 받고 프랑스어를 배우기 시작한다.

1918년 할머니가 사망하고 가족은 루가노의 라크 호텔로 거처를 옮긴다. 연말에 전 가족이 스페인을 방문한다. 바르셀로나, 마드리드, 마요르카, 세비야를 방문한다. 세비야에서 울트라이스모와 접촉하기 시작한다. 마드리드에서 『그리스』, 『코스모폴리스』, 『울트라』 등의 여러 아방가르드 잡지에 글을 발표하며, 스승으로 섬기는 라파엘 칸시노스 아센스와 라몬 고메스 델 라 세르나를 알게 된다.

1921년 가족은 부에노스아이레스로 돌아가 불네스 거리에 정착한다. 같은 세대의
여러 시인들과 함께 스페인에서 들어온 울트라이스모의 영향에서 벗어나
고자 하던 『프리스마』지의 창간에 참여한다. 이 잡지는 1921년 12월과
1922년 3월에 걸쳐 2호까지 발행된다.

1922년 부친의 오랜 벗인 마세도니오 페르난데스와의 우정이 시작되며, 그와 함께
『프로아』지를 창간한다. 이 잡지는 1922년 8월과 1923년 7월 사이에 3호까
지 발행되고 나서 자취를 감추었다가 1924년과 1925년 사이에 복간된다. 아
르헨티나 울트라이스모 작가들의 뮤즈인 노라 랑헤의 집에서 콘셉시온 게
레로를 만나 사랑에 빠진다.

1923년 처녀시집 『부에노스아이레스의 열기』를 발간한다. 여기에 실린 대부분의
시들은 콘셉시온 게레로에게 바쳐졌으며, 표지는 이미 화가의 길에 투신한
여동생 노라의 작품이다. 이듬해에 『레비스타 데 옥시덴테』에 이 시집에 대
한 고메스 델 라 세르나의 서평이 실린다. 가족은 재차 유럽을 방문한다.

1924년 7월 19일 가족은 리스본을 경유해 부에노스아이레스로 돌아간 후에 킨타나
거리의 집에 정착한다. 『마르틴 피에로』지에 기고한다.

1925년 시집 『정면의 달』과 에세이집 『심문』을 출간한다.

1926년 수많은 서평과 야유와 비난을 불러일으킨 에세이집 『내 희망의 크기』가 세
상에 나온다. 알베르토 이달고의 『새로운 미국시의 지표』에 수록된 세 개의
서문 중 하나를 쓴다.

1927년 처음으로 백내장 수술을 받는다. 파블로 네루다를 알게 되며, 『노소트로스』
지에 「부에노스아이레스의 신화적 창건」 초판본을 발표한다.

1928년 이전에 일간지 『라 프렌사』에 발표한 에세이 『아르헨티나인의 언어』를 출
간한다. 노라 보르헤스는 울트라이스트인 기예르모 데 토레와 결혼해 스페
인으로 이주한다.

1929년 시집 『산 마르틴 노트』로 시市 문학상 2등상을 수상한다. 보르헤스에 따르

면 그가 쓴 첫 시작품인 「남부에서 그의 시신을 지키며 지새운 밤」이 이 시집에 수록된다.

1930년 유년시절을 보낸 동네에 가까이 다가가기 위한 방편이자 부친의 벗이던 한 시인에 대한 전기적 에세이인 『에바리스토 카리에고』를 출간한다.

1931년 빅토리아 오캄포가 창간한 『수르』에 기고하기 시작한다. 엘비라 데 알베아르와 사랑에 빠진다.

1932년 새로운 에세이집 『논쟁』을 출간한다. 오랜 세월 공동창작자이자 친구가 될 아돌포 비오이 카사레스를 알게 된다.

1933년 일간지 『크리티카』의 부록 「레비스타 물티콜로르」의 편집을 맡기 시작한다. 여기에 문학비평과 번역 그리고 후에 『불명예의 세계사』에 묶일 몇 편의 작품을 발표한다.

1935년 1933년과 1934년 사이에 발표된 단편들을 모아 『불명예의 세계사』를 펴낸다. 이 책에는 보르헤스에 의해 발표된 첫 단편인 「장밋빛 모퉁이의 남자」가 수록되어 있는데, 이 작품은 애초에 프란시스코 부스토스라는 가명으로 서명되고 「남자들」로 명명되었다.

1936년 주간 여성지 『엘 오가르』에 문학 관련 논문을 기고하기 시작한다. 비오이 카사레스와 『데스티엠포』 지를 창간하고, 에세이집 『영원의 역사』를 발간한다.

1937년 페드로 엔리케스 우레냐와 함께 『아르헨티나 고전문학선』을 펴낸다.

1938년 오래 전에 시력을 상실한 반신불수의 부친 호르헤 기예르모 보르헤스가 사망한다. 거의 목숨을 잃을 뻔한 사고를 당한다. 환상단편을 쓰기 시작한다.

1939년 『수르』에 단편 「피에르 메나르, 『돈키호테』의 작가」를 발표한다. 스페인 내전에서 피신해 온 노라와 기예르모 데 토레를 포함한 가족들은 안초레나 거리로 이사한다.

1940년 이 해에 결혼한 비오이 카사레스, 실비나 오캄포 부부와 함께 『환상문학선』
을 펴낸다.

1941년 세 작가는 다시 『아르헨티나 시선』을 공동 편집한다. 단편집 『끝없이 두 갈
래로 갈라지는 길들이 있는 정원』을 발간하며, 「바벨의 도서관」을 쓴다.

1942년 비오이 카사레스와 함께 H. 부스토스 도메크라는 필명으로 『이시드로 파
로디를 위한 여섯 가지 문제』를 발표한다.

1943년 지금까지 쓴 시들에 「추측의 시」를 비롯한 몇 편의 새로운 시를 추가해 『시
편들(1922~1943)』을 출간한다. 비오이 카사레스와 함께 『탐정단편 명작선』
을 펴낸다.

1944년 『끝없이 두 갈래로 갈라지는 길들이 있는 정원』의 단편들에 '인공장치'라
는 제목으로 묶인 새로운 단편들을 추가해 『픽션들』을 출간한다. 에스텔라
칸토를 알게 된다.

1945년 실비나 불리히 팔렝케와 『콤파드리토의 운명과 변두리 구역과 음악』을 공
동 저술한다. 『픽션들』로 아르헨티나 작가협회SADE가 주는 명예대상을 수
상한다. 에스텔라 칸토에게 바쳐진 단편 「알레프」를 쓴다.

1946년 훌리오 코르타사르의 단편 「점거된 집」 등이 발표된 『아날레스 데 부에노
스아이레스』 지를 주도한다. 비오이 카사레스와 함께 B. 수아레스 린치라는
이름으로 서명된 탐정소설적 성격의 『죽음을 위한 하나의 모델』과 H. 부스
토스 도메크의 단편집 『두 개의 기억할 만한 판타지』를 발표한다.

1947년 1952년 『또 다른 심문』에 묶이게 될 에세이집 『시간에 대한 새로운 반론』이
나온다.

1949년 『알레프』라는 제목의 새로운 단편집을 출간한다. 처음에는 13편의 작품이
실렸지만 1952년에 새로이 네 편이 추가된다.

1950년 아르헨티나 작가협회 회장으로 피선되며 1953년 회장직에서 물러난다. 아
        르헨티나 영국문화 협회와 고등연구 자유대학에서 영어로 강의한다.

1951년 이미 출간된 단편들의 선집인 『죽음과 나침반』을 펴내며, 델리아 인헤니에
        로스와 공동으로 『고대 독일문학』을 내놓는다.

1953년 마르가리타 게레로와 함께 『마르틴 피에로』를 출간하며, 그의 『전집』 제1권
        이 세상에 나온다. 프랑스어로 번역된 그의 단편집 『미로』가 프랑스에서 출
        간된다.

1955년 국립도서관장과 아르헨티나 문학 학술원 정회원에 임명된다. 비오이 카사
        레스와 새로운 공동작업으로 시나리오 「변두리사람들」과 「신도의 천국」,
        그리고 선집인 『가우초 시』와 『경이로운 짧은 이야기들』을 펴낸다. 베티나
        에델베르그와 함께 『레오폴도 루고네스』를, 루이사 메르세데스 레빈슨과
        함께 『엘로이사의 언니』를 출간한다.

1956년 부에노스아이레스 대학교의 철문대학에서 영문학을 강의한다. 멘도사 소
        재의 쿠요 대학에서 명예박사 학위를 받고 국가문학상을 수상한다.

1957년 마르가리타 게레로와 함께 『상상동물 편람』을 발간한다. 이 책은 1968년에
        『상상적 존재들의 책』이라는 제목으로 재발간된다.

1960년 가장 개인적인 책의 하나인 『창조자』를 출간한다.

1961년 문학적 이력에 대한 승인으로써 국제출판인협회가 수여하는 포멘터상을 사
        무엘 베케트와 공동 수상하며, 이탈리아 정부로부터 기사 작위를 받는다. 어
        머니 레오노르와 함께 미국을 여행한다. 『개인적 선집』을 출간한다. 환송연
        에 모인 친구들 틈에 이미 11세 때부터 알고 지내던 마리아 고다마가 있다.

1962년 프랑스 정부로부터 문학예술훈장 기사장을 받는다.

1963년 레오노르와 함께 다시 유럽으로 이주한다. 부에노스아이레스로 돌아가 국
        가예술기금 대상을 수상한다.

1964년 77편의 시를 수록한 『시작품』이 발간된다. 1969년 판에서 수록 작품이 100
편으로 증보된다.

1965년 마리아 에스테르 바스케스와 공동으로 『중세 독일문학』과 『영문학 입문』을
출간한다. 페루, 콜롬비아, 칠레를 방문하며, 세계 곳곳에서 수많은 상을 수
상한다. 밀롱가 책인 『여섯 개의 현을 위하여』를 출간한다.

1966년 운문으로 쓰인 작품을 『시작품(1923~1966)』이란 제목으로 재편집한다.

1967년 비오이 카사레스와 『부스토스 도메크의 일대기』를 발간한다. 27세의 아들
을 둔 리카르도 알바라신의 미망인으로 40년 전부터 알고 지낸 엘사 아스
테테 미얀과 결혼한다. 에스테르 셈보라인 데 토레스와 함께 『미국문학 입
문』을 펴낸다.

1968년 『새로운 개인적 선집』과 『상상적 존재들의 책』을 출간한다.

1969년 부인과 함께 이스라엘을 방문해 일련의 강연을 하고 이어 미국을 방문한
다. 새로운 시집 『어둠의 예찬』을 출간한다. 마리아 고다마가 미국 여행길
에 보르헤스를 수행하며 뉴욕에서 엘사 아스테테와 동행한다.

1970년 11개의 단편을 모은 『브로디의 보고서』가 나온다. 엘사 아스테테와 이혼한
다. 사웅 파울루에서 아메리카 대륙간 문학상을 수상한다. 미국의 주간지
『더 뉴요커』에 「자전적 에세이」를 발표한다. 1975년 『모래의 책』에 수록될
「의회」를 쓴다.

1971년 미국과 유럽의 여러 나라 그리고 이스라엘을 여행한다.

1972년 『호랑이들의 황금』을 발간한다.

1973년 페론주의의 승리로 국립도서관장직에서 해임된다. 스페인과 멕시코를 방
문하며, 멕시코에서 알폰소 레예스상을 수상한다.

1974년 한 권으로 된 『전집』이 발간된다.

1975년　어머니 레오노르 아세베도가 99세를 일기로 사망한다. 그가 쓴 서문을 발췌
　　　　한 『심원한 장미』와 「바벨의 도서관」이 실려 있는 『모래의 책』을 출간한다.

1976년　『동전』과 『꿈의 책』이 나온다. 계속되는 새로운 상과 새로운 여행. 페론주
　　　　의의 붕괴를 축하하고, 다른 지식인들과 함께 독재체제의 군사평의회 위원
　　　　인 비델라 장군을 예방한다.

1977년　유럽을 방문한다. 시집 『밤의 역사』와 운문과 인물평을 모아 놓은 『아드로
　　　　게』를 발간하며, 또 비오이 카사레스와 『부스토스 도메크의 새로운 단편
　　　　들』을 펴낸다.

1978년　마리아 고다마와 함께 『간략한 앵글로색슨 선집』을 출간한다. 소르본 대학
　　　　에서 명예박사 학위를 취득한다.

1979년　『보르헤스 강연집』과 『공동창작 전집』이 나온다. 다른 작가들과 함께 쓴 모
　　　　든 작품들이 『공동창작 전집』에 실리지는 못했다. 세계 각처에서 여러 상을
　　　　수상하며 그에게 바치는 오마주가 줄을 잇는다.

1980년　마드리드의 알칼라 데 에나레스에서 1979년도 세르반테스상을 헤라르도
　　　　디에고와 공동 수상한다. 강연집 『칠일 밤』을 출간하고, 『클라린』 지에 「실
　　　　종자들에 대한 청원」을 발표한다.

1981년　다시 이탈리아와 미국을 방문하며 항상 마리아 고다마와 동행한다. 하버드
　　　　대학에서 명예박사 학위를 받고 시집 『암호』를 펴낸다.

1982년　『신곡』에 대한 연구물인 『아홉 편의 단테풍의 에세이』가 나온다. 보르헤스
　　　　는 말비나스(포클랜드) 전쟁에 대해 반대 입장을 표명한다.

1983년　『「1983년 8월 25일」과 다른 단편들』을 출간한다. 스페인의 산탄데르에서 현
　　　　왕 알폰소 10세 대십자장을 받는다.

1984년　로마 대학에서 명예박사학위를 받고, 『아틀라스』를 출간한다.

1985년 이탈리아와 제네바를 여행한 뒤 부에노스아이레스로 돌아가며, 연말에 제
     네바에 정착한다.

1986년 4월에 대리인을 내세워 마리아 고다마와 결혼하며 그녀가 상속자가 된다.
     6월 14일 스위스 제네바에서 간암으로 사망한다.

Arana Cañedo-Argüelles, Juan, La eternidad de lo efímero. Ensayos sobre Jorge Luis Borges, Biblioteca Nueva, Madrid, 2000.

Barel, Silvia N., Borges y la crítica literaria, Tauro Producciones, Santa Cruz de Tenerife, 1999.

Barrenechea, Ana María, "Bibliografía", en La expresión de la irrealidad en la obra de Jorge Luis Borges, Colegio de México, México, 1957.

Borges, Jorge Luis, Borges A-Z, Siruela, Madrid, 1990.

_____, Páginas de Jorge Luis Borges, Gedisa, Barcelona, 1982.

_____, Borges por él mismo, Visor, Madrid, 2000.

Caballero Wangüemert, María M., El nacimiento de un clásico: Borges y la crítica, Editorial Complutense, Madrid, 1998.

Canto, Estela, Borges a contraluz, Espasa Calpe, Madrid, 1993.

Cañeque, Carlos, Conversaciones sobre Borges, Destino, Barcelona, 1997.

Costa, René de, El humor en Borges, Cátedra, Madrid, 1999.

Cuesta Abad, José Manuel, Ficciones de una crisis: poética e interpretación de Borges, Gredos, Madrid, 1995.

Fuente, José Luis de la, Borges y su herencia literaria, Valladolid, Universidad de Valladolid, 2001.

García, Rodrigo, Borges, La Uña Rota, Segovia, 2001.

García Sedano, José Antonio, De Cervantes a Borges, Velecío Editores, Madrid, 1999.

Huici Módenes, Adrián, El mito clásico en la obra de Jorge Luis Borges: el laberinto, Ediciones Alfar, Sevilla, 1998.

Meneses, Carlos, Borges en Mallorca, Ediciones Aitana, Alicante, 1996.

________, El primer Borges, Fundamentos, Madrid, 1999.

Paoletti Moreno, Mario, y Bravo Pérez, María Pilar, Borges verbal, Publicaciones y Ediciones Salamandra, Barcelona, 1999.

Peicovich, Esteban, Borges, el palabrista, Ediciones Libertarias-Prodhufi, Madrid, 1999.

Rodríguez Lafuente, R. (ed.), España en Borges, Ediciones El Arquero, Madrid, 1990.

Sánchez Ferrer, José Luis, El universo poético y narrativo de Jorge Luis Borges, Anaya, Madrid, 1992.

Torre, Guillermo de, "Para la prehistoria ultraísta de Borges", Cuadernos Hispanoamericanos, 169(1964), pp. 5~15.

Vázquez, María Esther, Borges, Tusquets, Barcelona, 1996.

________, Borges, esplendor y derrota, Tusquets, Barcelona, 1999.

________, Borges, sus días y su tiempo, Suma de Letras, Madrid, 2001.

Videla, Gloria, El ultraísmo, Gredos, Madrid, 1967.

Woodall, James, La vida de Jorge Luis Borges: el hombre en el espejo del libro, Gedisa, Barcelona, 1999.

이 책은 스페인의 저명 출판사인 에스파사 칼페가 2003년에 펴낸 보르헤스 전기를 우리말로 옮긴 것이다. 스페인 갈리시아 출신의 젊은 작가인 호세 카를로스 카네이로가 쓴 이 책의 원 제목은 『호르헤 루이스 보르헤스』 Jorge Luis Borges로 되어 있지만 보르헤스의 삶과 문학을 가장 잘 응축하고 있다고 생각되는 시구 — '책과 밤을 함께 주신 신의 아이러니' — 를 뽑아 번역본의 제목으로 삼았다. 책의 서두에서 카네이로는 오늘날 보르헤스의 존재는 푸른 하늘이나 빗줄기, 혹은 새들만큼이나 보편적이라고 말한다. 국내에서도 그의 문학은 1990년대부터 폭넓은 관심의 대상이 되었으며 그의 중요한 단편과 시, 강연집 등이 두루 소개되어 왔다. 그러나 우리 독자들이 쉽게 접근할 수 있는 보르헤스 소개서가 없어 그 필요성을 느끼고 있던 차에 기회가 닿아 이 책을 번역하게 되었다. 그러나 보르헤스와의 내밀한 교감을 전달하는 작가의 지극히 시적인 문체를 우리말로 옮기는 과정에서 수없이 절망을 느껴야 했다. 또 막상 번역을 마치고 보니 처음의 생각과 달리 일반 독자들이 쉽게 접근할 수 있는 내용이 아닌 것 같아 지식과 정보의 바다에 또 부질없는 한 권의 책을 던져 넣는 것은 아닌가 하는 걱정이 앞선다.

이 책은 평생 문학에 헌신한 보르헤스의 삶에 바치는 오마주다. 보르헤스는 문학을 통해 끊임없이 자신을 탈개성화하고 복수화하고 종국에는 보이지 않는 사람으로 자신의 얼굴을 감춘다. 그러나 이 책은 복잡한 추상과 심오한 형이상학 속에 투영된 보르헤스의 맨 얼굴을 들추어 보여 준다. 이를 위해 작가는 보이지 않는 얼굴을 찾아 부에노스아이레스에서 태어나 제네바에 묻히는 순간까지 시대와 불화한 보르헤스의 삶의 행로를 좇는다. 그러나 그 출발점은 언제나 보르헤스의 구체적인 작품이다. 그의 작품으로부터 보르헤스를 정의한다. 문학이 된 삶. 삶이 된 문학.

 뜨거운 가슴으로 쓰인 이 책은 무엇보다 보르헤스의 '살아있음'에 대한 증거이자 그의 작품에 좀더 가까이 다가가자고 속삭이는 진한 유혹이다. 작가 스스로 이 책을 한 편의 이야기로 정의하고 있으니 보르헤스를 픽션의 인물로 받아들이며 복잡한 이야기의 미로 속으로 빠져들어도 좋으리라. 물론 이 책만으로 위대한 아르헨티나 작가의 문학적 깊이와 넓이를 온전히 드러내기는 힘들 것이다. 또 어쩌면 드러나지 않은 일상과 관련된 흥미로운 에피소드를 기대하는 독자들을 실망시킬지도 모른다. 그러나 이 전기의 매력은 분명 보르헤스의 작품을 발견, 혹은 재발견하도록 독자를 부추기고 유혹할 것이다. 작가의 우쭐한 권고대로 이제 보르헤스의 위대한 문학을 큰 소리로 읽어 보자. 이 책이 영원이라는 광대한 영역을 기다리고 있는 보르헤스의 문학에 한 걸음 더 다가가기 위한 작은 출발점이 되기를 바란다. 끝으로 이 책을 번역하는 과정에서 앞서 국내에 보르헤스를 소개한 분들의 직·간접적인 도움을 받았음을 밝힌다.

옮긴이 **김 현 균**

저자 **호세 카를로스 카네이로**

1963년 스페인 갈리시아 지방의 베린에서 태어났다. 소설가이자 시인인 그는 가장 많은 문학상을 수상한 갈리시아 작가로 알려져 있으며 『위작의 유희』로 1998년 국가비평상을 수상했다. 많은 잡지와 신문에 기고하였으며, 현재 『갈리시아의 소리』에 글을 쓰고 있다.

역자 **김현균**

1964년 강원도 홍천에서 태어났다. 서울대 서어서문학과를 졸업하고 마드리드 국립대학에서 중남미문학으로 박사학위를 받았으며 현재 서울대 서어서문학과 교수로 재직중이다.

책과 **밤**을 함께 주신

신의 **아이러니**

1판 1쇄 발행 2005년 3월 19일

지은이 | 호세 카를로스 카네이로
옮긴이 | 김현균
펴낸이 | 김태문
펴낸곳 | 다락방

편 집 | 김방희
디자인 | 김태경 · 김미린

등록번호 | 제10 – 162호
등록일자 | 1987년 12월 4일

주 소 | 서울시 서대문구 북아현 3동 1 – 1038
전 화 | 02 – 312 – 2029
팩 스 | 02 – 3938 – 399
이메일 | darakpub@korea.com

ISBN 89 – 7858 – 043 –2 03870